季羡林作品珍藏本

季羡林 著

外语教学与研究出版社
北京

图书在版编目(CIP)数据

因梦集 / 季羡林著. — 北京:外语教学与研究出版社,2009.12 (2015.10 重印)
(季羡林作品珍藏本)
ISBN 978-7-5600-8458-9

Ⅰ. ①因… Ⅱ. ①季… Ⅲ. ①散文—作品集—中国—当代 Ⅳ. ①I267

中国版本图书馆 CIP 数据核字 (2009) 第 219762 号

出 版 人:蔡剑峰
责任编辑:王 琳
封面设计:牛茜茜 覃一彪
版式设计:赵 欣
出版发行:外语教学与研究出版社
社 址:北京市西三环北路 19 号 (100089)
网 址:http://www.fltrp.com
印 刷:三河市北燕印装有限公司
开 本:787×1092 1/16
印 张:23
版 次:2009 年 12 月第 1 版 2015 年 10 月第 6 次印刷
书 号:ISBN 978-7-5600-8458-9
定 价:38.00 元

＊ ＊ ＊
购书咨询: (010)88819929 电子邮箱: club@fltrp.com
外研书店: http://www.fltrpstore.com
凡印刷、装订质量问题,请联系我社印制部
联系电话: (010)61207896 电子邮箱: zhijian@fltrp.com
凡侵权、盗版书籍线索,请联系我社法律事务部
举报电话: (010)88817519 电子邮箱: banquan@fltrp.com
法律顾问: 立方律师事务所 刘旭东律师
 中咨律师事务所 殷 斌律师
物料号: 184580001

1934 年在济南高中任教。

20 世纪 40 年代时的德国哥廷根城。

20 世纪 40 年代时的德国哥廷根城。

作者在北京大学图书馆前。

作者与爱猫。

作者与老友林庚合影。

作者与老友冯至合影。

出版说明

　　季羡林先生是著名的语言学家、佛学家、印度学家、翻译家，梵文、巴利文、吐火罗文研究专家，作家，在佛经语言、佛教史、中印文化交流史、印度文学和比较文学等众多领域，成果丰硕，著作等身，是国内少数几位被誉为"学术大师"的学者之一。

　　2007年，我社取得了出版《季羡林全集》（以下简称《全集》）的授权。在季老的亲自指导下，2008年开始正式启动《全集》的编辑出版工作。2009年7月11日，就在《全集》前六卷即将付梓之时，我社惊闻季老仙逝的消息。就在两个月前，我社于春迟社长还前往北京301医院拜访季老，专门汇报《全集》的出版进展。为告慰季老的在天之灵，我社在2009年年底前推出了《全集》前十二卷。我们将遵循季老生前的谆谆教诲，兢兢业业，继续做好中外文化学术的交流与传播工作，努力做好《全集》余下的编辑出版任务。

　　同季老的学术成就相比，他在文学创作方面的成就很容易被忽略。其实，季老的文学创作一直伴随着他的学问，是他学问生命的另一种形态。季老的文章，尤其是散文，文笔清新、平实又饱含深情。所以《全集》在分类时，把散文排在前面。《全集》出版后，很多读者来信来电，希望出版社把季老的散文（包括回忆录和部分序跋等）编辑成普通读者方便阅读的单行本。为满足广大读者的要求，并征得季老的儿子季承的同意，我们把季老所有的散文类作品单行本汇集成册，编选了这套"季羡林作品珍藏本"，每册命名大多取自原单行本，以保持季老作品的原貌。

本套丛书共分九册——

《我的小学和中学》，是作者对自己小学和中学生活的回忆，2002 年在《文史哲》杂志发表时，被分为两篇，分别冠名为《我的小学和中学》与《我的高中》，现合为一篇，恢复原貌。另加《故乡行》一文，是作者 2001 年回故乡临清所作。

《清华园日记》，是作者于清华大学学习期间所写的日记，时间跨度为 1932 年 8 月 22 日至 1934 年 8 月 11 日。曾分别出版过影印本与排印本（辽宁美术出版社，2002 年），本册以排印本为底本，注释为作者的学生高鸿所加。

《留德十年》，记述了作者 1935 至 1945 年赴德求学的经过，原有若干种不同版本的单行本行世，这次则依据东方出版社 1992 年初版排定。另加《二战心影》一文，亦为作者对留德岁月的回忆。

《因梦集》，包括《因梦集》和《小山集》两个集子。20 世纪 30 年代，作者曾应约准备编一本散文集，命题《因梦集》，因故未果。后来作者特意将解放前的作品纂为一集，仍以"因梦"冠名。《小山集》收录作者从 1991 年至 1994 年所写的散文。

《天竺心影》，包括《天竺心影》和《万泉集》两个集

子。《天竺心影》是作者正式印行的第一部散文集，1980 年
9 月由天津百花文艺出版社出版。收作者 1978 年第三次访问印
度后所写的见闻。《万泉集》最早编于 1987 年 12 月，收作者
1986 年、1987 年所写散文，因故未能出版，作者后又增补了若
干新写散文，于 1991 年由中国文联出版公司出版单行本。

《牛棚杂忆》，是作者亲历"文化大革命"的纪实文章，
本次所收以排印本（中共中央党校出版社，2005 年）为底
本，核以手稿本（中国言实出版社，2006 年）。

《朗润集》，包括《朗润集》和《燕南集》两个集子。
《朗润集》1981 年 3 月由上海文艺出版社出版，收解放后所
写的部分散文。《燕南集》收《朗润集》出版后至 1985 年写
的散文。有几篇是《朗润集》出版前写的，因为没有入过
集，也补收在《燕南集》中。

《新生集》，曾以《病榻杂记》为书名出版，收录作者自
2001 年特别是自 2003 年住院后撰写的多篇文章。书中有他
的人生各阶段的回忆录，也有一些回忆父母、老师和亲友的
文章。

《集外集》，包括《千禧文存》和《新纪元文存》两个集
子。原均由新世界出版社出版，收录了作者在 2000 年和 2001 年
所写的除了《龟兹焉耆佛教史》以外的散文、杂文和序跋。

在丛书编选过程中，得到了各单行本原出版社的大力支
持，谨此致谢。

外语教学与研究出版社
2009 年 12 月 11 日

目　录

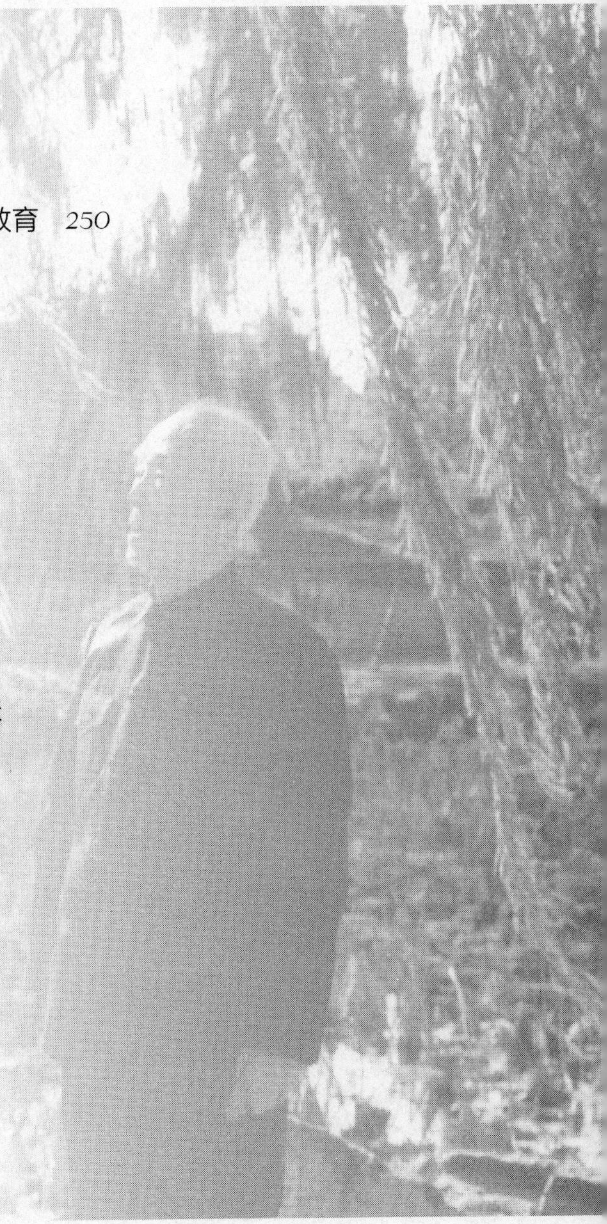

因 梦 集

自　序

　　记得是在 1935 年，在我出国之前，郑振铎先生写信给我，要我把已经写成的散文集成一个集子，编入他主编的一个什么丛书中。当时因为忙于办理出国手续，没有来得及编。出国以后，时事多变，因循未果，集子终于也没有能编成，只留下一个当时想好的名字：《因梦集》。

　　现在编散文集，忽然又想起此事。至于《因梦集》这个名字的来源，我现在有点说不清楚了。"因梦"这两个字，当时必有所本，可惜今天已忘得一干二净。虽然不确切了解这两个字什么意想，但我却喜欢这两个字，索性就把现在编在一起的解放前写的散文名为《因梦集》。让我五十年前的旧梦，现在再继续下去吧。

　　是为序。

1985 年 11 月 10 日凌晨

枸 杞 树

在不经意的时候，一转眼便会有一棵苍老的枸杞树的影子飘过。这使我困惑。最先是去追忆：什么地方我曾看见这样一棵苍老的枸杞树呢？是在某处的山里么？是在另一个地方的一个花园里么？但是，都不像。最后，我想到才到北平时住的那个公寓；于是我想到这棵苍老的枸杞树。

我现在还能很清晰地温习一些事情：我记得初次到北平时，在前门下了火车以后，这古老都市的影子，便像一个秤锤，沉重地压在我的心上。我迷惘地上了一辆洋车，跟着木屋似的电车向北跑。远处是红的墙，黄的瓦。我是初次看到电车的；我想，"电"不是很危险吗？后面的电车上的脚铃响了；我坐的洋车仍然在前面悠然地跑着。我感到焦急，同时，我的眼仍然"如入山阴道上，应接不暇"，我仍然看到，红的墙，黄的瓦，终于，在焦急，又因为初踏入一个新的境地而生的迷惘的心情下，折过了不知多少满填着黑土的小胡同以后，我被拖到西城的某一个公寓里去了，我仍然非常迷惘而有点近于慌张，眼前的一切都仿佛给一层轻烟笼罩起来似的，我看不清院子里的什么东西，我甚至也没有看清我住的小屋，黑夜跟着来了，我便糊里糊涂地睡下去，做了许许多多离奇古怪的梦。

虽然做了梦，但是却没有能睡得很熟，刚看到窗上有点发白，我就起来了。因为心比较安定了一点，我才开始看得清楚：我住的是北屋，屋前的小院里，有不算小的一缸荷花，四周错落地摆了几盆杂花。我记得很清楚：这些花里面有一棵仙人头，几天后，还开了很大的一朵白花，但是最惹我注意的，却是靠墙长着的一棵枸杞树，已经长得高过了屋檐，枝干苍老钩曲像千年的古松，树皮皱着，色是黝黑的，有几处已经开了裂。幼年在故乡里的时候，常听人说，枸杞是长得非常慢的，很难成为一棵树，现在居然有这样一棵虬干的老枸杞站在我面前，真像梦；梦又掣开了轻渺的网，我这是站在公寓里么？于是，我问公寓的主人，这枸杞有多大年龄了，他也渺茫：他初次来这里开公寓时，这树就是现在这样，三十年来，没有多少变动。这更使我惊奇，我用惊奇的太息的眼光注视着这苍老的枝干在沉默着，又注视着接连着树顶的蓝蓝的长天。

就这样，我每天看书乏了，就总到这棵树底下徘徊。在细弱的枝条上，蜘蛛结了网，间或有一片树叶儿或苍蝇蚊子之流的尸体粘在上面。在有太阳和灯火照上去的时候，这小小的网也会反射出细弱的清光来。倘若再走近一点，你又可以看到有许多叶上都爬着长长的绿色的虫子，在爬过的叶上留了半圆缺口。就在这有着缺口的叶片上，你可以看到各样的斑驳陆离的彩痕。对了这彩痕，你可以随便想到什么东西，想到地图，想到水彩画，想到被雨水冲过的墙上的残痕，再玄妙一点，想到宇宙，想到有着各种彩色的迷离的梦影。这许许多多的东西，都在这小的叶片上呈现给你。当你想到地图的时候，你可以任意指定一个小的黑点，算作你的故乡。再大一点的黑点，算作你曾游过的湖或山，你不是也可以在你心的深处浮起点温热的感觉么？这苍老的枸杞树就是我的宇宙。不，这叶片就是我的全宇宙。我替它把长长的绿色的虫子拿下来，摔在地上，对了它，我描画给自己种种涂着彩色的幻想，我把我的童稚的幻想，拴在这苍老的枝干上。

在雨天，牛乳色的轻雾给每件东西涂上一层淡影。这苍黑的枝干更显得黑了。雨住了的时候，有一两个蜗牛在上面悠然地爬着，散步似的从容，蜘蛛网上残留的雨滴，静静地发着光。一条虹从北屋的脊上伸展出去，像拱桥不知伸到什么地方去了。这枸杞的顶尖就正顶着这桥的中心。不知从什么地方来的阴影，渐渐地爬过了西墙，墙隅的蜘蛛网，树叶浓密的地方仿佛把这阴影捉住了一把似的，渐渐地黑起来。只剩了夕阳的余晖返照在这苍老的枸杞树的圆圆的顶上，淡红的一片，熠耀着，俨然如来佛头顶上金色的圆光。

以后，黄昏来了，一切角隅皆为黄昏占领了。我同几个朋友出去到西单一带散步。穿过了花市，晚香玉在薄暗里发着幽香。不知在什么时候，什么地方，我曾读过一句诗："黄昏里充满了木樨花的香。"我觉得很美丽。虽然我从来没有闻到过木樨花的香，虽然我明知道现在我闻到的是晚香玉的香，但是我总觉得我到了那种飘渺的诗意的境界似的。在淡黄色的灯光下，我们摸索着转进了幽黑的小胡同，走回了公寓。这苍老的枸杞树只剩下了一团凄迷的影子，靠了北墙站着。

跟着来的是个长长的夜。我坐在窗前读着预备考试的功课。大头尖尾的绿色小虫，在糊了白纸的玻璃窗外有所寻觅似的撞击着。不一会，一个从缝里挤进来了，接着又一个，又一个。成群的围着灯飞。当我听到卖"玉米面饽饽"戛长的永远带点儿寒冷的声音，从远处的小巷里越过了墙飘了过来的时候，我便捻熄了灯，睡下去。于是又开始了同蚊子和臭虫的争斗。在静静的长夜里，忽然醒了，残梦仍然压在我心头，倘若我听到又有窸窣的声音在这棵苍老的枸杞树周围，我便知道外面又落了雨。我注视着这神秘的黑暗，我描画给自己：这枸杞树的苍黑的枝干该变黑了罢；那匹蜗牛有所趋避该匆匆地在向隐僻处爬去罢；小小的圆的蜘蛛网，该又捉住雨滴了罢，这雨滴在黑夜里能不能静静地发着光呢？我做着天真的童话般的梦。我梦到了这棵苍老的枸杞树。——这枸杞树也做梦么？第二天早起来，外面真的还在下着雨。空气里充满了清新的沁人心脾的清香。荷叶上顶着珠子似的雨滴，蜘蛛网上也顶着，静静地发着光。

在如火如荼的盛夏转入初秋的澹远里去的时候，我这种诗意的又充满了稚气的生活，终于也不能继续下去。我离开这公寓，离开这苍老的枸杞树，移到清华园里来。到现在差不多四年了。这园子素来是以水木著名的。春天里，满园里怒放着红的花，远处看，红红的一片火焰。夏天里，垂柳拂着地，浓翠扑上人的眉头。红霞般爬山虎给冷清的深秋涂上一层凄艳的色彩。冬天里，白雪又把这园子安排成为一个银的世界。在这四季，又都有西山的一层轻渺的紫气，给这园子添了不少的光辉。这一切颜色：红的，翠的，白的，紫的，混合地涂上了我的心，在我心里幻成一幅绚烂的彩画。我做着红色的，翠色的，白色的，紫色的，各样颜色的梦。论理说起来，我在西城的公寓做的童话般的梦，早该被挤到不知什么地方去了。但是，我自己也不了解，在不经意的时候，总有一棵苍老的枸杞树的影子飘过。飘过了春天的火焰似的红花；飘过了夏天的垂柳的浓翠；飘过了红霞似的爬山虎，一直到现在，是冬天，白雪正把这园子装成银的世界。混合了氤氲的西山的紫气，静定在我的心头。在一个浮动的幻影里，我仿佛看到：有夕阳的余晖返照在这棵苍老的枸杞树的圆圆的顶上，淡红的一片，熠耀着，像如来佛头顶上的金光。

1933 年 12 月 8 日雪之下午

黄　昏

　　黄昏是神秘的，只要人们能多活下去一天，在这一天的末尾，他们便有个黄昏。但是，年滚着年，月滚着月，他们活下去。有数不清的天，也就有数不清的黄昏。我要问：有几个人觉到过黄昏的存在呢？——

　　早晨，当残梦从枕边飞去的时候，他们醒转来，开始去走一天的路。他们走着，走着，走到正午，路陡然转了下去。仿佛只一溜，就溜到一天的末尾，当他们看到远处弥漫着白茫茫的烟，树梢上淡淡涂上了一层金黄色，一群群的暮鸦驮着日色飞回来的时候，仿佛有什么东西轻轻地压在他们心头。他们知道：夜来了。他们渴望着静息，渴望着梦的来临。不久，薄冥的夜色糊了他们的眼，也糊了他们的心。他们在低隘的小屋里忙乱着；把黄昏关在门外，倘若有人问：你看到黄昏了没有？黄昏真美呵。他们却茫然了。

　　他们怎能不茫然呢？当他们再从屋里探出头来寻找黄昏的时候，黄昏早随了白茫茫的烟的消失，树梢上金黄色的消失，鸦背上白色的消失而消失了。只剩下朦胧的夜，这黄昏，像一个春宵的轻梦，不知在什么时候漫了来，在他们心上一掠，又不知在什么时候走了。

黄昏走了。走到哪里去了呢？——不，我先问：黄昏从哪里来的呢？这我说不清。又有谁说得清呢？我不能够抓住一把黄昏，问它到底。从东方么？东方是太阳出来的地方。从西方么？西方不正亮着红霞么？从南方么？南方只充满了光和热。看来只有说从北方来的适宜了。倘若我们想了开去，想到北方的极北端，是北冰洋和北极，我们可以在想象里描画出：白茫茫的天地，白茫茫的雪原，和白茫茫的冰山。再往北，在白茫茫的天边上，分不清哪是天，是地，是冰，是雪，只是朦胧的一片灰白。朦胧灰白的黄昏不正应当从这里蜕化出来么？

然而，蜕化出来了，却又扩散开去。漫过了大平原，大草原，留下了一层阴影；漫过了大森林，留下了一片阴郁的黑暗；漫过了小溪，把深灰的幕色溶入玲珑的水声里，水面在阗静里透着微明；漫过了山顶，留给它们星的光和月的光；漫过了小村，留下了苍茫的暮烟……给每个墙角扯下了一片，给每个蜘蛛网网住了一把。以后，又漫过了寂寞的沙漠，来到我们的国土里。我能想象：倘若我迎着黄昏站在沙漠里，我一定能看着黄昏从辽远的天边上跑了来，像——像什么呢？是不是应当像一阵灰蒙的白雾？或者像一片扩散的云影？跑了来，仍然只是留下一片阴影，又跑了去，来到我们的国土里，随了弥漫在远处的白茫茫的烟，随了树梢上的淡淡的金黄色，也随了暮鸦背上的日色，轻轻地落在人们的心头，又被人们关在门外了。

但是，在门外，它却不管人们关心不关心，寂寞地，冷落地，替他们安排好了一个幻变的又充满了诗意的童话般的世界，朦胧，微明，正像反射在镜子里的影子，它给一切东西涂上银灰的梦的色彩。牛乳色的空气仿佛真牛乳似的凝结起来。但似乎又在软软地黏黏地浓浓地流动里。它带来了阒静，你听：一切静静的，像下着大雪的中夜。但是死寂么？却并不，再比现在沉默一点，也会变成坟墓般的死寂。仿佛一点也不多，一点也不少，优美的轻适的阒静软软地黏黏地浓浓地压在人们的心头，灰的天空像一张薄幕；树木，房屋，烟纹，云缕，都像一张张的剪影，静静地贴在这幕上。这里，那里，点缀着晚霞的紫曛和小星的冷光。黄昏真像一首诗，一支歌，一篇童话；像一片月明楼上传来的悠扬的笛声，一声缭绕在长空里亮唳的鹤鸣；像陈了几十年的绍酒；像一切美到说不出来的东西。说不出来，只能去看；看之不足，只能意会；意会之不足，只能赞叹。——然而却终于给人们关在门外了。

　　给人们关在门外，是我这样说么？我要小心，因为所谓人们，不是一切人们，也决不会是一切人们的。我在童年的时候，就常常呆在天井里等候黄昏的来临。我这样说，并不是想表明我比别人强。意思很简单，就是：别人不去，也或者是不愿意去这样做。我（自然还有别人）适逢其会地常常这样做而已。常常在夏天里，我坐在很矮的小凳上，看墙角里渐渐暗了起来，四周的白墙上也布上了一层淡淡的黑影。在幽暗里，夜来香的花香一阵阵地沁入我的心里。天空里飞着蝙蝠。檐角上的蜘蛛网，映着灰白的天空，在朦胧里，还可以数出网上的线条和粘在上面的蚊子和苍蝇的尸体。在不经意的时候蓦地再一抬头，暗灰的天空里已经嵌上闪着眼的小星了。在冬天，天井里满铺着白雪。我蜷伏在屋里。当我看到白的窗纸渐渐灰了起来，炉子里在白天里看不出颜色来的火焰渐渐红起来，亮起来的时候，我也会知道：这是黄昏了。我从风门的缝里望出去：灰白的天空，灰白的盖着雪的屋顶。半弯惨淡的凉月印在天上，虽然有点凄凉；但仍然掩不了黄昏的美丽。这时，连常常坐在天井里等着它来临的人也不得不蜷伏在屋里。只剩了灰蒙的雪色伴了它在冷清的门外，这幻变的朦胧的世界造给谁看呢？黄昏不觉得寂寞么？

但是寂寞也延长不了多久。黄昏仍然要走的。李商隐的诗说："夕阳无限好，只是近黄昏。"诗人不正慨叹黄昏的不能久留吗？它也真的不能久留，一瞬眼，这黄昏，像一个轻梦，只在人们心上一掠，留下黑暗的夜，带着它的寂寞走了。

走了，真的走了。现在再让我问：黄昏走到哪里去了呢？这我不比知道它从哪里来的更清楚。我也不能抓住黄昏的尾巴，问它到底。但是，推想起来，从北方来的应该到南方去的吧。谁说不是到南方去的呢？我看到它怎样的走了。——漫过了南墙，漫过了南边那座小山，那片树林；漫过了美丽的南国，一直到辽阔的非洲。非洲有耸峭的峻岭，岭上有深邃的永古苍暗的大森林。再想下去，森林里有老虎——老虎？黄昏来了，在白天里只呈露着淡绿的暗光的眼睛该亮起来吧。像不像两盏灯呢？森林里还该有莽苍葳蕤的野草，比人高。草里有狮子，有大蚊子，有大蜘蛛，也该有蝙蝠，比平常的蝙蝠大。夕阳的余晖从树叶的稀薄处，透过了架在树枝上的蜘蛛网，漏了进来，一条条灿烂的金光，照耀得全林子里都发着棕红色。合了草底下毒蛇吐出来的毒气，幻成五色绚烂的彩雾。也该有萤火虫吧，现在一闪一闪地亮起来了。也该有花，但似乎不应该是夜来香或晚香玉。是什么呢？是一切毒艳的恶之花。在毒气里，不正应该产生恶之花吗？这花的香慢慢溶入棕红色的空气里，溶入绚烂的彩雾里。搅乱成一团，滚成一团暖烘烘的热气。然而，不久这热气就给微明的夜色消溶了。只剩一闪一闪的萤火虫，现在渐渐地更亮了。老虎的眼睛更像两盏灯了。在静默里瞅着暗灰的天空里才露面的星星。

然而，在这里，黄昏仍然要走的。再走到哪里去呢？这却真的没人知道了。——随了淡白的稀疏的冷月的清光爬上暗沉沉的天空里去么？随了眨着眼的小星爬上了天河么？压在蝙蝠的翅膀上钻进了屋檐么？随了西天的晕红消溶在远山的后面么？这又有谁能明白地知道呢？我们知道的，只是：它走了，带了它的寂寞和美丽走了，像一丝微飔，像一个春宵的轻梦。

是了。——现在，现在我再有什么可问呢？等候明天么？明天来了，又明天，又明天，当人们看到远处弥漫着白茫茫的烟，树梢上淡淡涂上了一层金黄色，一群群的暮鸦驮着日色飞回来的时候，又仿佛有什么东西压在他们的心头，他们又渴望着梦的来临。把门关上了。关在门外的仍然是黄昏，当他们再伸出头来找的时候，黄昏早已走了。从北冰洋跑了来，一过路，到非洲森林里去了。再到，再到哪里，谁知道呢？然而夜来了，漫长的漆黑的夜，闪着星光和月光的夜，浮动着暗香的夜……只是夜，长长的夜，夜永远也不完，黄昏呢？——黄昏永远不存在人们的心里的。只一掠，走了，像一个春宵的轻梦。

1934 年 1 月 4 日

回　忆

　　回忆很不好说，究竟什么才算是回忆呢？我们时时刻刻沿了人生的路向前走着，时时刻刻有东西映入我们的眼里。——即如现在吧，我一抬头就可以看到清浅的水在水仙花盆里反射的冷光，漫在水里的石子的晕红和翠绿，茶杯里残茶在软柔的灯光下照出的几点金星。但是，一转眼，眼前的这一切，早跳入我的意想里，成轻烟，成细雾，成淡淡的影子，再看起来，想起来，说起来的话，就算是我的回忆了。

　　只说眼前这一步，只有这一点淡淡的影子，自然是迷离的。但是我自从踏到世界上来，走过不知多少的路。回望过去的茫茫里，有着我的足迹叠成的一条白线，一直引到现在，而且还要引上去。我走过都市的路，看尘烟缭绕在栉比的高屋的顶上。我走过乡村的路，看似水的流云笼罩着远村，看金海似的麦浪。我走过其他许许多多的路，看红的梅，白的雪，潋滟的流水，十里稷稷的松鎣，死人的蜡黄的面色，小孩充满了生命力的踊跃。我在一条路上接触到种种的面影，熟悉的，不熟悉的。这一切的一切都在我走着的时候，蓦地成轻烟，成细雾，成淡淡的影子，储在我的回忆里。有的也就被埋在回忆的暗陬里，忘了。当我转向另一条路的时候，随时又有新的东西，另有一群面影凑集在我的眼前。蓦地又成轻烟，成细雾，成淡淡的影子，移入我的回忆里，自然也有的被埋在暗陬里，忘了。新的影子挤入来，又有旧的被挤到不知什么地方去幻灭，有的简直就被挤了出去。以后，当另一群更新的影子挤进来的时候，这新的也就追踪了旧的命运。就这样，挤出，挤进，一直到现在。我的回忆里残留着各样的影子，色彩。分不清先先后后，紊混成一团了。

我就带着这紊混的一团从过去的茫茫里走上来。现在抬头就可以看到水仙花盆里反射的水的冷光，水里石子的晕红和翠绿，残茶在灯下照出的几点金星。自然，前面已经说过，这些都要倏地变成影子，移入回忆里，移入这紊混的一团里，但是在未移动以前，这紊混的一团影子说不定就在我的脑海里浮动起来，我就自然陷入回忆里去了——陷入回忆里去，其实是很不费力的事。我面对着当前的事物。不知怎地，迷离里忽然电光似的一掣，立刻有灰蒙蒙的一片展开在我的意想里，仿佛是空空的，没有什么，但随便我想到曾经见过的什么，立刻便有影子浮现出来。跟着来的还不止一个影子，两个，三个，多，更多了。影子在穿梭，在紊混。又仿佛电光似的一掣，我又顺着一条线回忆下去——比如回忆到故乡里的秋吧。先仿佛看到满场里乱摊着的谷子，黄黄的。再看到左右摆动的老牛的头，飘浮着云烟的田野，屋后银白的一片秋芦。再沉一下心，还仿佛能听到老牛的喘气，柳树顶蝉的曳长了的鸣声。豆荚在日光下毕剥的炸裂声。蓦地，有如阴云漫过了田野，只在我的意想里一恍，在故乡里的这些秋的影子上面，又挤进来别的影子了——红的梅，白的雪，激滟的流水，十里稷稷的松墅，死人的蜡黄的面色，小孩充满了生命力的踊跃。同时，老牛的影，芦花的影，田野的影，也站在我的心里的一个角隅里。这许多的影子掩映着，混起来。我再不能顺着刚才的那条线想下去。又有许多别的历乱的影子在我的意念里跳动。如电光火石，眩了我的眼睛。终于我一无所见，一无所忆。仍然展开了灰蒙蒙的一片，空空的，什么也没有。我的回忆也就停止了。

我的回忆停止了，但是绝不能就这样停止下去。我仍然说，我们时时刻刻沿着人生的路向前走着，时时刻刻就有回忆萦绕着我们。——再说到现在吧。灯光平流到我面前的桌上，书页映出了参差的黑影，看到这黑影，我立刻想到在过去不知什么时候看过的远山的淡影。玻璃杯反射着清光。看了这清光，我立刻想到月明下千里的积雪。我正写着字。看了这一颗颗的字，也使我想到阶下的蚁群……倘若再沉一下心，我可以想到过去在某处见过这样的山的淡影。在另一个地方也见过这样的影子，纷纷的一团。于是想了开去，想到同这影子差不多的影子。纷纷的一团。于是又想了开去，仍然是纷纷的一团影子。但是同这山的淡影，同这书页映出的参差的黑影却没有一点关系了。这些影子还没幻灭的时候，又有别的影子隐现在他们后面，朦胧，暗淡，有着各样的色彩。再往里看，又有一层影子隐现在这些影子后面，更朦胧，更暗淡，色彩也更繁复。……一层，一层，看上去，没有完。越远越暗淡了下去。到最后，只剩了那么一点绰绰的形象。就这样，在我的回忆里，一层一层地，这许许多多的影子，色彩，分不清先先后后，又萦混成一团了。

我仍然带了这萦混的一团影子走上去。倘若要问：这些影子都在什么地方呢？我却说不清了。往往是这样，一闭眼，先是暗冥冥的一片，再一看，里面就有影子。但再问：这暗冥冥的一片在什么地方呢？恐怕只有天知道吧。当我注视着一件东西发愣的时候，这些影子往往就叠在我眼前的东西上。在不经意的时候，我常把母亲的面影叠在茶杯上。把忘记在什么时候看见的一条长长的伸到水里去的小路叠在Hölderlin 的全集上。把一树灿烂的海棠花叠在盛着花的土盆上。把大明湖里的塔影叠在桌上铺着的晶莹的清玻璃上。把晚秋黄昏的一天暮鸦叠在墙角的蜘蛛网上，把夏天里烈日下的火红的花团叠在窗外草地上半匍着的白雪上……然而，只要一经意，这些影子立刻又水纹似的幻化开去。同了这茶杯的，这 Hölderlin 全集的，这土盆的，这清玻璃的，这蜘蛛网的，这白雪的，影子，跳入我的回忆里，在将来的不知什么时候，又要叠在另一些放在我眼前的东西上了。

将来还没有来。而且也不好说。但是，我们眼前的路不正引向将来去吗？我看过了清浅的水在水仙花盆里反射的冷光，映在水里的石子的晕红和翠绿，残茶在软柔的灯光下照出的那几点金星。也看过了茶杯，Hölderlin 全集，土盆，清玻璃，蜘蛛网，白雪，第二天我自然看到另一些新的东西，第三天我自然看到另一些更新的东西。第四天，第五天……看到的东西多起来，这些东西都要倏地成轻烟，成细雾，成淡淡的影子，储在我的回忆里吧。这一团萦混的影子，也要更萦混了。等我不能再走，不能再看的时候，这一团也随了我走应当走的最后路。然而这时候，我却将一无所见，一无所忆。这一团影子幻失到什么地方去了呢？随了大明湖里的倒影飘散到茫迷里去了吗？随了远山的淡霭被吸入金色的黄昏里去了吗？说不清；而且也不必说。——反正我有过回忆了。我还希望什么呢？

1934 年 1 月 14 日旧历年元旦灯下

寂　寞

　　寂寞像大毒蛇，盘住了我整个的心，我自己也奇怪：几天前喧腾的笑声现在还萦绕在耳际，我竟然给寂寞克服了吗？

　　但是，克服了，是真的，奇怪又有什么用呢？笑声虽然萦绕在耳际，早已恍如梦中的追忆了，我只有一颗心，空虚寂寞的心被安放在一个长方形的小屋里。我看四壁，四壁冰冷像石板，书架上一行行排列着的书，都像一行行的石块，床上棉被和大衣的折纹也都变成雕刻家手下的作品了，死寂，一切死寂，更死寂的却是我的心，——我到了庞培（Pompaii）了么？不，我自己证明没有，隔了窗子，我还可以看见袅动的烟缕，虽然还在袅动，但是又是怎样地微弱呢，——我到了西敏斯大寺（Westminster Abbey）了么？我自己又证明没有，我看不到阴森的长廊，看不到诗人的墓圹，我只是被装在一个长方形的小屋里，四周圈着冰冷的石板似的墙壁，我究竟在什么地方呢？桌子上那两盆草的蔓长嫩绿的枝条，反射在镜子里的影子，我透过玻璃杯看到的淡淡的影子；反射在电镀过的小钟座上的影子，在平常总轻轻地笼罩上一层绿雾，不是很美丽有生气的吗？为什么也变成浮雕般呆僵不动呢？——一切完了，一切都给寂寞吞噬了，寂寞凝定在墙上挂的相片上，凝定在屋角的蜘蛛网上，凝定在镜子里我自己的影子上……

一切都真的给寂寞吞噬了吗？不，还有我自己，我试着抬一抬胳膊，还能抬得起，我摆了摆头，镜子里的影子也还随着动，我自己问：是谁把我放在这里的呢？是我自己，现在我才发现，就是自己，我能逃……

我能逃，然而，寂寞又跟上我了呀！在平常我们跑着百米抢书的图书馆，不是很热闹的吗？现在为什么也这样冷清呢？我从这头看到那头，像看到一个朦胧的残梦，淡黄的阳光从窗子里穿进来造成一条光的路，又射在光滑的桌面上，不耀眼，不辉腾，只是死死地贴在桌上，像——像什么呢？我不愿意说，像乡间黑漆棺材上贴的金边，寥寥的几个看书的，错落地散坐着，使我想起到月明夜天空的星子，但也都石像似的坐着，不响也不动，是人么？不是，我左右看全不像，像木乃伊？又不像，因为我闻不到木乃伊应该有的那种香味，像死尸？有点，但也不全像，——我看到他们僵坐的姿势了；我看到他们一个个的翻着的死白的眼了，我现在知道他们像什么，像鱼市里的死鱼，一堆堆地排列着，鼓着肚皮，翻着白眼，可怕！然而我能逃，然而寂寞又跟上了我，我向哪里逃呢？

到了世界的末日了吗？世界的末日，多可怕！以前我曾自己想象，自己是世界上最后的一个生物，因了这无谓的想象，我流过不知多少汗，但是现在却真教我尝到这个滋味了，天空倒挂着，像个盆，远处的西山，近处的楼台，都仿佛剪影似的贴在这灰白盆底上。小鸟缩着脖子站在土山上，不动，像博物馆里的标本，流水在冰下低缓地唱着丧歌，天空里破絮似的云片，看来像一贴贴的膏药，糊在我这寂寞的心上，枯枝丫杈着，看来像鱼刺，也刺着我这寂寞的心。

但是，我在身旁发现有人影在游动了，我知道，我自己不是世界上最后的生物，我在内心浮起一丝笑意，但是（又是但是）却怪没等这笑意浮到脸上，我又看到我身旁的人也同样翻着死白的眼，像木乃伊？像僵尸？像鱼市上陈列的死鱼？谁耐心去管，战栗通过了我全身，我想逃，寂寞驱逐着我，我想逃，向哪里逃呢？——天哪！我不知道向哪里逃了。

夜来了，随了夜来的是更多的寂寞，当我从外面走回宿舍的时候，四周死一般沉寂，但总仿佛有窸窣的脚步声绕在我四围。说声，其实哪里有什么声呢？只是我觉得有什么东西跟着我而已，倘若在白天，我一定说这是影子；倘若睡着了，我一定说这是梦，究竟是什么呢？我知道，这是寂寞，从远处我看到压在黑暗的夜气下面的宿舍，以前不是每个窗子都射出温热的软光来么？但是，变了，一切变了，大半的窗子都黑黑的，闭着寥寥的几个窗子，无力地迸射出几条光线来，又都是怎样暗淡灰白呢？——不，这不是窗子里射出来的灯光，这是墓地里的鬼火，这是魔窟里发出的魔光，我是到了鬼影憧憧的世界里了，我自己也成了鬼影了。

我平卧在床上，让柔弱的灯光流在我身上，让寂寞在我四周跳动，静听着远处传来的登登的足音，隐隐地，细细弱弱到听不清，听不见了，这声音从哪里传来的呢？是从辽远又辽远的国土里呀！是从寂寞的大沙漠里呀！但是，又像比辽远的国土更辽远；我的小屋是坟墓，这声音是从墓外过路人的脚下踅出来的呀！离这里多远呢？想象不出，也不能想象，望吧！是一片茫茫的白海流布在中间，海里是什么呢？是寂寞。

隔了窗子，外面是死寂的夜，从蒙翳的玻璃里看出去，不见灯光；不见一切东西的清晰的轮廓，只是黑暗，在黑暗里的迷离的树影，丫杈着，刺着暗灰的天，在三个月前，这秃光的枯枝上，有过一串串的叶子，在萧瑟的秋风里打战，又罩上一层淡淡的黄雾。再往前，在五六个月以前吧，同样的这枯枝上织一丛丛的茂密的绿，在雨里凝成浓翠；在毒阳下闪着金光，倘若再往前推，在春天里，这枯枝上嵌着一颗颗火星似的红花，远处看，辉耀着，像火焰，——但是，一转眼，溜到现在，现在怎样了呢？变了，全变了，只剩了秃光的枯枝，刺着天空，把小小的温热的生命力蕴蓄在这枯枝的中心，外面披上这层刚劲的皮，忍受着北风的狂吹；忍受着白雪的凝固；忍受着寂寞的来袭，同我一样。它也该同我一样切盼着春的来临，切盼着寂寞的退走吧。春什么时候会来呢？寂寞什么时候会走呢？这漫漫的长长的夜，这漫漫的更长的冬……

1934 年 1 月 22 日

年

　　年，像淡烟，又像远山的晴岚。我们握不着，也看不到。当它走来的时候，只在我们的心头轻轻地一拂，我们就知道：年来了。但是究竟什么是年呢？却没有人能说得清了。

　　当我们沿着一条大路走着的时候，遥望前路茫茫，花样似乎很多。但是，及至走上前去，身临切近，却正如向水里扑自己的影子，捉到的只有空虚。更遥望前路，仍然渺茫得很。这时，我们往往要回头看看的。其实，回头看，随时都可以。但是我们却不。最常引起我们回头看的，是当我们走到一个路上的界石的时候。说界石，实在没有什么石。只不过在我们心上有那么一点痕迹。痕迹自然很虚缥，所以不易说。但倘若不管易说不易说，说了出来的话，就是年。

　　说出来了，这年，仍然很虚缥。也许因为这一说，变得更虚缥。但这却是没有办法的事了。我前面不是说我们要回头看吗？就先说我们回头看到的吧。——我们究竟看到些什么呢？灰蒙蒙的一片，仿佛白云，又仿佛轻雾，朦胧成一团。里面浮动着各种的面影，各样的彩色。这似乎真有花样了。但仔细看来，却又不然，仍然是平板单调。就譬如从最

近的界石看回去吧。先看到白皑皑的雪凝结在丫杈着刺着灰
的天空的树枝上。再往前，又看到澄碧的长天下流泛着的萧
瑟冷寂的黄雾。再往前，苍郁欲滴的浓碧铺在雨后的林里，
铺在山头。烈阳闪着金光。更往前，到处闪动着火焰般的花
的红影。中间点缀着亮的白天，暗的黑夜。在白天里，我们
拼命填满了肚皮。在黑夜里，我们挺在床上咧开大嘴打呼。
就这样，白天接着黑夜，黑夜接着白天；一明一暗地滚下
去，像玉盘上的珍珠。

　……

　于是越过一个界石。看上去，仍然看到白皑皑的雪，看
到萧瑟冷寂的黄雾，看到苍郁欲滴的浓碧，看到火焰般的红
影。仍然是连续的亮的白天，暗的黑夜——于是又越过了一
个界石。于是又—— 一个界石，一个界石，界石连着界石，
没有完。亮的白天，暗的黑夜交织着。白雪，黄雾，浓碧，
红影，混成一团。影子却渐渐地淡了下来。我们的记忆也被
拖到辽远又辽远的雾蒙蒙的暗陬里去了。我们再看到什么
呢？更茫茫。然而，不新奇。

　不新奇吗？却终究又有些新的花样了。仿佛是跨过第一
个界石的时候——实在还早，仿佛是才踏上了世界的时候，
我们眼前便障上了幕。我们看不清眼前的东西；只是摸索着
走上去。随了白天的消失，暗夜的消失，这幕渐渐地一点一
点地撤下去。但我们不觉得。我们觉得的时候，往往是在踏
上了一个界石回头看的一刹那。一觉得，我们又慌了："会
有这样的事情发生到我身上吗？"其实，当这事情正在发生
的时候，我们还热烈地参加着，或表演着。现在一觉得，便

大惊小怪起来。我们又肯定地信，不会有这样的事情发生到我们身上的。我们想：自己以前仿佛没曾打算有这样的事情发生。实在，打算又有什么用呢？事情早已给我们安排在幕后。只是幕不撤，我们看不到而已。而且又真没曾打算过。以后我们又证明给自己：的确发生过这样的事情了。于是，因了这惊，这怪，我们也似乎变得比以前更聪明些。"以后我要这样了"，我们想。真的，以后我们要这样了。然而，又走到一个界石，回头一看，我们又惊疑："怎么又会有这样的事情发生到我身上呢？"是的，真有过。"以后我要这样了"，我们又想。——虽然一点一点地撤开，我们眼前仍是幕。于是，一个界石，一个界石，就在这随时发现的新奇中过下去，一直到现在，我们眼前仍然是幕。这幕什么时候才撤净呢？我们苦恼着。

但也因而得到了安慰了。一切事情，虽然都已经安排在幕后，有时我们也会蓦地想到几件。其中也不缺少一想到就使我们流汗战栗喘息的事情。我们知道它们一定会发生，只是不知道什么时候而已。但现在回头看来，许多这样的事情，只在这幕的微启之下，便悠然地露了出来，我们也不知怎样竟闯了过来。回顾当时的流汗，的战栗，的喘息，早成残像，只在我们心的深处留下一点痕迹。不禁微笑浮上心头了。回首绵绵无尽的灰雾中，竟还有自己踏过的微白的足迹在，蜿蜒一条长长的路，一直通到现在的脚跟下。再一想踏这条路时的心情，看这眼前的幕一点一点撤开时的或惊，或惧，或喜的心情，微笑更要浮上嘴角了。

这样，这条微白的长长的路就一直蜿蜒到脚跟。现在脚下踏着的又是一块新的界石了。不容我们迟疑，这条路又把我们引上前去。我们不能停下来，也不愿意停下来的。倘若抬头向前看的时候——又是一条微白的长长的路，伸展开去。又是一片灰蒙蒙的雾，这路就蜿蜒到雾里去。到哪里止呢？谁知道，我们只是走上前去。过去的，混沌迷茫，不知其所以然了。未来的，混沌迷茫，更不知其所以然了。但是我们时时刻刻都在向前走着。时时刻刻这条蜿蜒的长长的路向后缩了回去，又时时刻刻向前伸了出去，摆在我们面前。仍然再缩了回去，离我们渐远，渐远，窄了，更窄了。埋在茫茫的雾里。刚才看见的东西，一转眼，便随了这条路缩了回去，渐渐地不清楚，成云，成烟，埋在记忆里，又在记忆里消失了。只有在我们眼前的这一点短短的时间—— 一分钟，不，还短；一秒钟，不，还短；短到说不出来，就算有那么一点时间吧；我们眼前有点亮：一抬眼，便可以看到桌子上摆着的花的蔓长的枝条在风里袅动，看到架上排着的书，看到玻璃杯在静默里反射着清光，看到窗外枯树寒鸦的淡影，看到电灯罩的丝穗在轻微地散布着波纹，看到眼前的一切，都发亮。然后一转眼，这一切又缩了回去，渐渐地不清楚，成云，成烟，埋在记忆里，也在记忆里消失吧。等到第二次抬眼的时候，看到的一切已经同前次看到的不同了。我说，我们就只有那样短短的时间的一点亮。这条蜿蜒的长长的路伸展出去，这一点亮也跟着走。一直到我们不愿意，或者不能走了，我们眼前仍然只有那一点亮，带大糊涂走开。

当我们还在沿着这条路走的时候，虽然眼前只有那样一点亮，我们也只好跟着它走上去了。脚踏上一块新的界石的时候，固然常常引起我们回头去看；但是，我们仍要时时提醒自己：前面仍然有路。我前面不是说，我们又看到一条微白的长长的路引到雾里去吗？渺茫，自然；但不必气馁。譬如游山，走过了一段路之后，乘喘息未定的时候，回望来路，白云四合，当然很有意思的。倘再翘首前路，更有青霭流泛，不也增加游兴不少吗？而且，正因为渺茫，却更有味。当我翘首前望的时候，只看到雾海，茫茫一片，不辨山水云树。我们可以任意把想象加到上面。我们可以自己涂上粉红色，彩虹色；任意制成各种的梦，各种的幻影，各种的蜃楼。制成以后，随便按上，无不适合。较之回头看时，只见残迹，只见过去的面影，趣味自然不同。这时，我们大概也要充满了欣慰与生力，怡然走上前去。倘若了如指掌，毫发都现，一眼便看到自己的坟墓，无所用其涂色；更无所用其蜃楼，只懒懒地抬起了沉重的腿脚，无可奈何地踱上去，不也大煞风景，生趣全丢吗？

然而，话又要说了回来。——虽然我们可以把未来涂上了彩色，制成了梦，幻影，和蜃楼；一想到，蜿蜒到灰雾里去的长长的路，仍然不过是长长的路，同从雾里蜿蜒出来的并不会有多大的差别；我们不禁又惘然了。我们知道，虽然说不定也有点变化，仍然要看到同样的那一套。真的，我们也只有看到同样的那一套。微微有点不同的，就是次序倒了过来。——我们将先看到到处闪动着的花的红影；以后，再看到苍郁欲滴的浓碧；以后，又看到萧瑟冷寂的黄雾；以后，再看到白皑皑的雪凝结在丫杈着刺着灰的天空的树枝上。中间点缀着的仍然是亮的白天，暗的黑夜。在白天里，我们填满了肚皮。在夜里，我们咧开大嘴打呼。照样地，白天接着黑夜，黑夜接着白天。于是到了一个界石，我们眼前仍然只有那短短的时间的一点亮。脚踏上这个界石的时候，说不定还要回过头来看到现在。现在早笼在灰雾里，埋在记忆里了。我们的心情大概不会同踏在现在的这块界石上回望以前有什么差别吧。看了微白的足迹从现在的脚下通到那时的脚下，微笑浮上心头呢？浮上嘴角呢？惘然呢？漠然呢？看了眼前的幕一点一点地撤去，惊呢？惧呢？喜呢？那就都不得而知了。

于是，通过了一块界石，又看上去，仍然是红影，浓碧，黄雾，白雪。亮的白天，暗的黑夜，一个推着一个，滚成一团，滚上去，像玉盘上的珍珠。终于我们看到些什么呢？灰蒙蒙；然而不新奇。但却又使我们战栗了。——在这微白的长长的路的终点，在雾的深处，谁也说不清是什么地方，有一个充满了威吓的黑洞，在向我们狞笑，那就是我们的归宿。障在我们眼前的幕，到底也不会撤去。我们眼前仍然只有当前一刹那的亮，带了一个大混沌，走进这个黑洞去。

走进这个黑洞去，其实也倒不坏，因为我们可以得到静息。但又不这样简单。中间经过几多花样，经过多长的路才能达到呢？谁知道。当我们还没有达到以前，脚下又正在踏着一块界石的时候，我们命定地只能向前看，或向后看。向后看，灰蒙蒙，不新奇了。向前看，灰蒙蒙，更不新奇了，然而，我们可以做梦。再要问：我们要做什么样的梦呢？谁知道。——一切都交给命运去安排吧。

1934 年 1 月 24 日

兔 子

　　不记得是什么时候，大概总在我们全家刚从一条满铺了石头的古旧的街的北头搬到南头以后，我有了三只兔子。

　　说起兔子，我从小就喜欢的。在故乡里的时候，同村的许多的家里都养着一窝兔子。在地上掘一个井似的圆洞，不深，在洞底又有向旁边通的小洞。兔子就住在里面。不知为什么，我们却总不记得家里有过这样的洞。每次随了大人往别的养兔子的家里去玩的时候，大人们正在扯不断拉不断絮絮地谈得高兴的当儿，我总是放轻了脚步走到洞口，偷偷地向里瞧——兔子正在小洞外面徘徊着呢。有黑白花的，有纯黑的。我顶喜欢纯白的，因为眼睛红亮得好看。透亮的长耳朵左右摇摆着。嘴也仿佛战栗似的颤动着，在嚼着菜根什么的。蓦地看见人影，都迅速地跑进小洞去了，像一溜溜的白色黑色的烟。倘若再伏下身子去看，在小洞的薄暗里，便只看见一对对的莹透的宝石似的眼睛了。

　　在我走出了童年以前的某一个春天，记得是刚过了年，因为一种机缘的凑巧，我离开故乡，到一个以湖山著名的都市里去。从栉比的高的楼房的空隙里，我只看到一线蓝蓝的天，这哪里像故乡里锅似的覆盖着的天呢？我看不到远远的笼罩着一层轻雾的树。我看不到天边上飘动的水似的云烟。我嗅不到土的气息。我仿佛住在灰之国里。终日里，我只听到闹嚷嚷的车马的声音。在半夜里，还有小贩的咽声从远处的小巷里飘了过来。我是地之子，我渴望着再回到大地的怀里去。当时，小小的心灵也会感到空漠的悲哀吧。但是，最使我不能忘怀的，占据了我的整个的心的，却还是有着宝石似的眼睛的故乡里的兔子。

也不记得是几年以后了，总之是在秋天，叔父从望口山回家来，仆人挑了一担东西。上面是用蒲包装的有名的肥桃，下面有一个木笼。我正怀疑木笼里会装些什么东西，仆人已经把木笼举到我的眼前了——战栗似的颤动着的嘴，透亮的长长的耳朵，红亮的宝石似的眼睛……这不正是我梦寐渴望的兔子么？记得他临到望口山去的时候，我曾向他说过，要他带几个兔子回来。当时也不过随意一说，现在居然真带来了。这仿佛把我拉回了故乡里去。我是怎么狂喜呢？笼里一共有三只：一只大的，黑色，像母亲；两只小的，白色。我立刻舍弃了美味的肥桃，东跑西跑，忙着找白菜，找豆芽，喂它们。我又替它们张罗住处，最后就定住在我的床下。

童年在故乡里的时候，伏在别人的洞口上，羡慕人家的兔子，现在居然也有三只在我的床下了。对我，这简直比童话还不可信。最初，才从笼里放出来的时候，立刻就有猫挤上来。兔子仿佛很胆怯，伏在地上，不敢动。耳朵紧贴在头上，只有嘴颤动得更厉害。把猫赶走了，才慢慢地试着跑。

我一转眼，大的早领着两只小的躲在花盆后面了。再一转眼，早又跑到床下面去了。有了兔子以后的第一个夜里，我躺在床上，辗转着睡不沉，听兔子在床下嚼着豆芽的声音，我仿佛浮在云堆里。已经忘记了做过些什么样的梦了。

就这样，我的床下面便凭空添了三个小生命。每当我坐在靠窗的一张桌子的旁边读书的时候，兔子便偷偷地从床下面踱出来，没有一点声音。我从书页上面屏息地看着它们。——先是大的一探头，又缩回去；再一探头，走出来了，一溜黑烟似的。紧随着的是两只小的，都白得像一团雪，眼睛红亮，像——我简直说不出像什么。像玛瑙么？比玛瑙还光莹。就用这小小的红亮的眼睛四面看着，走到从花盆里垂出的拂着地的草叶下面，嘴战栗似的颤动几下，停一停，走到书架旁边，嘴战栗似的颤动几下，停一停，走到小凳下面。嘴战栗似的颤动几下，停一停。忽然我觉得有软茸茸的东西靠上了我的脚了。我知道是小兔正伏在我的脚下。我忍耐着不敢动。不知怎地，腿忽然一抽。我再看时，一溜黑烟，两溜白烟，兔子都藏到床下面去。伏下身子去看，在床下面暗黑的角隅里，便只看见莹透的宝石似的一对对的眼睛了。

是秋天，前面已经说过，我住的屋的窗外有一棵海棠树。以前常听人说，兔子是顶孱弱的，猫对它便是个大的威胁。在兔子没来我床下面住以前，屋里也常有猫的踪迹。门关严了的时候，这棵海棠树就成了猫来我屋里的路。自从有了兔子以后，在冷寂的秋的长夜里，我常常无所谓地蓦地醒转来。——窗外风吹着落叶，窸窣地响，我疑心是猫从海棠树上爬上了窗子。绵连的夜雨击着落叶，窸窣地响，我又疑心是猫爬上了窗子。我静静地等着，不见有猫进来。低头看时，兔子正在地上来回地跑着，在微明的灯光里，更像一溜溜的黑烟和白烟了。眼睛也更红亮得像宝石了。当我正要朦胧睡去的时候，恍惚听到"咪"的一声，看窗子上破了一个洞的地方，正有两颗灯似的眼睛向里瞅着。

第二天早晨起来，第一件要做的事情，就是伏下头去看，兔子丢了没有。看到两个小兔两团白絮似的偎在大的身旁熟睡的时候，心里仿佛得到点安慰。过了一会，再回到屋里来读书的时候，又可以看到它们在脚下来回地跑了。其实并没有什么声息，屋里总仿佛充满了生气与欢腾似的。周围的空气，也软浓浓地变得甜美了。兔子也渐渐不胆怯起来。看见我也不很躲避了。第一次一个小兔很驯顺地让我抚摸的时候，我简直欢喜得流泪呢。

倘若我的记忆靠得住的话，大约总有半个秋天，就在这样的颇有诗意的情况里度过去。我还能模模糊糊地记得：兔子才在笼里装来的时候，满院子都挤满了花。我一闭眼，还能看到当时院子里飘动的那一层淡淡的绿色。兔子常从屋里跑出来，到花盆缝里去玩，金鱼缸里的子午莲还仿佛从水面上突出两朵白花来。只依稀有一点影。这记忆恐怕靠不大住了。随了这绿色，这金鱼缸，我又能看到靠近海棠树的涂上了红油绿油的窗子嵌着一方不小的玻璃，上面有雨和土的痕迹。窗纸上还粘着几条蜘蛛丝，窗子里面就是我的书桌，再往里，就是床，兔子就住在床下面……这一切都仿佛在眼前浮动。但又像烟，像雾，眼看就要幻化到空濛里去了。

我不是说大概过了有半个秋天么？——等到院子里的花草渐渐地减少了，立刻显得很空阔。落叶却在阶下多起来，金鱼缸里早没了水。天更蓝，更长；澹远的秋有转入阴沉的冬的样儿了。就在这样一个蓝天的早晨，我又照例伏下身子，去看兔子丢了没有。——奇怪，床下面空空的，仿佛少了什么东西似的。再仔细看，只看到两个小兔凄凉地互相偎着睡。它们的母亲跑到哪里去了呢？我立刻慌了。汗流遍了全身。本来，几天以来，大兔子的胆更大了，常常自己偷跑到天井里去。这次恐怕又是自己偷跑出去了吧。但各处，屋里，屋外，都找到了，没有影，回头又看到两个小兔子偎在我的脚下，一种莫名其妙的凄凉袭进了我的心。我哭了，我是很早就离开母亲的。我时常想到她。我感到凄凉和寂寞。看来这两个小兔子也同我一样地感到凄凉和寂寞吧。我没地方倾诉，除非在梦里，小兔子又向哪里，而且又怎样倾诉呢？——我又哭了。

　　起初，我还有希望，我希望大兔子会自己跑回来，蓦地给我一个大的欢喜。但是一天一天地过去，我这希望终于成了泡影。我却更爱这两个小兔子了。以前我爱它们，因为它们红亮的眼睛，雪絮似的软毛。这以后的爱里，却掺入了同情。有时我还想拿我的爱抚来弥补它们失掉母亲的悲哀。但这哪是可能的呢？眼看它们渐渐消瘦了下去。在屋里跑的时候也不像以前那样轻快了。时常偎到我的脚下来。我把它们抱在怀里，也驯顺地伏着不动。当我看到它们踽踽地走开的时候，小小的心真的充满了无名的悲哀呢！

　　这样的情况也没能延长多久，两三天以后，我忽然发现在屋里跑着的只有一个兔子，那个同伴到哪里去了呢？我又慌了，又各处地找到：墙隅，桌下，又在天井里各处找，低声唤着，落叶在脚下索索地响。终于，没有影。当我看到这剩下的一个小生命孤独地踱着的时候，再听檐边秋天特有的风声，眼泪又流下来了。——它在找它的母亲吗？找它的兄弟吗？为什么连叹息一声也不呢？宝石似的眼睛里也仿佛含着晶莹的泪珠了。夜里，在微明的灯光下，我不见它在床下沉睡；它只是不停地在屋里跑着。这冷硬的土地，这漫漫的秋的长夜，没有母亲，没有兄弟偎着，凄凉的冷梦萦绕着它。它怎能睡得下去呢？

第二天的早晨，天更蓝，蓝得有点古怪。小屋里照得通明，小兔在我眼前跑过的时候，洁白的茸毛上，仿佛有一点红，一闪，我再看，就在透明红润的耳朵旁边，发现一点血痕——只一点，衬了雪白的毛，更显得红艳，像鸡血石上的斑，像西天一点晚霞。我却真有点焦急了。我听人说，兔子只要见血，无论多少一滴，就会死去的。这剩下的一个没有母亲，没有兄弟的孤独的小生命也要死去吗？我不相信，这比神话还渺茫，然而摆在眼前的却就是那一点红艳的血痕，怎样否认呢？我把它抱了起来，它仿佛也知道有什么不幸要临到它身上，只伏在我的怀里，不动，放下，也不大跑了。就在这天的末尾，在黄昏的微光里，当我再伏下头去看床下的时候，除了一堆白菜和豆芽之外，什么也看不到了。我各处找了找，也没找到什么。我早知道有什么事情要发生。而且，我也想：这样也倒好的。不然，孤伶伶的一个活在这世界上，得不到一点温热，在凄凉和寂寞的袭击下，这长长的一生又怎样消磨呢？我不哭，但是眼泪却流在肚子里去了，悲哀沉重地压在心头，我想到了故乡里的母亲。

就这样，半个秋天以来，在我床下面跑出跑进的三个兔子一个都不见了。我再坐在靠窗的桌子旁读书的时候，从书页上面，什么都看不到了。从有着风和雨的痕迹的玻璃窗里望出去：海棠树早落净了叶子，只剩下秃光的枝干，撑着晴晴的秋的长空。夜里，我再听到外面，窸窸窣窣地响的时候，我又疑心是猫。我从朦胧中醒转来，虽然有时也会在窗洞里看到两盏灯似的圆圆的眼睛。但是看床下的时候，却没有兔子来回地踱着了。眼一花，便会看到满地历乱的影子，一溜黑烟，一溜白烟，再仔细看，有什么呢？什么也没有，只有暗淡的灯照彻了冷寂的秋夜，外面又窸窣地响，是雨吧？冷栗，寂寞，混上了一点轻微空漠的悲哀，压住了我的心。一切都空虚。我能再做什么样的梦呢？

1934 年 2 月 16 日

母 与 子

　　一想到故乡，就想到一个老妇人。我自己也觉得奇怪：干皱的面纹，霜白的乱发，眼睛因为流泪多了镶着红肿的边，嘴瘪了进去。这样一张面孔，看了不是很该令人不适意的吗？为什么它总霸占住我的心呢？但是再一想到，我是在怎样的一个环境里遇到了这老妇人，便立刻知道，她不但现在霸占住我的心，而且要永远地霸占住了。

　　现在回忆起来，还恍如眼前的事。——去年的初秋，因为母亲的死，我在火车里闷了一天，在长途汽车里又颠荡了一天以后，又回到八年没曾回过的故乡去。现在已经不能确切地记得是什么时候，只记得才到故乡的时候，树丛里还残留着一点浮翠；当我离开的时候就只有淡远的长天下一片凄凉的黄雾了。就在这浮翠里，我踏上印着自己童年游踪的土地。当我从远处看到自己的在烟云笼罩下的小村的时候，想到死去的母亲就躺在这烟云里的某一个角落里，我不能描写我的心情。像一团烈焰在心里烧着，又像严冬的厚冰积在心头。我迷惘地撞进了自己的家。在泪光里看着一切都在浮动。我更不能描写当我看到母亲的棺材时的心情。几次在梦里接受了母亲的微笑，现在微笑的人却已经睡在这木匣子里了。有谁有过同我一样的境遇的么？他大概知道我的心是怎样地绞痛了。我哭，我哭到一直不知道自己是在哭。渐渐地听到四周有嘈杂的人声围绕着我，似乎都在劝解我，都叫着我的乳名，自己听了，在冰冷的心里也似乎得到了点温热。又经过了许久，我才睁开眼。看到了许多以前熟悉现在都变了但也还能认得出来的面孔。除了自己家里的大娘婶子以外，我就看到了这个老妇人：干皱的面纹，霜白的乱发，眼睛因为流泪多了镶着红肿的边，嘴瘪了进去……

她就用这瘪了进去的嘴，一凹一凹地似乎对我说着什么话。我只听到絮絮的扯不断拉不断仿佛念咒似的低声，并没有听清她对我说的什么。等到阴影渐渐地从窗外爬进来，我从窗棂里看出去，小院里也织上了一层朦胧的暗色。我似乎比以前清楚了点。看到眼前仍然挤着许多人。在阴影里，每个人摆着一张阴暗苍白的面孔，却看不到这一凹一凹的嘴了。一打听，才知道，她就是同村的算起来比我长一辈的，应该叫做大娘之流的我小时候也曾抱我玩过的一个老妇人。

以后，我过的是一个极端痛苦的日子。母亲的死使我对一切都灰心。以前也曾自己吹起过幻影：怎样在十几年的漂泊生活以后，回到故乡来，听到母亲的一声含有温热的呼唤，仿佛饮一杯甘露似的，给疲惫的心加一点生气，然后再冲到人世里去。现在这幻影终于证实了是个幻影，我现在是处在怎样一个环境里呢？——寂寞冷落的屋里，墙上满布着灰尘和蛛网。正中放着一个大而黑的木匣子。这匣子装走了我的母亲，也装走了我的希望和幻影。屋外是一个用黄土堆成的墙围绕着的天井。墙上已经有了几处倾地的缺口，上面长着乱草。从缺口里看出去是另一片黄土的墙，黄土的屋顶，黄土的街道，接连着枣树林里的一片淡淡的还残留着点绿色的黄雾，枣林的上面是初秋阴沉的也有点黄色的长天。我的心也像这许多黄的东西一样地黄，也一样地阴沉。一个丢掉希望和幻影的人，不也正该丢掉生趣吗？

　　我的心，虽然像黄土一样地黄，却不能像黄土一样地安定。我被圈在这样一个小的天井里：天井的四周都栽满了树。榆树最多，也有桃树和梨树。每棵树上都有母亲亲自砍伐的痕迹。在给烟熏黑了的小厨房里，还有母亲没死前吃剩的半个茄子，半棵葱。吃饭用的碗筷，随时用的手巾，都印有母亲的手泽和口泽。在地上的每一块砖上，每一块土上，母亲在活着的时候每天不知道要踏过多少次。这活着，并不渺远，一点都不；只不过是十天前。十天算是怎样短的一个时间呢？然而不管怎样短，就在十天后的现在，我却只看到母亲躺在这黑匣子里。看不到，永远也看不到，母亲的身影再在榆树和桃树中间，在这砖上，在黄的墙，黄的枣林，黄的长天下游动了。

　　虽然白天和夜仍然交替着来，我却只觉到有夜。在白天，我有颗夜的心。在夜里，夜长，也黑，长得莫明其妙，黑得更莫明其妙；更黑的还是我的心。我枕着母亲枕过的枕头，想到母亲在这枕头上想到她儿子的时候不知道流过多少泪，现在却轮到我枕着这枕头流泪了。凄凉零乱的梦萦绕在我的四周，我睡不熟。在朦胧里睁开眼睛，看到淡淡的月光从门缝里流进来，反射在黑漆的棺材上的清光。在黑影里，又浮起了母亲的凄冷的微笑。我的心在战栗，我渴望着天明。但夜更长，也更黑，这漫漫的长夜什么时候过去呢？我什么时候才能看到天光呢？

时间终于慢慢地走过去。——白天里悲痛袭击着我，夜间里黑暗压住了我的心。想到故都学校里的校舍和朋友，恍如回望云天里的仙阙，又像捉住了一个荒诞的古代的梦。眼前仍然是一片黄土色。每天接触到的仍然是一张张阴暗灰白的面孔。他们虽然都用天真又单纯的话和举动来对我表示亲热，但他们哪能了解我这一腔的苦水呢？我感觉到寂寞。

就在这时候，这老妇人每天总到我家里来看我。仍然是干皱的面纹，霜白的乱发，眼睛镶着红肿的边，嘴瘪了进去。就用瘪了进去的嘴一凹一凹地絮絮地说着话，以前我总以为她说的不过是同别人一样的劝解我的话，因为我并没曾听清她说的什么。现在听清了，才知道从这一凹一凹的嘴里发出的并不是我想的那些话。她老向我问着外面的事情，尤其很关心地问着军队的事情。对于我母亲的死却一句也不提。我很觉到奇怪。我不明了她的用意。我在当时那种心情之下，有什么心绪同她闲扯呢？当她絮絮地扯不断拉不断地仿佛念咒似的说着话的时候，我仍然看到母亲的面影在各处飘，在榆树旁，在天井里，在墙角的阴影里。寂寞和悲哀仍然霸占住我的心。我有时也答应她一两句。她于是就絮絮地说下去，说，她怎样有一个儿子，她的独子，三年前因为在家没有饭吃，偷跑了出去当兵。去年只接到了他的一封信，说是不久就要开到不知道哪里去打仗。到现在又一年没信了。留下一个媳妇和一个孩子（说着指了指偎她身旁的一个肮脏的拖着鼻涕的小孩）。家里又穷，几年来年成又不好，媳妇时常哭……问我知道不知道他在什么地方。说着，在叹了几口气以后，晶莹的泪点顺着干皱的面纹流下来，流过一凹一凹的嘴，落到地上去了。我知道，悲哀怎样啃着这老妇人的心。本来需要安慰的我也只好反过头来，安慰她几句，看她领着她的孙子沿着黄土的路踽踽地走去的渐渐消失的背影。

接连着几天的过午，她总领着她孙子来看我。她这孙子实在不高明，肮脏又淘气。他死死地缠住她。但是她却一点都不急躁。看着她孙子的拖着鼻涕的面孔，微笑就浮在她这瘪了进去的嘴旁。拍着他，嘴里哼着催眠曲似的歌。我知道，这单纯的老妇人怎样在她孙子身上发现了她儿子。她仍然絮絮地问着我，关于外面军队里的事情。问我知道她儿子在什么地方不。我也很想在谈话间隔的时候，问她一问我母亲活着时的情形，好使我这八年不见面的渴望和悲哀的烈焰消熄一点。她却只"唔唔"两声支吾过去，仍然絮絮地扯不断拉不断地仿佛念咒似的自己低语着，说她儿子小的时候怎样淘气，有一次，他打碎一个碗，她打了他一掌，他哭得真凶呢。大了怎样不正经做活。说到高兴的地方，也有一线微笑掠过这干皱的脸。最后，又问我知道她儿子在什么地方不。我发现了这老妇人出奇地固执。我只好再安慰她两句。在黄昏的微光里，送她出去。眼看着她领着她的孙子在黄土道上踽踽地凄凉地走去。暮色压在她的微驼的背上。

就这样，有几个寂寞的过午和黄昏就度过了。间或有一两天，这老妇人因为有事没来看我。我自己也受不住寂寞的袭击，常出去走走。紧靠着屋后是一个大坑，汪洋一片水，有外面的小湖那样大。是秋天，前面已经说过。坑里丛生着的芦草都顶着白茸茸的花。望过去，像一片银海。芦花的里面是水。从芦花稀处，也能看到深碧的水面。我曾整个过午坐在这水边的芦花丛里，看水面反射的静静的清光。间或有一两条小鱼冲出水面来喋喋着。一切都这样静。母亲的面影仍然浮动在我眼前。我想到童年时候怎样在这里洗澡；怎样在夏天里，太阳出来以前，水面还发着蓝黑色的时候，沿着坑边去摸鸭蛋；倘若摸到一个的话，拿给母亲看的时候，母亲的微笑怎样在当时的童稚的心灵里开成一朵花；怎样又因为淘气，被母亲在后面追打着，当自己被逼紧了跳下水去站在水里回头看岸上的母亲的时候，母亲却因了这过分顽皮的举动，笑了，自己也笑。……然而这些美丽的回忆，却随了母亲给死吞噬了去。只剩了一把两把的眼泪。我要问，母亲怎么会死了？死究竟是什么东西？但一切都这样静。我眼前闪动着各种的幻影。芦花流着银光，水面上反射着青光，夕阳的残晖照在树梢上发着金光：这一切都混杂地搅动在我眼前，像一串串的金星，又像迸发的火花。里面仍然闪动着母亲的面影，也是一串串地，——我忘记了自己，忘记了一切，像浮在一个荒诞的神话里，踏着暮色走回家了。

有时候，我也走到场里去看看。豆子谷子都从田地里用牛车拖了来，堆成一个个小山似的垛。有的也摊开来在太阳里晒着。老牛拖着石碾在上面转，有节奏地摆动着头。驴子也摇着长耳朵在拖着车走。在正午的沉默里，只听到豆荚在阳光下开裂时毕剥的响声，和柳树下老牛的喘气声。风从割净了庄稼的田地里吹了来，带着土的香味。一切都沉默。这时候，我又往往遇到这个老妇人，领着她的孙子，从远远的田地里顺着一条小路走了来，手里间或拿着几支玉蜀黍秸。霜白的发被风吹得轻微地颤动着。一见了我，立刻红肿的眼睛里也仿佛有了光辉。站住便同我说起话来。嘴一凹一凹地说过了几句话以后，立刻转到她的儿子身上。她自己又低着头絮絮地扯不断拉不断地仿佛念咒似的说起来。又说到她儿子小的时候怎样淘气。有一次他摔碎了一个碗。她打了他一掌，他哭得真凶呢。他大了又怎样不正经做活。说到高兴的地方，干皱的脸上仍然浮起微笑。接着又问到我外面军队上的情形，问我知道他在什么地方、见过他没有。她还要我保证，他不会被人打死的。我只好再安慰安慰她，说我可以带信给他，叫他家来看她。我看到她那一凹一凹的干瘪的嘴旁又浮起了微笑。旁边看的人，一听到她又说这一套，早走到柳荫下看牛去了。我打发她走回家去，仍然让沉默笼罩着这正午的场。

这样也终于没能延长多久，在由一个乡间的阴阳先生按着什么天干地支找出的所谓"好日子"的一天，我从早晨就穿了白布袍子，听着一个人的暗示。他暗示我哭，我就伏在地上咧开嘴嚎啕地哭一阵，正哭得淋漓的时候，他忽然暗示我停止，我也只好立刻收了泪。在收了泪的时候，就又可以从泪光里看来来往往的各样的吊丧的人，也就嚎啕过几场，又被一个人牵着东走西走。跪下又站起，一直到自己莫名其妙，这才看到有几十个人去抬母亲的棺材了。——这里，我不愿意，实在是不可能，说出我看到母亲的棺材被人抬动时的心痛。以前母亲的棺材在屋里，虽然死仿佛离我很远，但只隔一层木板里面就躺着母亲。现在却被抬到深的永恒黑暗的洞里去了。我脑筋里有点糊涂。跟了棺材沿着坑走过了一段长长的路，到了墓地。又被拖着转了几个圈子……不知怎样脑筋里一闪，却已经给人拖到家里来了。又像我才到家时一样，渐渐听到四周有嘈杂的人声围绕着我，似乎又在说着同样的话。过了一会，我才听到有许多人都说着同样的话，里面杂着絮絮的扯不断拉不断的仿佛念咒似的低语。我听出是这老妇人的声音，但却听不清她说的什么，也看不到她那一凹一凹的嘴了。

在我清醒了以后，我看到的是一个变过的世界。尘封的屋里，没有了黑亮的木匣子。我觉得一切都空虚寂寞。屋外的天井里，残留在树上的一点浮翠也消失到不知哪儿去了。草已经都转成黄色，耸立在墙头上，在秋风里打颤。墙外一片黄土的墙更黄；黄土的屋顶，黄土的街道也更黄；尤其黄的是枣林里的一片黄雾，接连着更黄更黄的阴沉的秋的长天。但顶黄顶阴沉的却仍然是我的心。一个对一切都感到空虚和寂寞的人，不也正该丢掉希望和幻影吗？

又走近了我的行期。在空虚和寂寞的心上，加上了一点绵绵的离情。我想到就要离开自己漂泊的心所寄托的故乡。以后，闻不到土的香味，看不到母亲住过的屋子、母亲的墓，也踏不到母亲曾经踏过的地。自己心里说不出是什么味。在屋里觉得窒息，我只好出去走走。沿着屋后的大坑踱着。看银耀的芦花在过午的阳光里闪着光，看天上的流云，看流云倒在水里的影子。一切又都这样静。我看到这老妇人从穿过芦花丛的一条小路上走了来。霜白的乱发，衬着霜白的芦花，一片辉耀的银光。极目苍茫微明的云天在她身后伸展出去，在云天的尽头，还可以看到一点点的远村。这次没有领着她的孙子。神气也有点匆促，但掩不住干皱的面孔上的喜悦。手里拿着有一点红颜色的东西，递给我，是一封信。除了她儿子的信以外，她从没接到过别人的信。所以，她虽然不认字，也可以断定这是她儿子的信。因为村里人没有能念信的，于是赶来找我。她站在我面前，脸上充满了微笑；红肿的眼里也射出喜悦的光，瘪了进去的嘴仍然一凹一凹地动着，但却没有絮絮的念咒似的低语了。信封上的红线因为淋过雨扩成淡红色的水痕。看邮戳，却是半年前在河南南部一个做过战场的县城里寄出的。地址也没写对，所以经过许多时间的辗转。但也居然能落到这老妇人手里。我的空虚的心里，也因了这奇迹，有了点生气。拆开看，寄信人却不是她儿子，是另一个同村的跑去当兵的。大意说，她儿子已经阵亡了，请她找一个人去运回他的棺材。——我的手战栗起来。这不正给这老妇人一个致命的打击吗？我抬眼又看到她脸上抑压不住的微笑。我知道这老人是怎样切望得到一个好消息。我也知道，倘若我照实说出来，会有怎样一幅悲惨的景象展开在我眼前。我只好对她说，她儿子现在很好，已经升了官，不久就可以回家来看她。她喜欢得流下眼泪来。嘴一凹一凹地动着，她又扯不断拉不断地絮絮地对我说起来。不厌其详地说到她儿子各样的好处；怎样她昨天夜里还做了一个梦，梦着他回来。我看到这老妇人把信揣在怀里转身走去的渐渐消失的背影，我再能说什么话呢？

第二天，我便离开我故乡里的小村。临走，这老妇人又来送我。领着她的孙子，脸上堆满了笑意。她不管别人在说什么话，总絮絮地扯不断拉不断地仿佛念咒似的自己低语着。不厌其详地说到她儿子的好处，怎样她昨天夜里还做了一个梦，梦见她儿子回来，她儿子已经升成了官了。嘴一凹一凹地急促地动着。我身旁的送行人的脸色渐渐有点露出不耐烦，有的也就躲开了。我偷偷地把这信的内容告诉别人，叫他在我走了以后慢慢地转告给这老妇人。或者简直就不告诉她。因为，我想，好在她不会再有许多年的活头，让她抱住一个希望到坟墓里去吧。当我离开这小村的一霎那，我还看到这老妇人的眼睛里的喜悦的光辉，干皱的面孔上浮起的微笑。……

　　不一会，回望自己的小村，早在云天苍茫之外，触目尽是长天下一片凄凉的黄雾了。

　　在颠簸的汽车里，在火车里，在驴车里，我仍然看到这圣洁的光辉，圣洁的微笑，那老妇人手里拿着那封信。我知道，正像装走了母亲的大黑匣子装走了我的希望和幻影，这封信也装走了她的希望和幻影。我却又把这希望和幻影替她拴在上面，虽然不知道能拴得久不。

　　经过了萧瑟的深秋，经过了阴暗的冬，看死寂凝定在一切东西上。现在又来了春天。回想故乡的小村，正像在故乡里回想到故都一样。恍如回望云天里的仙阙，又像捉住了一个荒诞的古代的梦了。这个老妇人的面孔总在我眼前盘桓：干皱的面纹，霜白的乱发，眼睛因为流泪多了镶着红肿的边，嘴瘪了进去。又像看到她站在我面前，絮絮地扯不断拉不断地仿佛念咒似的低语着，嘴一凹一凹地在动。先仿佛听到她向我说，她儿子小的时候怎样淘气，怎样有一次他摔碎了一个碗，她打了他一巴掌，他哭。又仿佛看到她手里拿着一封雨水渍过的信，脸上堆满了微笑，说到她儿子的好处，怎样她做了一个梦，梦着他回来……然而，我却一直没接到故乡里的来信。我不知道别人告诉她她儿子已经死了没有，倘若她仍然不知道的话，她愿意把自己的喜悦说给别人，却没有人愿意听。没有我这样一个忠实的听者，她不感到寂寞吗？倘若她已经知道了，我能想象，大的晶莹的泪珠从干皱的面纹里流下来，她这瘪了进去的嘴一凹一凹地，她在哭，她又哭晕了过去……不知道她现在还活在人间没有？——我们同样都是被恶运踏在脚下的苦人，当悲哀正在啃着我的心的时候，我怎忍再看你那老泪浸透你的面孔呢？请你不要怨我骗你吧，我为你祝福！

1934 年 4 月 1 日

红

在我刚从故乡里走出来以后的几年里，我曾有过一段甜蜜的期间，是长长的一段。现在回忆起来，虽然每一件事情都仿佛有一层灰蒙蒙的氛围萦绕着，但仔细看起来，却正如读希腊的神话，眼前闪着一片淡黄的金光。倘若用了象征派诗人的话，这也算是粉红色的一段了。

当时似乎还没有多少雄心壮志，但眼前却也不缺少时时浮起来的幻想。从一个字不认识，进而认得了许多字，因而知道了许多事情；换了话说，就是从莫名其妙的童年里渐渐看到了人生，正如从黑暗里乍走到光明里去，看一切东西都是新鲜的。我看一切东西都发亮，都能使我的幻想飞出去。小小的心也便日夜充塞了欢欣与惊异。

我就带了一颗充塞了欢欣与惊异的心，每天从家里到一个靠近了墟墙有着一个不小的有点乡村味的校园的小学校里去上学。沙着声念古文或者讲数学的年老而又装着威严的老师，自然引不起我的兴趣，在班上也不过用小刀在桌子上刻花，在书本上画小人头。一下班立刻随了几个小同伴飞跑到小池子边上去捉蝴蝶，或者去拣小石头子，整个的心灵也便倾注在蝴蝶的彩色翅膀上和小石头子的螺旋似的花纹里了。

从家里到学校是一段颇长的路。路既曲折狭隘，也偏僻。顶早的早晨，当我走向学校去的时候，是非常寂静，没有什么人走路的。然而，在我开始上学以后不久，我却遇到一个挑着担子卖绿豆小米的。以后，接连着几个早晨都遇到他。有一天的早晨，他竟向我微笑了。他是一个近于老境的中年人，有一张纯朴的脸。无论在衣服上在外貌上都证明他是一个老实的北方农民。然而他的微笑却使我有点窘，也害臊。这微笑在早晨的柔静的空气里回荡。我赶紧避开了他。整整的一天，他的微笑在我眼前晃动着。

第二天早晨，当我刚走出了大门，要到学校去的时候，我又遇到了他。他把担子放在我家门口，正同王妈争论米豆的价钱。一看到我，脸上立刻又浮起了微笑，嘴动了动，看样子是要对我讲话了。这微笑使我更有点窘，也更害怕，我又赶紧避开了他，匆匆地走向学校去。——那时大概正是春天。在未出大门之先，我走过了一段两边排列着正在开着的花的甬道。我也看到春天的太阳在这中年人的脸上跳跃。

在学校里仍然不外是捉蝴蝶，找石子。当我走回家坐在一间阴暗的屋里一张书桌旁边的时候，我又时时冲动似的想到这老实纯朴的中年人。他为什么向我笑呢？当时童稚的心似乎无论怎样也不能了解。小屋里在白天也是黑黝黝的。仅有的一个窗户给纸糊满了。窗外有一棵山丁香，正在开着花。窗户像个闸，把到处都充满了花香鸟语的春光闸在外面。当暮色从四面高高的屋顶上溜进了小院来的时候，我不再想到这中年人，我的心被星星的光吸引住，给蝙蝠的翅膀拖到苍茫的太空里去了。

接连着几天的早晨,我仍然遇到这中年人,每天放学回来就喝着买他的绿豆和小米做成的稀饭。因为见面熟了,我不再避开他。我知道他想同我讲话也不过是喜欢小孩的一种善意的表示。我们开始谈起话来。他所说的似乎都是些离奇怪诞的话。他告诉我:他见到过比象大的老鼠。这却不足使我震惊,因为当时我还没能看到过象。我觉得顶有趣的是他说到一个馒头皮竟有四里地厚,一个人啃了几个月才啃到馅;怎样一个鸡下了个比西瓜还大的卵;怎样一个穷小子娶了个仙女。当他看到我瞪大了错愕的眼睛看着他的时候,这老实的中年人孩子似的笑起来了。

经过了明媚的春天,接着是长长的暑假。暑假过了,是瑟冷的秋天:看落叶在西风里战抖。跟着来了冬天:看白雪装点的枯树。雪的早晨,我们堆雪人。晚上,我们在小院里捉迷藏。每天上学的时候,仍然碰到这中年人。回到家里来的时候,就又坐在那阴暗的屋里一张小桌旁看书什么的。窗户仍然是个闸,把夏的蓝得有点儿古怪的天、秋的长天、冬的灰暗的天都闸在外面。只有从纸缝里看到星星的光、月的光。听秋蝉的嘶声从黄了顶的树上飘下来,听大雪天寒鸦冷峭的鸣声。仿佛隔了一层世界。——就这样生活竟意外地平静,自己也就平静地活下去。

当第二年的清朗的春天看着要化入夏天的炎辉里去的时候,自己的心情上微微起了点变化。也许因为过去的生活太单调,心里总仿佛在渴望着什么似的,感到轻微的不满足。在学校里班上对刻字画人头也感到烦腻;沙着声念古文的老教员更使我讨厌得不可言状。这位老实的中年人的荒唐话再也不能引起我的兴趣。以前寄托在蝴蝶的彩色翅膀上、小石子的花纹里的空灵的天堂幻灭了。我渴望着抓到一个新的天堂，但新的却究竟在什么地方呢？

就在这时候，因了一个机缘的凑巧，我看到了《彭公案》之类的武侠小说。这里面给了我另外一个新奇的天堂——一个人凭空会上屋，会在树顶上飞。更荒唐的，一个怪人例如和尚道士之流的，一张嘴就会吐着一道白光，对方的头就在这白光里落下了来。对我，这是一个天大的奇迹。这奇迹是在蝴蝶翅膀上、小石子的花纹里绝对找不到的。我失掉的天堂终于又在这里找到了。

最初读的时候，自然有许多不识的字。但也能勉强看下去，而明了书里的含意。只要一看书的插图，就使我够满意的了：一个个有着同普通人不一样的眼、眉、胡子。手里都拿着刀枪什么的。这些图上的小人占据了我整个的心。我常常整整的一个过午逃了学，找一个僻静的地方去读小说。黄昏的时候，走回家去，红着脸对付家里大人们的询问。脑子里仍然满装着剑仙剑侠之流的飞腾的影子。晚上，夜深人静的时候，一觉醒转来，看看窗纸上微微有点白光的晃动；我知道，这是王妈起来纺麻线了。我于是也悄悄地起来，拿一本小说，就着纺线的灯光瞅着一行行蚂蚁般大的小字，一直读到小字真像蚂蚁般地活动起来。一闭眼，眼前浮动着一丛丛灿烂的花朵。这时候才嗅到夜来香的幽香一阵阵往鼻子里挤。花的香合了梦一齐压上了我。第二天早晨到学校去的路上，倘若遇到那位老实的中年人，我不再听他那些荒唐怪诞的话，我却要把我的剑侠剑仙之流的飞腾说给他听了。

　　我现在也有了雄心壮志了，是荒唐的雄心壮志。我老想着，怎样我也可以一张嘴就吐出一道白光，使敌人的头在白光里掉在地上；怎样我也可以在黑夜的屋顶上树顶上飞。在我眼前蓦地有一条黑影一晃，我知道是来了能人了。我于是把嘴一张，立刻一道白光射出去，眼看着那人从几十丈高的墙上翻身落下去。这不是天下的奇观吗？自己心里仿佛真有那样一回事似的愉快。同时，也正有同我年纪差不多的小孩子，他们也有着同样的雄心壮志。他们告诉我，怎样去练铁砂掌，怎样去练隔山打牛。我于是回到家里就实行。候着没有人在屋里的时候，把手不停地向盛着大米或绿豆的缸里插，一直插到全手麻木了，自己一看，指甲与肉接连着的一部分已经磨出了血。又在帐子顶上悬上一个纸球，每天早晨起床之先，先向空打上一百掌，据说倘若把球打动了，就能百步打人。晚上，在小院里，在夜来香的丛中，背上斜插着一条量布用的尺，当作宝剑。同一群小孩玩的时候，也凛凛然仿佛有不可一世的气概似的。

　　但是，把手向大米或绿豆里插已经流过几次血，手痛不能再插。凭空打球终于也没看见球微微地动一动。心里渐渐感到轻微的失望。已经找到的天堂现在又慢慢幻灭了去。自己以前的希望难道真的都是幻影吗？以后，又渐渐听到别人说，剑侠剑仙之流的怪人，只有古时候有，现在是不会有的了。我深深地感到失掉幻影的悲哀。但别人又对我说，现在只有绿林豪杰相当于古时候的剑侠。我于是又向往绿林豪杰了。

说到绿林豪杰，当时我还没曾见过。我只觉得他们不该同平常人一样。他们应该有红胡子、花脸、蓝眼睛，一生气就杀人的，正像在舞台上见到的一些人物一样。这都不是很可怕的吗？但当时却只觉得这样的人物的可爱。这幻想支配着我。晚上，我梦着青面红发的人在我屋里跳。第二天早晨起来，无论是花的早晨，雨的早晨，云气空灵的早晨，蝉声鸣彻的早晨，我总是遇到这老实的中年人。他腻着我告诉他关于剑侠剑仙的故事。我红着脸没有说话，却不告诉他我这新的向往。虽然有点窘，我仍然是愉快的。——在我心里也居然有一个秘密埋着了。

　　这时候，如火如荼的夏天已经渐渐化入秋的朗远里去。每天早晨到学校去的时候，蝉声和秋的气息萦混在微明的空气里。在学校里听年老的老师大声念古文，回到家里来的时候，就仍然坐在阴暗的屋里一张小桌的旁边，做着琐碎的事情，任窗户把秋的长天，带着星星的长天，和了玉簪花的幽香阑在外面。接连着几天的早晨，我没遇到这中年人。我真有点想他，想他那纯朴的北方农民特有的面孔。我仍然走以前走的那偏僻的路。顶早的早晨仍然是非常寂静。没有什么人走路的。我遇不到这老实的中年人，心里感觉到缺少点什么。我踽踽地独行着，这长长的路就更显得长起来。我问自己：难道他有什么意外的不幸的事情么？

　　这样也就过了一个多月。等到天更蓝、更高，触目的是一片萧瑟的淡黄色的时候，我心里又给别的东西挤上。这老实的中年人的影子也渐渐消失了。就这样一个萧瑟淡黄的黄昏里，因为有事，我走过一条通到墟子外的古老的石头街。

街两边挤满了人，都伸长了脖颈，仿佛期待着什么似的。我也站下来。一问，才知道今天要到墟子外河滩里杀土匪，这使我惊奇。我倒要看看杀人到底是什么样子。不久，就看见刽子手蹒跚地走了过去，背着血痕斑剥的一个包，里面是刀。接着是马队步队。在这一队人的中间是反手缚着的犯人，脸色比蜡还黄。别人啧啧地说这家伙没种的时候，我却奇怪起来：为什么这人这样像那卖绿豆小米的老实的中年人呢？随着就听到四周的人说：这人怎样在乡里因为没饭吃做了土匪；后来洗了手，避到济南来卖绿豆小米；终于给人发现了捉起来。我的心立刻冰冷了，头嗡嗡地响，我却终于跟了人群到墟子外去，上千上万的人站成了一个圈子。这老实的中年人跪在正中，只见刀一闪，一道红的血光在我眼前一闪。我的眼花了。回看西天的晚霞正在天边上结成了一朵大大的红的花。

这红的花在我眼前晃动。当我回到那阴暗的屋里去的时候，窗户虽然仍然能把秋的长天阑在外面，我的眼仿佛能看透窗户，看到有着星星的夜的天空满是散乱的红的花。我看到已经落净了叶子的树上满开着红的花。红的花又浮到我梦里去，成了橹，成了船，成了花花翅膀的蝴蝶；一直只剩下一片通明的红。第二天早晨上学的时候，冷僻的长长的路上到处泛动着红的影子。在残蝉的声里，我也仿佛听出了红声。小石子的花纹也都转成红的了。

到现在虽然已经过了十多年了，只要我眼花的时候，我仍然能把一切东西看成红的。这红，奇异的红，苦恼着我。我前面不是说，这是粉红色的一段么？我仍然不否认这话。

真的，又有谁能否认呢？我只要回忆到这一段，我就能看见自己的微笑，别人的微笑；连周围的东西也都充满了笑意。咧着嘴的大哭里也充满了无量的甜蜜；我就能看见自己的影子，在向大米缸里插手，在凭空击着纸球；我也就能看见这老实的中年的北方农民特有的纯朴的面孔，他向我微笑着说话的样子，只有这中年人使我这粉红色的一段更柔美。也只有他把这粉红色的一段结尾涂上了大红。这红色给我以大的欢喜，它遮盖了一切存在在我的回忆里的影子。但也对我有大威胁，它时常使我战栗。每次我看到红色的东西，我总想到这老实的中年人。——我仿佛还能看到我们俩第一次见面时春的阳光在他脸上跳跃，和最后一瞥里，他脸上的蜡黄。——我应该怜悯他呢？或者，正相反，我应该憎恶他呢？

1934 年 7 月 21 日

老 人

　　当我才从故乡来到这个大城市的时候，他已经是个老人了。我现在还记得，当时是骑驴来的。骑了两天，就到了这个大城市。下了驴，又随着父亲走了许多路，一直走得自己莫名其妙，才走到一条古旧的黄土街，我们就转进一个有石头台阶颇带古味的大门里去，迎头是一棵大的枸杞树。因为当时年纪才八九岁，而且刚才走过的迷宫似的长长又曲折的街的影子还浮动在心头，所以一到屋里，眼前只一片花，没有看到一个人，定了定神，才看到了婶母。不久，就又在黑暗的角隅里，发现了这个老人，正在起劲地同父亲谈着话，灰白色的胡子在上下地颤动着。

　　他并没有什么特异的地方，但第一眼就在我心里印上了一个莫大的威胁。他给了我一个神秘的印象：白色稀疏的胡子，白色更稀疏的头发，夹着一张蝙蝠形的棕黑色的面孔，这样一个综合不是很能够引起一个八九岁的乡下孩子的恐怖的幻想吗？又因为初到一个生地方，晚上再也睡不宁恬，才卧下，就先想到故乡，想到故乡里的母亲。凄迷的梦萦绕在我的身旁，时时在黑暗里发见离奇的幻影。在这时候，这张蝙蝠形的面孔就浮动到我的眼前来，把我带到一个神秘的境地里去。在故乡里的时候，另外一些老人时常把神秘的故事讲给我听，现在我自己就仿佛走到那故事里面去，这有着蝙蝠形的脸的老人也就仿佛成了里面的主人了。

第二天绝早就起来，第一个遇到的偏又是这老人。我不敢再看他，我只呆呆地注视着那棵枸杞树，注视着细弱的枝条上才冒出的红星似的小芽，看熹微的晨光慢慢地照透那凌乱的枝条。小贩的叫卖声从墙外飘过来，但我不知道他们叫卖的什么。对我一切都充满了惊异。故乡里小村的影子，母亲的影子，时时浮掠在我的眼前。我一闭眼，仿佛自己还骑在驴背上，还能听到驴子项下的单调的铃声，看到从驴子头前伸展出去的长长又崎岖的仿佛再也走不到尽头的黄土路。在一瞬间这崎岖的再也走不到尽头的黄土路就把自己引到这陌生的地方来。在这陌生的地方，现在（一个初春的早晨）就又看到这样一个神秘的老人在枸杞树下面来来往往地做着事。

在老人，却似乎没有我这样的幻觉。他仿佛很高兴，见了我，先打一个招呼，接着就笑起来，但对我这又是怎样可怕的笑呢？鲇鱼须似的胡子向两旁咧了咧，眼与鼻子的距离被牵掣得更近了，中间耸起了几条皱纹。看起来却更像一个蝙蝠，而且像一个跃跃欲飞的蝙蝠了。我害怕，我不敢再看他，他也就拖了一片笑声消逝在枸杞树的下面，留给我的仍然是蝙蝠形的脸的影子，混了一串串的金星，在我眼前晃动着，一直追到我的梦里去。

平凡的日子就这样在不平凡中消磨下去。时间的消逝终于渐渐地把我与他之间的隔膜磨去了。我从别人嘴里知道了关于他的许多事情，知道他怎样在年轻的时候从城南山里的小村里漂流到这个大城市里来；怎样打着光棍在一种极勤苦艰难的情况下活到现在；现在已是一个白须的人了，然而情况却更加艰难下去；不得已就借住在我们房子后院的一间草棚里，做着泥瓦匠。有时候，也替我们做点杂事。我发现，在那微笑下面隐藏着一颗怎样为生活磨透的悲苦的心。就因了这小小的发现，我同他亲近起来。他邀我到他屋里去。他的屋其实并不像个屋，只是一座靠着墙的低矮的小棚。一进门，仿佛走进一个黑洞里去，有霉湿的气息钻进鼻孔里。四壁满布着烟熏的痕迹；顶上垂下蛛网；只有一个床和一张三条腿的桌子。当我正要抽身走出来的时候，我忽然在墙龛里发现了一个肥大的大泥娃娃。他看了我注视这泥娃娃的神情，就拿下来送给我。我不了解，为什么这位奇异的老人还有这样的童心。但这泥娃娃却给了我无量的欣慰，我渐渐地觉得这蝙蝠形的脸也可爱起来了。

闲下来的时候，我也常随着他去玩。他领我上过圩子墙，从这上面可以看到南面云似的一列黛黑的山峰，这山峰的顶上是我的幻想常飞的地方；他领我看过护城河，使我惊讶这河里水的清和草的绿。但最常去的地方却还是出大门不远的一个古老的庙里，庙不大，院子里却栽了不少的柏树，浓荫铺满了地，给人森冷幽渺的感觉。阴暗的大殿里列着几座神像，封满了蛛网和尘土，头上有燕子垒的窠。我现在始终不明白，这样一座只能引起成年人们苍茫怀古的情绪的破庙会对一个八九岁的孩子有那样大的诱惑力，一个八九岁的孩子能懂得什么怀古呢？他几乎每天要领我到那里去，我每次也很高兴地随他去。在柏树下面，他讲故事给我听，怎样一个放牛的小孩遇到一只狼，又怎样脱了险，一直讲到黄昏才走回来，但每次带回来的都是满腔的欢欣。就这样，时间也就在愉快中消磨过去。

　　这年的初夏，我们搬了一次家。随了这搬家而得到的是关于他的一些趣闻。正像其他孤独的人们一样，这老人的心，在他过去的生命里恐怕有一个很不短的期间，都在忍受着孤独的啮噬。男女间最根本最单纯的要求也常迫促着他。终于因了机缘的凑巧，他认识了一个有丈夫而不安于平凡的单调的中年女人。从第一次见面起，会有些什么样的事情在两人间进行着，人们可以用想象去填补，这中年女人不缺少会吐出玫瑰花般的话的嘴，也不缺少含有无量魔力的眼波，这老人为她发狂了。但不久，就听到别人说，一个夜间，两个人被做丈夫的堵到一个屋里，这老人，究竟因为曾做过泥瓦匠，终于从窗户里跳出来，又越过一重墙逃走了。

　　这以后，人们的谈话常常转到他身上去。我每次见了这蝙蝠形的脸的老人的时候，只是忍不住想笑。我想象不出来这位面孔仿佛很严肃的老人在星光下爬墙逃走的情形。这蝙蝠形的脸还像平常一样地布满了神秘吗？这灰白的胡子还像平常一样地撅着吗？但老人却仍然像平常那样沉静严肃；他仍然要我听他讲故事，怎样一个放牛的小孩遇到一个狼，又怎样脱了险。我再也无心听他讲故事，我只想脱口问了出来，但终于抑压下去，把这个秘密埋在自己的心里，暗暗地玩味着这个秘密给予我的快乐。

老人的情况却愈加狼狈了。以前他住的那座黑洞似的草棚，现在再也在里面住不下去，只好移到以前常领我去玩的那个古庙里去存身。庙里从来没见过和尚和道士的踪影，现在就只有他一个人孤伶地陪着那些头上垒着燕子窝的泥塑的佛像住着。自从他搬了去以后，经过了一个长长的夏天，我没能见到他。在一个夏末的黄昏里，我到庙里去看他。庙仍然同从前一样地衰颓，柏树仍然遮蔽着天空。一进门，四周立刻寂静了起来，仿佛已经走出了嚣喧的人间。我看到老人的背影在大殿的一个角隅里晃动，他回头看到是我，仿佛很高兴，立刻忙着搬了一条凳子。又忙着倒水。从他那迟钝的步伐上伛偻的身躯上看来，这老人确实老了。他向我谈着他这几个月来的情况。我悠然地注视着渐渐暗下来的天空，看夜色织入柏树丛里，又布上了神像。神像的金色的脸在灰暗里闪着淡黄的光。我的心陡然冷了起来，我的四周有森森的鬼气，我自己仿佛走到一个神话的境界里去。但老人却很坦然，他把这些东西已经看惯了，他仍然絮絮地同我谈着话。我的眼前有种种的幻象，我幻想着，在中夜里，一个人睡在这样一个冷寂的古庙里，偶尔从梦中转来的时候，看到一线凄清的月光射到这金面的神像上，射到这朱齿獠牙手持巨斧的大鬼身上，心里会有什么样的感觉呢？我的心愈加冷了起来。

　　但老人却正在谈得高兴。他告诉我，怎样自己再也不能做泥瓦匠，怎样同街住的人常常送饭给他吃，怎样近来自己的身体处处都显出弱像，叹了几口气之后，结尾却说到自己还希望能壮壮实实地活几年，他说，昨天夜里做了个梦，梦见自己托着一个太阳。人们不是说，梦见托太阳是个好朕兆吗？所以他很高兴，知道自己的身子就会慢慢的壮健起来。说这句话的时候，蝙蝠形的脸缩成一个奇异的微笑。从他的昏暗的眼里蓦地射出一道神秘的光，仿佛在前途还看到希望的幻影，还看到花。我为这奇迹惊住了。我不知道怎样回答他。抬头看外面已经全黑下来，我站起来预备走，当我走出庙门的时候，我好像从一个虚无缥缈的魔窟里走出来，我眼前时时闪动着老人眼里射出来的那一线充满了生命力的光。

看看闷人的夏天要转入淡远的凉秋去的时候，老人的情况更比以前艰苦起来，他得了病，一个长长的秋天就在病中度过去。病好了的时候，他变成了另一个人，身体伛偻得简直要折过去，随时嘴里都在哼哼着，面孔苍黑得像涂过了一层灰。除了哼哼和吐痰以外，他不再做别的事，只好在一种近于行乞的情况下把自己的生命延续下去。就这样过了年。第二年的夏天，听说我要到故都去，他特意走来看我。没进屋门，老远就听到哼哼的声音，坐下以后，在断断续续的哼声中好歹努着力迸出几句话来，接着又是成排的连珠似的咳嗽。蝙蝠形的脸缩成一个奇异的形状。我用一种带有怜悯的心情同他谈着话。我自己想，看样子生命在老人身上也不会存在多久了。在谈话的空隙里，他低着头，眼光固定在地上。我蓦地又看到有同样神秘的光芒从他的眼里射了出来，他仿佛又在前途看到希望的幻影，看到花。我又惊奇了，但老人却仍然很镇定，坐了一会，又拖了自己孤伶的背影蹒跚地走回去。

到故都以后，我走到另一个世界里，许多新奇的事情占据了我的心，我早把老人埋在回忆的深黑的角隅里。第一次回家是在同一年的冬天。虽然只离开了半年，但我想，对老人的病躯，这已经是很够挣扎的一段长长的期间了。恐怕当时连这样想也不曾想过。我下意识地觉得老人已经死了，墓上的衰草正在严冬下做着春的梦。所以我也不问到关于他的消息。蓦地想起来的时候，心里只影子似的飘过一片淡淡的悲哀。但我到家后的第五天，正在屋里坐着看水仙花的时候，又听到窗外有哼哼的声音，开门进来的就是这老人。我的脑海里电光似的一闪，这对我简直像个奇迹，我惊愕得不知所措了。他坐下，又从断断续续的哼声中迸出几句套语来，接着仍然是成排的连珠似的咳嗽。比以前还要剧烈，当我问到他近来的情况的时候，他就告诉我，因为受本街流氓的排摈，他已经不能再在那个古庙里存身，就在那年的秋天，搬到一个靠近圩子墙的土洞里去，仍然有许多人送饭给他吃，我们家也是其中之一。叹了几口气之后，又说到虽然哼哼还没能去掉，但自己觉得身体却比以前好了，这也总算是个好现象，自己还希望能壮壮实实地再活几年，说完了，又拖着自己孤伶的背影蹒跚地走回去。

第二天的下午，我走去看他，走近圩子墙的时候，已经没了住的人家，只有一座座纵横排列着的坟，寻了半天，好歹在一个土崖下面寻到一个洞，给一扇秫秸编成的门挡住口，我轻轻地曳开门，扑鼻的一阵烟熏的带土味的气息，老人正在用干草就地铺成的床上躺着。见了我，似乎有点显得仓皇，要站起来，但我止住了他。我们就谈起话来。我从门缝里看到一片大大小小的坟顶。四周仿佛凝定了似的沉寂，我不由地幻想起来，在死寂的中夜里，当鬼火闪烁着蓝光的时候，这样一个垂死的老人，在这样一个地方，想到过去，看到现在，会有什么样的感想呢？这样一个土洞不正同坟墓一样吗？眼前闪动着种种的幻象，我的心里一闪，我立刻觉得自己现在就是在坟墓里，面前坐着的有蝙蝠形的脸和白须的老人就是一具僵尸，冷栗通过了我的全身。但我抬头看老人，他仍然同平常一样地镇定，而且在镇定中还加入了点悠然的意味。神秘的充满了生之力的光不时从眼里射出来。我的心乱了；我仿佛有什么东西急于了解而终于不了解似的，心里充满了疑惑，但又想不出究竟是什么。我不愿意再停留在这里，我顺着圩子墙颓然走回家里，在暗淡的灯光下，水仙花的芬芳的香气中，陷入了长长的不可捉摸的沉思。

不久，我又回到故都去。从这以后，第一次回家是在夏天，我以为老人早已死掉了，但却看到他眼里闪熠着的充满了生之力的神秘的光。第二次回家是在另一个夏天，我又以为老人早已死掉了，但他又出现了，而且哼哼也更剧烈了，然而我又看到他眼里闪熠着充满了生之力的神秘的光。每次都给我一个极大的惊奇，但过后也就消逝了。就这样，一直到去年秋天，我在故都的生活告了一个结束，又回到这个城市里来。老人早已躲出我记忆之外，因为我直觉地确定地相信，他再也不会活在人间了。我不但不向家里人问到他，连以前有的淡淡的悲哀也不浮在我的心里来。然而在一个秋末的黄昏里，又听到他的低咽而幽抑的哼哼声从窗外飘进来；在带点悲凉凄清的晚秋的沉寂里，哼哼声更显得阴郁，仿佛想把过去生命里的一切哀苦全从这哼声里喷泄出来。我的心颤栗起来。我真想不到在过去遇到的许多奇迹之外，还有今天这样一个奇迹。我有点怕见他，但他终于走进来。衣服上满是土，头发凌乱得像秋草。态度仍然很镇定。脸色却更显得苍老，黧黑；腰也更显得伛偻。见了我，勉强做出一个笑容，接着就是一阵咳嗽；咳嗽间断的时候，就用哼哼来把空缝补上；同时嘴里还努力说着话，也已是些呓语似的声音。他告诉我，他来的时候走几步就得坐下休息一会，走了有一点钟才走到这里，当我问到他的身体的时候，他叹了口气，说，身体已经是不行了；昨天到庙里求了一个签，说他还能活几年，这使他非常高兴，他仍然希望能壮壮实实地再活几年，他不想死。我又看到有神秘的充满了生之力的光从他的昏暗的眼里射出来，他仿佛又在前途看到希望，看到花。我迷惑了，惘然地看着他拖着自己孤伶的背影走去。

从去年秋天到现在，在我的生命中是一个大的转变。我过的是同以前迥乎不同的生活。在学校里过了六天以后，照例要回到我不高兴回去的家里看看；因而也就常逢到老人。每见一次面，我总觉得老人的精神和身体都比上一次要坏些，哼哼也剧烈些。但我仍然一直见面见到现在，每次都看到他从眼里射出的神秘的光，这光，在我心里，连续地打着烙印。我并不愿意老人死，甚至连想到也会使我难过。但我却固执地觉得生命对他已经没了意义。从人生的路上跋涉着走到现在，过去是辛酸的，回望只见到灰白的一线微痕；现在又处在这样一个环境里；将来呢？只要一看到自己拖了孤伶的背影蹒跚地向前走着的时候，走向将来，不正是这样一个情景么？在将来能有什么呢？没有希望，没有花。但我抬头又看到我面前这位蝙蝠脸的老人，看到他低垂着注视着地面的眼光，充满了神秘的生命力，这眼光告诉我们，他永远不回头看，他只向前看，而且在前面他真的又看到闪烁的希望，灿烂的花。我迷惑了。对我，这蝙蝠脸是个谜，这从昏暗的眼里射出的神秘的光更是个谜。就在这两重谜里，这老人活在我的眼前，活在我的心里。谁知道这神秘的光会把他带到什么地方呢？

1935 年 5 月 2 日

夜来香开花的时候

　　夜来香开花的时候，我想到王妈。我不能忘记，在我刚走出童年的几年中，不知道有几个夏夜里，当闷热渐渐透出了凉意，我从飘忽的梦境里转来的时候，往往可以看到窗纸上微微有点白；再一沉心，立刻就有嗡嗡的纺车的声音，混着一阵阵的夜来香的幽香，流了进来。倘若走出去看的话，就可以看到，一盏油灯放在夜来香丛的下面，昏黄的灯光照彻了小院，把花的高大支离的影子投在墙上，王妈坐在灯旁纺着麻，她的黑而大的影子也被投在墙上，合了花的影子在晃动着。

　　她是老了。我不知道她什么时候到我们家里来的。当我从故乡里来到这个大都市的时候，我就看到她已经在我们家里来来往往地做着杂事。那时，已经似乎很老了。对我，从那时到现在，是一个从莫名其妙的朦胧里渐渐走到光明的一段。最初，我看到一切事情都像隔了一层薄纱。虽然到现在这层薄纱也没能撤去，但渐渐地却看到了一点光亮，于是有许多事情就不能再使我糊涂。就在这从朦胧到光亮的一段里，我们搬过两次家。第一次搬到一条歪曲铺满了石头的街上。王妈也跟了来。房子有点旧，墙上满是雨水的渍痕。只有一个窗子的屋里白天也是暗沉沉的。我童年的大部分的时间就在这黑暗屋里消磨过去。院子里每一块土地都印着我的足迹。现在我还能清晰地记起来屋顶上在秋风里战抖的小草，墙角檐下挂着的蛛网。但倘若笼统想起来的话，就只剩一团苍黑的印象了。

倘若我的记忆可靠的话，在我们搬到这苍黑的房子里第二年的夏天，小小的院子里就有了夜来香。当时颇有一些在一起玩的小孩，往往在闷热的黄昏时候聚在一块，仰卧在席上数着天空里飞来飞去的蝙蝠。但是最引我们注意的却是夜来香的黄花——最初只是一个长长的花苞，我们目不转睛地注视着它。还不开，还不开，蓦地一眨眼，再看时，长长的花苞已经开放成伞似的黄花了。在当时的心里，觉得这样开的花是一个奇迹。这花又毫不吝惜地放着香气。王妈也很高兴。每天她总把所有开过的花都数一遍。当她数着的时候，随时有新的花在一闪一闪地开放着。她眼花缭乱，数也数不清。我们看了她慌张而又用心的神情，不禁一哄笑起来。就这样每一个黄昏都在奇迹和幽香里度过去。每一个夜跟着每一个黄昏走了来。在清凉的中夜里，当我从飘忽的梦境里转来的时候，就可以看到王妈的投在墙上的黑而大的影子在合着夜来香的影子晃动了。

就在这样一个环境里，我第一次觉到我的眼前渐渐地亮起来。以前我看王妈只像一个影子。现在我才发现她也同我一样地是一个活动的人。但是我仍然不明了她的身世。在小小的心灵里，我并想不到她这样大的年纪出来佣工有什么苦衷；我只觉得她同我们住在一起，就是我们家里的一个人，她也应该同我们一样地快活。童稚的心岂能知道世界上还有不快活的事情吗？

在初秋的暴雨里，我看到她提着篮子出去买菜；在严冬大雪的早晨，我看到她点着灯起来生炉子。冷风把她手吹得红萝卜似的开了裂，露出鲜红的肉来。我永远忘不掉这两只有着鲜红裂口的手！她有自己的感情，自己的脾气，这些都充分表示出一个北方农民的固执与倔强。但我在黄昏的灯下却常听到她不时吐出的叹息了。我从小就是孤独的。在我小小的心里，一向感觉到缺少点什么。我虽然从没叹息过，但叹息却堆在我的心里。现在听了她的叹息，我的心仿佛得到被解脱的痛快。我愿意听这样的低咽的叹息从这垂老的人的嘴里流出来。在她，不知因为什么，闲下来的时候，也总爱找着我说话。她告诉我，她的丈夫是她村里唯一的秀才，但没能捞上一个举人就死去了。她自己被家里的妯娌们排挤，不得已才出来佣工。有一个儿子，因为乡里没有饭吃，到关外做买卖去了。留下一个媳妇在这大城里，似乎也不大正经。她又告诉我，她年青的时候，怎样刚强，怎样有本领，和许多别的美德，但谁又知道，在垂老的暮年又被迫着走出来谋生，只落得几声叹息呢？

以后，这叹息就时时可以听到。她特别注意到我衣服寒暖。在冬天里，她替我暖，在夏夜里，她替我用大芭蕉扇赶蚊子。她仍然照常地提着篮子出去买菜，冬天早晨用开了鲜红裂口的手生炉子。当夜来香开花的时候，又可以看到她郑重其事地数着花朵。但在不寐的中夜里，晚秋的黄昏里，却连续听到她的叹息，这叹息在沉寂里回荡着，更显得凄冷了。她仿佛时常有话要说。被追问的时候，却什么也不说，脸上只浮起一片惨笑。有时候有意与无意之间，又说到她年青时候的倔强，她的秀才丈夫。往往归结说到她在关外做买卖的儿子。我们都可以看出来，这老人怎样把暮年的希望和幻想放在她儿子身上。我也曾替她写过几封信给她的儿子，但终于也没能得到答复。这老人心里的悲哀恐怕只有她一个人知道了。

不记得是哪一年，在夏天，又是夜来香开花的时候，她儿子来了信。信里说的，却并不像她想的那样满意，只告诉她，他在关外勤苦几年挣的钱都给别人骗走了；他因为生气，现在正病着，结尾说："倘若母亲还要儿子的话，就请汇钱给我回家。"这样一封信给她怎样的影响，我们大概都可以想象得出。连着叹了几口气以后，她并没说什么话，但脸色却更阴沉了。这以后，没有叹气，我们只看到眼泪。

我前面不是说，我渐渐从朦胧里走向光明里去么？现在我眼前似乎更亮了。我看透了一些事情：我知道在每个人嘴角常挂着的微笑后面有着怎样的冷酷；我看出大部分的人们都给同样黑暗的命运支配着。王妈就在这冷酷和黑暗的命运下呻吟着活下来。我看透了这老人的眼泪里有着无量的凄凉。我也了解了她的寂寞。

在这时候，我们又搬了一次家，只不过从这条铺满了石头的街的中间移到南头。王妈仍然跟了来。房子比以前好一点，再看不到四壁的雨痕和蜘蛛。每座屋子也都有了两个以上的窗子，而且窗子上还有玻璃。尤其使我满意的是西屋前面两棵高过房檐的海棠。时候大概是春天，因为才搬进来的时候，树上还开满着一团团的花。就在这一年的夏天，大概因为院子大了一点吧，满院里，除了一个大水缸养着子午莲和几十棵凤仙花和其他杂花以外，便只看到一丛丛的夜来香。我现在已经不是孩子，有许多地方要摆出安详的样子来，但在夏天的黄昏时候，却仍然做着孩子时候做的事情。我坐在院子里数着天上飞来飞去的蝙蝠。看着夜色慢慢织入夜来香丛里，一片朦胧的薄暗。一眨眼，眼前已经是一片黄黄的伞似的花了。跟着又有幽香流过来。夜里同蚊子打过了仗，好容易睡过去。各样的梦做过了以后，从飘忽的梦境里转来的时候，往往可以看到窗上有点白，听到嗡嗡的纺车的声音。走出去，就可以看到王妈的黑大的投在墙上的影子在合着夜来香的影子晃动了。

王妈更老了。但我仍然只看到她的眼泪。在她高兴的时候，她又谈到她的秀才丈夫，她的不大正经的儿媳妇，和她病倒在关外的儿子。她仍然提着篮子出去买菜，冬天老早起来生炉子，从她走路的样子上看来，她真有点老了，虽然她自己在别人说她老的时候还在竭力否认着。她有颗简单纯朴的心。因了年纪更大的关系，这颗心似乎就更纯朴简单。往往因为少得了一点所应得的东西，我们就可以看到她的干瘪了的嘴并拢在一起，腮鼓着，似乎要有什么话从里面流了出来。然而在这样的情形下往往是没有什么流出的。倘若有人意外地给了她点什么，我们也可以意外地看到这老人从心里流出来的快意的笑了。她不会做荒唐的梦，极小的得失可以支配她的感情。她有一颗简单的心。

日子一天一天地过去，这寂寞的老人就在这寂寞里活下去。上天给了她一个爽直的性情，使她不会向别人买好，不会在应当转圈的时候转圈。因为这，在许多极琐碎的事情上，她给了别人一点小小的不痛快，她自己却得到一个更大的不痛快。这时候，我们就见她在把干瘪了的嘴并拢以后，又在暗暗地流着眼泪了。我们都知道，这眼泪并不像以前想到她儿子时的那眼泪那样有意义。这样的眼泪流多了，顶多不过表示她在应当流的泪以外，还有多余的泪，给自己一点轻松。泪流过了不久，就可以看到她高兴地在屋里来来往往地做着杂事了。她有一颗同孩子一样的简单的心。

在没搬家过来以前，我已经到一个在城外的四面满是湖田和荷池的学校里去读书，就住在那里。只在星期日回家一次。在学校里死沉的空气里住过六天以后，到家里觉得仿佛到了另一个世界。进门先看到王妈的欢乐的微笑。等到踏着暮色走回去的时候，心里竟觉得意外地轻松。这样的情形似乎也延长不算很短的一个期间。虽然我自己的心情随时都有着变化，生活却显得惊人地单调。回看花开花落，听老先生沙着声念古文，拼命地在饭堂里抢馒首，感情冲动的时候，也热烈地同别人打架，时间也就慢慢地过去。

又忘记了是多少时候以后，是星期日，当时我从学校里走回家去的时候，我看到一个黄瘦个儿很高的中年男子在替我们搬移着桌子之类的东西。旁人告诉我，这就是王妈的儿子。几个月以前她把储蓄了几年的钱都汇给他，现在他居然从关外回到家来了。但带回来的除了一床破棉被以外，就剩了一个有着几乎各类的一个他那样用自己的力量来换面包的中年人所能有的病的身子，和一双连霹雳都听不到的耳朵。

但终于是个活人，是她的儿子，而且又终于回到家里来了。

王妈高兴。在垂暮的老年，自己的独子，从迢迢的塞外回到她跟前来，这样奇迹似的遭遇怎能不使她高兴呢？说到儿子的身体和病，她也会叹几口气，但儿子终于是儿子，这叹息掩不过她的高兴的，不久，她那不大正经的媳妇也不知从哪里名正言顺地找了来，于是一个小家庭就组成了。儿子显然不能再干什么重劳力的活了，但是想吃饭除了劳力之外又似乎没有第二条路可走。在我第二星期回到家里来的时候，就看到她那说话也需要打手势的儿子在咳嗽着一出一进地挑着满桶的水卖钱了。

这以后，对王妈，对我们家里的人，有一个惊人的大转变。从她那里，我们再听不到叹息，看不到眼泪，看到的只有微笑。有时儿子买了一个甜瓜或柿子，甚至几个小小的梨，拿来送给母亲吃。儿子笑，不说话；母亲也笑，更不说话。我们都可以看出来这笑怎样润湿了这老人的心。每逢过节，或特别日子的时候，儿子把母亲接回家去。当吃完儿子特别预备的东西走回来的时候，这老人脸上闪着红光。提着篮子买菜也更带劲，冬天早晨也更起得早。生命对她似乎是一杯香醪。她高兴地活下去，没有了寂寞，也没有了凄凉，即便再说到她丈夫的时候，也只有含着笑骂一声："早死的死鬼！"接着就兴高采烈地夸起自己年青时的美德来了。我们都很高兴。我们眼看着这老人用手捉住自己的希望和幻想。辛勤了几十年，现在这希望才在她心里开成了花。

日子又平静地过下去。微笑似乎没离开过她。这老人正做着一个天真的梦。就这样差不多过了一年的时间。中间我还在家里住了一个暑假，每天黄昏时候，躺在院子里的竹床上，数着天上的蝙蝠。夜来香每天照例一闪便开了。我们欣赏着花的香，王妈更起劲地像煞有介事似的数着每天开过的花。但在暑假过了以后，当我再每星期日从学校里走回家来的时候，我看到空气似乎有点不同。从王妈那里我又常听到叹息了。她又找着我说话，她告诉我，儿子常生病，又聋。虽然每天拼命挑水，在有点近于接受别人恩惠的情形下接了别人的钱，却连肚皮也填不饱。这使他只有更拼命，然而结果，在已经有了的病以外，又添了其他可能的新病。儿媳妇也学上了许多新的譬如喝酒抽烟之类的毛病。她丈夫自然不能满足她；凭了自己的机警，公然在她丈夫面前同别人调情，而且又进一步姘居起来了。这老人早起晚睡侍候别人颜色挣来的钱，以前是被严谨地锁在一个箱子里的，现在也慢慢地流出来，换成面包，填充她儿子的肚皮了。她为儿子的病焦灼，又生媳妇的气，却没办法。这有一颗简单的心的老人只好叹息了。

儿子病的次数加多起来，而且也厉害起来。在很短的期间，这叹息就又转成眼泪了。以前是因为有幻想和希望而不能捉到才流泪；现在眼看着幻想和希望要在自己手里破碎，这泪当然更沉痛了。我虽然不常在家里，但常听人们说到，每次她从儿子那里回来的时候，总带回来惊人多的叹息和眼泪。问起来，她就说到儿子怎样病，几天不能挑水，柴米没有，媳妇也不知道跑到什么地方去了。于是在静寂的中夜里，就又常听到她低咽的暗泣。她现在再也没有心绪谈到她的秀才丈夫，夸耀自己年青时的美德，处处都表示出衰老的样子。流泪成了日常的工作，泪也终于流不完。并没延长了多久，她有了病，眼也给一层白膜障上了。她说，她不想死。真的，随处都表示出，她并不想死。她请医生，供神水，喝符，用大葱叶包起七个活着的蜘蛛生生吞下去，以及一切的偏方正方。为了自己的身子，她几乎忘掉了一切。大约有几个月以后吧，身子好了，却只剩下了一只眼。

她更显得衰老了。腰佝偻着，剩下的一只眼似乎也没有什么大用。走路的时候，只是用手摸索着走上去。每次我看她拿重一点的东西而曲着背用力的时候，看到她从儿子那里回来含着泪慢慢地踱进自己的幽暗的小屋里去的时候，我真想哭。虽然失掉一只眼睛，但并没有失掉了固有的性情，她仍然倔强，仍然不会买好，不会在应当转圈的时候转圈；也就仍然常常碰到点小不痛快，流两次无所谓的眼泪。她同以前一样，有着一颗简单又纯朴的心。

四年前，为了一个近于荒诞的理想，我从故乡来到这辽远的故都里。我看到的自然是另一个新的世界，但这世界却不能吸引着我；我时常想到王妈，想到她数夜来香的神情，想到她红萝卜似的开了鲜红裂口的手。第一年寒假回家的时候，迎着我的是她的欢迎的微笑。只有我了解她这笑是怎样勉强做出来的。前年的冬天，我又回家去。照例一阵微微的晕眩以后，我发现家里少了一个人，以前笑着欢迎我的王妈到哪里去了呢？问起来，才知道这老人已经回老家去了。在短短的半年里，她又遭遇到许多不如意的事情。因为看到放在儿子身上的希望和幻想渐渐渺茫起来，又因为自己委实得有点老了，于是就用勉强存起来的一点钱在老家托人买了一口棺材。这老人已经看透了自己一生决定了不过是这么回事；趁着没死的时候，预备点东西，过一个痛快的死后的生活吧。但这口棺材却毫无理由地被她一个先死去的亲戚占去了。从年青时候守节受苦，到垂老的暮年出来佣工，辛苦了一生，老把自己的希望和幻想拴在儿子身上，结果是幻灭；好容易自己又制了一个死后的美丽的梦，现在又给打碎了。她不懂怎样去诉苦，也没人可诉。这颗经了七十年痛创的简单又纯朴的心能容得下这些破损吗？她终于病倒了。

正要带着儿子和媳妇回老家去养病的时候，儿子竟然经不起病的摧折死去了。我不忍去想象，悲哀怎样啮着这老人的心。她终于回了家。我们家里派了一个人去送她。临走的时候，她还带着恳乞的神气说："只要病好了，我还回来。"生命的火还在她心里燃烧着，她不想死的。在严冬的大风雪里，在灰黯的长天下，坐在一辆独轮小车上，一个垂老的人，带了自己独子的棺材，带了一个艰苦地追求了一辈子而终于得到的大空虚，带了一颗碎了的心，回到自己的故乡里去，把一切希望和幻想都抛到后面，人们大概总能想象到这老人的心情吧！我知道会有种种的幻影在她眼前浮掠，她会想到过去自己离开家时的情景，然而现在眼前明显摆着的却是一个不可避免的黑洞，一切就都归到这洞里去。车走上一个小木桥的时候，忽然翻下河去，这老人也被倾到水里。被人捞上来的时候，浑身都结了冰。她自己哭了，别人也都哭起来。人生到这样一个地步，还有什么话可以说呢？这纯朴的老人也不能不咒骂自己的命运了。

我不忍去想象，她怎样在那穷僻的小村里活着的情形。

听人说，剩下的一只眼睛也哭得失了明。自己的房子已经卖给别人，只好借住在亲戚家里。一闭眼，我就仿佛能看到她怎样躺到床上呻吟，但没有人去理会她；她怎样起来沿着墙摸索着走，她怎样呼喊着老天。她的红萝卜似的开了裂口流着红血的手在我眼前颤动……以前存的钱一个也没能剩下，她一定会回忆到自己困顿的一生，受尽人们的唾弃，老年也还免不了早起晚睡侍候别人的颜色，到死却连自己一点无论怎样不能成为希望和幻想的希望和幻想都一个不剩地破碎了去。过去的黑影沉重地压在她心头。人到欲哭无泪的地步，还有什么话可说呢？我听不到她的消息，我只有单纯地有点近于痴妄地希望着，她能好起来，再回到我们家里去。

但这岂是可能的呢？第二年暑假我回家的时候，就听人说，王妈死了。我哭都没哭，我的眼泪都堆在心里，永远地。现在我的眼前更亮，我认识了怎样叫人生，怎样叫命运。——小小的院子里仍然挤满了夜来香。黄昏里我仍然坐在院子里的竹床上，悲哀沉重地压住了我的心。我没有心绪再数蝙蝠了。在沉寂里，夜来香自己一闪一闪地开放着，却没有人再去数它们。半夜里，当我再从飘忽的梦境里转来的时候，看不到窗上的微微的白光，也再听不到嗡嗡的纺车的声音，自然更看不到照在四面墙上的黑而大的影子在合着历乱的枝影晃动。一切都死样的沉寂。我的心寂寞得像古潭。第二天早晨起来的时候，整夜散放着幽香的夜来香的伞似的黄花枝枝都枯萎了。没了王妈，夜来香哪能不感到寂寞呢？

1935 年

去 故 国

——欧游散记之一

　　不知从什么时候起，就有一个到外国去，尤其是到德国去的希望埋在我的心里了。同朋友谈话的时候也时时流露出来。在外表看来似乎是很具体、很坚决。其实却渺茫得很。我没有伟大的动机。冠冕堂皇的理由自然也不能没有。但仔细追究起来，却只有一个极单纯的要求：我总觉得，在无量的——无论在空间上或时间上——宇宙进程中，我们有这次生命，不是容易事；比电火还要快，一闪便会消逝到永恒的沉默里去。我们不要放过这短短的时间，我们要多看一些东西。就因了这点小小的愿望，我想到外国去。

　　但是，究竟怎样去呢？似乎从来不大想到。自己学的是文科，早就被一般人公认为无补于国计民生的落伍学科，想得到官费自然不可能。至于自费呢，家里虽然不能说是贫无立锥之地，但若把所有的财产减去欠别人的一部分，剩下的也就只够一趟的路费。想自己出钱到外国去自然又是一个过大的妄想了。这些都是实际上不能解决的问题，但却从来没有给我苦恼，因为我根本不去想。我固执地相信，我终会有到外国去的一天。我把自己沉在美丽的涂有彩色的梦里。这梦有多么样的渺茫，恐怕只有我一个人知道了。

　　一直到去年夏天，当我的大学学程告一段落的时候，我才第一次想到究竟怎样到外国去。恐怕从我这个不切实际的只会做梦的脑筋里再也不会想出切合实际的办法：我想用自己的劳力去换得金钱，再把金钱储存起来到外国去。我没有详细计算每月存钱若干，若干年后才能如愿，便贸贸然回到故乡的一个城里去教书。第一个月过去了，钱没能剩下一个。第二个月又过去了，除了剩下许多账等第三个月来还之外，还剩下一颗疲劳的心。我立刻清醒了，头上仿佛浇上了一瓢冷水：照这样下去，等到头发全白了的时候，岂不也还是不能在柏林市上逍遥一下吗？然而书却终于继续教下去，只有把疲劳的心更增加了疲劳。

　　就在这时候，却有一个从天而降的机会落在我的头上。我只要出很少的一点钱就可以到德国去住上二年。亲眼看着自己用手去捉住一个梦，这种狂欢的心情是不能用任何语言文字描写得出的。我匆匆地从家里来到故都，又匆匆地回去。从虚无缥缈的幻想里一步跨到事实里，使我有点糊涂。我有时就会问起自己来：我居然也能到德国去了吗？然而，跟着来的却是在精神上极端痛苦的一段。平常我对事情，总有过多的顾虑，这我知道，比谁都清楚。但这次却不能不顾虑；我顾虑到到德国以后的生活，我顾虑到自己的家境。许多琐碎到不能再琐碎的小事纠缠着我，给我以大痛苦。随处都可以遇到的不如意与不满足像淡烟似的散布在我的眼前。

同时还有许多实际问题要我解决：我还要筹钱。平常从自己手里水似的流去的钱，我现在才知道它的可贵。从这里面也可以看出真正的人情和世态。经了许多次的碰壁，终于还是大千和洁民替我解了这个围。同时又接到故都里梅生的信，他也要替我张罗。在这个期间，我有几次都想放弃了这个机会，因为这个机会带给我的快乐远不如带给我的痛苦多，但长之却从辽远的故都写信来劝我，带给我勇气和力量。我现在才知道友情的可贵；没有他们几位，说不定我现在又带了一颗疲劳的心开始吃粉笔末的生活了。这友情像一滴仙露，滴到我的焦灼的心上，使我又在心里开放了希望的花，使我又重新收拾起破碎的幻想，回到故都来。

在生命之路上，我现在总算走上一段新程了。几天来，从早晨到晚上，我时常一个人坐在一间低矮然而却明朗的屋里，注视着支离的树影在窗纱上慢慢地移动着，听树丛里曳长了的含有无量倦意的蝉声。我心里有时澄澈沉静得像古潭，有时却又搅乱得像暴风雨下的海面。我默默地筹划着应当做的事情。时时有幻影，柏林的幻影，浮动在我眼前：我仿佛看到宏伟古老的大教堂，圆圆的顶子在夕阳中闪着微光；宽广的街道，有车马在上面走着。我又仿佛看到大学堂的教室，头发斑白的老教授颤声讲着书。我仿佛连他的声音都能听得到；他那从眼镜边上射出来的眼光正落在我的头上。但当我发现自己仍然在这一间低矮而明朗的屋子里的时候，我的心飞到不知什么地方去了。

我虽然在过去走过许多路，但从降生一直到现在，自己脚迹叠成的一条路，回望过去，是连绵不断的一线，除了在每一年的末尾，在心里印上一个浅痕，知道又走过一段路以外，自己很少画过明显的鸿沟，说以前走的是一段，以后是另一段的开端。然而现在，自己却真的在心里画了一个鸿沟，把以前二十四年走的路就截在鸿沟的那一岸；在这一岸又开始了一条新路，这条会把我带到渺茫的未来去。这样我便不能不回头去看一看，正如当一个人走路走到一个阶级的时候往往回头看一样。于是我想到几个月来不曾想到的几个人。我先想到母亲。母亲死去到现在整二年了。前年这时候，我回故乡去埋葬母亲。现在恐怕坟头秋草已萋萋了。我本来预备每年秋天，当树丛乍显出点微黄的时候，回到故乡母亲的坟上去看看。无论是在白雾笼罩墓头的清晨，归鸦驮了暮色进入簌簌响着的白杨树林的黄昏，我都到母亲墓绕两周，低低地唤一声："母亲！"来补偿生前八年的长时间没见面的遗恨。然而去年的秋天，我刚从大学走入了社会，心情方面感到很大的压迫，更没有余闲回到故乡去。今年的秋天，又有这样一个机会落到我的头上。我不但不能回到故乡去，而且带了一颗饱受压迫的心，不能得到家庭的谅解，跑到几万里外的异邦去漂泊，一年，二年，谁又知道几年才能再回到这故国来呢？让母亲一个人凄清地躺在故乡的地下，忍受着寂寞的袭击，上面是萋萋的秋草。在白杨簌簌中，淡月朦胧里，我知道母亲会藉了星星的微光到各处去找她的儿子，藉了西风听取她儿子的消息。然而所找到的只是更深的凄清与寂寞，西风也只带给她迷离的梦。

我又想到母亲生前最关心的外祖母。当我七八岁还没有离开故乡的时候，整天住在她家里，她的慈祥的面貌永远印在我的记忆里。今年夏天见她的时候，她已龙钟得不像样子了，又正同别人闹着田地的纠纷。现在背恐怕更驼了吧？临分别的时候，她再三叮嘱我要常写信给她。然而现在当我要到这样远的地方去的时候，我却不能写信给她，我不忍使她流着老泪看自己晚年唯一的安慰者离开自己跑了。我只希望她能好好地活下去，当我漂泊归来的时候，跑到她怀里，把受到的委屈，都哭了出来。我为她祝福。

我终于要走了，沿了我自己在心里画下的一条鸿沟的这一岸的路走去。天知道我会走到什么地方去；这条路真太渺茫，渺茫到使我吃惊。以前我曾羡慕过漂泊的生活，也曾有过到外国去的渴望。然而当希望成为事实的现在，我又渴慕平静的生活了。我看了在豆棚瓜架下闲话的野老，看了在一天工作疲劳之余在门前悠然吸烟的农人，都引起我极大的向往。我真不愿意离开这故国，这故国每一方土地，每一棵草木，都能给我温热的感觉。但我终于要走的，沿了自己在心里画下的一条路走。我只希望，当我从异邦转回来的时候，我能看到一个一切都不变的故国，一切都不变的故乡，使我感觉不到我曾这样长的时间离开过它，正如从一个短短的午梦转来一样。

1935 年 8 月 13 日

表的喜剧

——欧游散记之一

　　自己是乡下人，没有见过多大的世面，乡下人的固执与
畏怯还保留了一部分。初到柏林的时候，刚走出了车站，头
里面便有点朦胧。脚下踏着的虽然是光滑的柏油路，但我却
仿佛踏上了棉花。眼前飞动着汽车电车的影子，天空里交织
着电线，大街小街错综交叉着：这一切织成了一幅有魔力的
网，我便深深地陷在这网里。我惘然地跟着别人走，我简直
像在一片茫无涯际的大海里摸索了。

　　在这样一片茫无涯际的大海里，我第一次感觉到表的需
要，因为它能告诉我，什么时候应当去吃饭，什么时候应当
去访人。说到表，我是一个十足的门外汉。在国内的时候，
朋友中最少也是第三个表，或是第四个表的主人。然而对
我，表却仍然是一个神秘的东西。虽然有时在等汽车的时
候，因为等得不耐烦了，便沿着街向街旁的店铺里张望，希
望能发现一只挂在墙上的钟，看看时间究竟到了没有。但张
望的结果，却往往是，走了极远的路而碰不到一只钟。即便
侥幸能碰到几只，然而每只所指的时间，最少也要相差半点

钟。而且因为张望的态度太有点近于滑稽，往往引起铺子里伙计的注意，用怀疑的眼光看我几眼。当我从这怀疑的眼光的扫射下怀了一肚皮的疑虑逃回汽车站的时候，汽车已经开走了。一直到去年秋天，自己要按钟点挣面包的时候，才买了一只表。然而只走了三天，就停下来。到表铺一问，说是发条松，修理好了不久又停下来。又去问，说是针有毛病。修理到五六次的时候，计算起来，修理费已经超过了原价，但它却仍然僵卧在桌子上。我便下决心，花了相当大的一个数目另买了一只。果然能使我满意了。这表就每天随着我，一直随我坐上西伯利亚的火车。然而在斯托扑塞①换车的时候，因为急着搬行李，竟把玻璃罩碰碎了。在当时惶遽仓促的心情下，并不觉得是一个多大的损失，就把它放在一个茶叶瓶里，又坐了火车。当我到了这茫无涯际的海似的柏林的时候，我才又觉到它的需要了。

于是在到了的第三天，就由一位在柏林住过二年的朋友陪我出去修理。仍然有一幅充满了魔力的网笼罩着我的全身。我迷惘地随了他走。终于在康德街找到了一家表铺，说明了要换一个玻璃罩，表匠给了我一张纸条。我只看到上面有黑黑的几行字的影子，并没看清是什么字。因为我相信，上面最少也会有这表铺的名字和地址；只要有名字和地址，表就可以拿回去的。他答应我们第二天去拿。我们就跨出了铺门。

第二天的下午，我不愿意再让别人陪我走无意义的路，

---

① 斯托扑塞：通称为斯托尔普。

我便自己出发去取表。但是一想到究竟要到什么地方去取呢,立刻有一团迷离错杂的交织着电线的长长的街的影子浮动在我的眼前。我拿出那张纸条来看,我才发现,上面只印着收到一只修理的表,铺子名字却没有,当然更没有地址。我迷惑了。但我却不能不找找看。我本能地沿着康德街的左面走去,因为我虽然忘记了地址,但我却模模糊糊地记得是在街的左面。我走上去,我把我的注意力集中到每个铺子的招牌上,每个铺子的窗子里。我看过各种各样的招牌和窗子。我时时刻刻预备着接受这样一个奇迹,蓦地会有一个表字或一只表呈现到我的眼前。然而得到的却是失望,我仍然走上去,康德街为什么竟这样长呢?我一直走到街的尽端,只好折回来再看一遍。终于在一大堆招牌里我发现了一个表铺的招牌。因为铺面太小了,刚才竟漏了过去。我仿佛到了圣地似的快活,一步跨进去。但立刻觉得有点不对,昨天我们跨进那个表铺的时候,那位修理表的老头正伏在窗子前面工作。我们一进去,他仿佛吃惊似的把一把刀子掉在地上。他伏下身去拾刀子的时候,我发现他背后有一架放满了表的小玻璃橱。但今天那架橱子移到哪儿去了呢?还没等我把这疑虑扩散开来,主人出来了,也是一位老头。我只好把纸条交给他,他立刻就去找表。看了他的神气,想到刚才自己的怀疑,我笑了。但找了半天,表终于没找到。他用手搔着发亮的头皮,显出很焦急的样子。他告诉我,他的太太或者知道表放在什么地方。但她现在却不在家。让我第二天再去。他仿佛很抱歉的样子,拿过一支铅笔来,把他的地址写在那张纸条的后面。我只好跨出来,心里充满了疑惑和不安定,当我踏着暮色走回去的时候，对着这海似的柏林，我叹了一口气。

过了一个杂念缭绕的夜，我又在约定的时间走了去。因为昨天究竟有过那样的怀疑，所以走在路上的时候，我仍然注意每一个铺子的招牌和窗子里陈列的东西，希望能再发现一个表铺。不久，我的希望就实现了，是一个更要小的表铺。主人有点驼背。我把纸条递给他；问他，是不是他的。他说不是。我只好走出来，终于又走到昨天去过的那铺子。这次老头不在家，出来的是他的太太。我递给她纸条。她看到上面的字是她丈夫写的，立刻就去找表。她比老头还要焦急。她拉开每一个抽屉，每一个橱子；她把每一个纸包全打开了；她又开亮了电灯，把暗黑的角隅都照了一遍。然而表终于没找到。这时我的怀疑一点都没有了，我的心有点跳，我仿佛觉得我的表的的确确是送到这儿来的。我注视着老太婆，然而不说话。看了我的神情，老太婆似乎更焦急了。她的白发在电灯下闪着光，有点颤动。然而表却只是找不到，她又会有什么办法呢？最后她只好对我说，她丈夫回来的时候问问看；她让我过午再去。我怀了更大的疑惑和不安定走了出来。

当天的过午，看看要近黄昏的时候，我又一个人走了去，一开门，里面黑沉沉的；我觉得四周立刻古庙似的静了起来；我能听到自己的心跳动的声音。等了好一会儿，才见两个影子从里面移动出来。开了灯，看到是我，老头有点显得惊惶，老太婆也显然露出不安定的神气。两个人又互相商议着找起来；把每一个可能的地方全找到了，但表却终于没找到。老头更用力地用手搔着发亮的头皮，老太婆的头发在灯影里也更颤动得厉害。最后老头终于忍不住问我了，是不是我自己送来的。这问题真使我没法回答。我的确是自己送来的，但送的地方不一定是这里。我昨天的怀疑立刻又活跃起来。我看不到那个放满了表的小玻璃橱，我总觉得这地方不大像我送表去的地方。我于是对他解释说，我到柏林还不到四天，街道弄不熟悉。我问他，那纸条是不是他发给我的。他听了，立刻恍然大悟似的噢了一声，没有说什么，很匆忙地从抽屉里拿出一叠纸条，同我给他的纸条比着给我看。两者显然有极大的区别：我给他的那张是白色的，然而他拿出的那一叠却是绿色的，而且还要大一倍。他说，这才是他的收条。我现在完全明白了我走错了铺子。因为自己一时的疏忽，竟让这诚挚的老人陪我演了两天的滑稽剧，我心里实在有点不过意。我向他道歉，我把我脑筋里所有的在这情形下用得着的德文单字全搜寻出来，老人脸上浮起一片诚挚而会意的微笑，没说什么。然而老太婆却有点生气了，嘴里嘟噜着，拿了一块橡皮用力在我给她的那张纸条上擦，想把她丈夫写上的地址擦了去。我却不敢怨她，她是对的，白白替我担了两天心，现在出出气，也是极应当的事。临走的时候，老头又向我说，要我到西面不远的一家表铺去问问，并且把门牌写给我。按着号数找到了，我才知道，就是我昨天去过的主人有点驼背的那个铺子。除了感激老头的热诚以外，我还能说什么呢？

我沿着康德街走上去，心里仿佛坠上了一块石头。天空里交织着电线，眼前是一条条错综交叉的大街小街，街旁的电灯都亮起来了，一盏盏沿着街引上去，极目处是半面让电灯照得晕红了起来的天空。我不知道柏林究竟有多大，我也不知道我现在在柏林的哪一部分。柏林是大海，我正在这大海里飘浮着，找一个比我自己还要渺小的表。我终于下意识地走到我那位在柏林住过两年朋友的家里去，把两天来找表的经过说给他听。他显出很怀疑的神气，立刻领我出来，到康德街西半的一个表铺里去。离我刚才去过的那个铺子最少有二里路。拿出了收条，立刻把表领出来。一拿到表，我心里有说不出的感觉，我仿佛亲手捉到一个奇迹。我又沿了康德街走回家去。当我想到两天来演的这一幕小小的喜剧，想到那位诚挚的老头用手搔着发亮的头皮的神气的时候，对了这大海似的柏林，我自己笑起来了。

1935 年 12 月 2 日于德国哥廷根

听 诗

——欧游散记之一

自己也不知道为什么，从很早的时候，就常有一幅影像在我眼前晃动：我仿佛看到一个垂老的诗人，在暗黄的灯影里，用颤动幽抑的声音，低低地念出自己心血凝成的诗篇。这颤声流到每个听者的耳朵里，心里，一直到灵魂的深深处，使他们着了魔似的静默着。这是一幅怎样动人的影像呢？然而，在国内，我却始终没有能把这幅影像真真地带到眼前来，转变成一幅更具体的情景。这影像也就一直是影像，陪我走过西伯利亚，来到哥廷根。谁又料到在这沙漠似的哥廷根，这影像竟连着两次转成具体的情景，我连着两次用自己的耳朵听到老诗人念诗。连我自己现在想起来，也像回忆一个充满了神奇的梦了。

当我最初看到有诗人来这里念诗的广告贴出来的时候，我的心喜欢得直跳。念诗的是老诗人宾丁（Rudolf G. Binding），又是一个能引起人们的幻想的名字。我立刻去买了票。我真想不到这古老的小城还会有这样的奇迹。离念诗还有十来天，我每天计算着日子的逝去。在这十来天中，一向平静又寂寞的生活竟也仿佛有了点活气，竟也渲染上了点色彩。虽然照旧每天一个人拖了一条影子，走过一段两旁有粗得惊人的老树的古城墙，到大学去；再拖了影子，经过这段城墙走回家来，然而心情却意外地觉得多了点什么了。

终于盼到念诗的日子。从早晨就下起雨来。在哥廷根，下雨并不是什么奇事。而且这里的雨还特别腻人。有时会连着下七八天。仿佛有谁把天钻了无数的小孔似的，就这样不急不慢永远是一股劲向下滴。抬头看灰黯的天空，心里便仿佛塞满了棉花似的窒息。今天的雨仍然同以前一样，然而我的心情却似乎有点不同了。我的心里充满了喜悦，仿佛正有一个幸福就在不远的前面等我亲手去捉。在灰黯的不断漏着雨丝的天空里也仿佛亮着幸福的星。

念诗的时间是在晚上。黄昏的时候，就有一位在这里已经住过七年以上的朋友来邀我。我们一同走出去。雨点滴在脸上，透心地凉，使我有深秋的感觉。在昏暗的灯光中，我们摸进女子中学的大礼堂。里面已经挤了上千的人，电灯照得明耀如白昼。这使我多少有点惊奇，又有点失望。我总以为念诗应该在一间小屋中，暗黄的灯影里，只有几个素心人散落地围坐着，应该是梦似的情景。然而眼前的情景却竟是这样子。但这并不能使我灰心，不久我就又恢复了以前的兴头，在散乱噪杂的声影里期待着。

声音蓦地静下去，诗人已经走了进来。他已经似乎很老了，走路都有点摇晃。人们把他扶上讲台去，慢慢地坐在预备好的椅子上，两手交叉起来，然而不说话。在短短的神秘的寂静中，我的心有点颤抖。接着说了几句引言，论到自由，论到创作。于是就开始念诗。最初的声音很低，微微有点颤动，然而却柔婉得像秋空的流云，像春水的细波，像一切说都说不出的东西。转了几转以后，渐渐地高起来了。每一行不平常的诗句里都仿佛加入了许多新东西，加入了无量更不平常的神秘的力量。仿佛有一颗充满了生命力的灵魂跳动在里面，连我自己的渺小的灵魂也仿佛随了那大灵魂的节律在跳动着。我眼前诗人的影子渐渐地大起来，大起来，一直大到任什么都看不到。于是只剩了诗人的微颤又高亢的声音不知从什么地方飘了来，宛如从天上飞下来的一道电光，从万丈悬崖上注下来的一线寒流，在我的四周舞动。我的眼前只是一片空濛，我什么东西都看不到了。四周的一切都仿佛化成了灰，化成了烟；连自己也仿佛化成了灰，化成了烟，随了那一股神秘的力量飞到不知什么地方去了。

不知多久以后，我的四周蓦地一静。我的心一动，才仿佛从一阵失神里转来一样，发现自己仍然坐在这里听诗。定了定神，向台上看了看，灯光照了诗人脸的一半，黑大的影投在后面的墙上。他的诗已经念完，正预备念小说。现在我眼前的幻影一点也不剩了。我抬头看了看全堂的听者，人人都瞪大了眼睛静默着。又看了看诗人，满脸的皱纹在一伸一缩地跳动着：我们很容易看出这位老人是怎样吃力地读着自己的作品。

小说终于读完了。人们又把这位老诗人扶下讲台。热烈的掌声把他送出去，但仍然不停，又把他拖回来，走到讲台的前面，向人们慢慢地鞠了一个躬，才又慢慢地踱出去。

礼堂里立刻起了一阵骚动：人们都想跟了诗人去请他在书上签字。我同朋友也挤了出去，挤到楼下来。屋里已经填满了人。我们于是就等，用最大的耐心等。终于轮到了自己。他签字很费力，手有点颤抖，签完了，抬眼看了看我，我才发现他的眼睛是异常地大的，而且充满了光辉。也许因为看到我是个外国人的缘故，嘴里喃喃地说了一句什么，但没等我说话，后面的人就挤上来把我挤出屋去，又一直把我挤出了大门。

外面雨还没停。一条条的雨丝在昏暗的路灯下闪着光。地上的积水也凌乱地闪着淡光。那一双大的充满了光辉的眼睛只是随了我的眼光转，无论我的眼光投到哪里去，那双眼睛便冉冉地浮现出来。在寂静的紧闭的窗子上，我会看到那一双眼睛；在远处的暗黑的天空里，我也会看到那双眼睛。就这样陪着我，一直陪我到家，又一直把我陪到梦里去。

这以后不久，又有了第二次听诗的机会。这次念诗的是卜龙克（Hans Friedriech Blunck）。他是学士院的主席，相当于英国的桂冠诗人。论理应当引起更大的幻想，但其实却不然。上次自己可以制造种种影像，再用幻想涂上颜色，因而给自己一点期望的快乐。但这次，既然有了上次的经验，又哪能再凭空去制造影像呢？但也就因了有上次的经验，知道了诗人的诗篇从诗人自己嘴里流出来的时候是有着怎样大的魔力，所以对日子的来临渴望得比上次又不知厉害多少倍了。

在渴望中，终于到了念诗的那天。又是阴沉的天色，随时都有落下雨来的可能。黄昏的时候，我去找那位朋友，走过那一段古老的城墙，一同到大学的大讲堂去。

人不像上次多。讲台的布置也同上次不一样。上次只是极单纯的一张桌子，一把椅子。这次桌子前却挂了国社党的红地黑字的旗子，而且桌子上还摆了两瓶乱七八糟的花。我感到深深的失望的悲哀。我早没有了那在一间小屋中暗黄的灯影里只有几个人听诗的幻影。连上次那样单纯朴质的意味也寻不到踪影了。

最先是一个毛手毛脚的年青小伙子飞步上台，把右手一扬，开口便说话。嘴鼻子乱动，眼也骨碌骨碌地直转。看样子是想把眼光找一个地方放下，但看到台下有这样许多人看自己，急切又找不到地方放，于是嘴鼻子眼也动得更厉害。我忍不住直想笑出声来。但没等我笑出来，这小伙子，说过几句介绍词之后，早又毛手毛脚地跳下台来了。

接着上去的是卜龙克。他不知道什么时候已经来到这屋里，只从前排的一个位子上站起来就走上台去。他的貌像颇有点滑稽。头顶全秃光了，在灯下直闪光。嘴向右边歪，左嘴角上一个大疤。说话的时候，只有上唇的右半颤动，衬了因说话而引起的皱纹，形成一个奇异的景象。同宾丁一样，说了几句话之后，就开始念自己的诗，但立刻就给了我一个不好的印象。音调不但不柔婉，而且生涩得令人想也想不到，仿佛有谁勉强他来念似的，抱了一肚皮委屈，只好一顿一挫地念下去。我想到宾丁，在那老人的颤声里是有着多样大的魔力呢？但我终于忍耐着。念过几首之后，又念到他采了民间故事仿民歌作的歌。不知为什么诗人忽然兴奋起来，声音也高起来了。在单纯质朴的歌调中，仿佛有一股原始的力量在贯注着。我的心又不知不觉飞了出去，我又到了一个忘我的境界。当他念完了诗再念小说的时候，他似乎异常地高兴，微笑从不曾离开过他的脸。听众不时发出哄堂的笑声，表示他们也都很兴奋。这笑声延长下去，一直到诗人念完了小说带了一脸的微笑走下讲台。

我们又随着人们挤出了大讲堂。外面是阴暗的夜。我们仍然走过那段古城墙。抬头看到那座中世纪留下来的古老的教堂的尖顶，高高地刺向灰暗的天空里去，像一个巨人的影子。同上次一样，诗人的面影又追了我来，就在我眼前不远的地方浮动。同时那位老诗人的有着那一双大而有光辉的眼睛的面影，也浮到眼前来。无论眼前看到的是一棵老树，是树后面一团模糊的山林，但这两个面影就会浮在前面。就这样，又一直把我送到家，又一直把我送到梦里去。

到现在已经一个多月了，每在不经心的时候，一转眼，便有这样两个面影，一前一后地飘过去；这两位诗人的声音也便随着缭绕在耳旁；我的心立刻起一阵轻微的颤动。有人会以为这些纠缠不清的影子对我是一个大的累赘。然而正相反，我自己心里暗暗地庆幸着：从很早的时候就在眼前晃动的那幅影像终于在眼前证实了。自己就成了那影像里的一个听者，诗人的颤声就流到自己的耳朵里，心里，灵魂的深深处，而且还永远永远地埋起来。倘若真是一个梦的话，又有谁否认这不是一个充满了神奇的梦呢！

1936 年 2 月 26 日于德国哥廷根

寻 梦

夜里梦到母亲，我哭着醒来。醒来再想捉住这梦的时候，梦却早不知道飞到什么地方去了。

我瞪大了眼睛看着黑暗，一直看到只觉得自己的眼睛在发亮。眼前飞动着梦的碎片，但当我想把这些梦的碎片捉起来凑成一个整体的时候，连碎片也不知道飞到什么地方去了。眼前剩下的就只有母亲依稀的面影……

在梦里向我走来的就是这面影。我只记得，当这面影才出现的时候，四周灰蒙蒙的，母亲仿佛从云堆里走下来。脸上的表情有点同平常不一样，像笑，又像哭。但终于向我走来了。

我是在什么地方呢？这连我自己也有点弄不清楚。最初我觉得自己是在现在住的屋子里。母亲就这样一推屋角上的小门，走了进来。橘黄色的电灯罩的穗子就罩在母亲头上。于是我又想了开去，想到哥廷根的全城：我每天去上课走过的两旁有惊人的粗的橡树的古旧的城墙，斑驳陆离的灰黑色的老教堂，教堂顶上的高得有点古怪的尖塔，尖塔上面的晴空。

然而，我的眼前一闪，立刻闪出一片芦苇，芦苇的稀薄处还隐隐约约地射出了水的清光。这是故乡里屋后面的大苇坑。于是我立刻觉到，不但我自己是在这苇坑的边上，连母亲的面影也是在这苇坑的边上向我走来了。我又想到，当我童年还没有离开故乡的时候，每个夏天的早晨，天还没亮，我就起来，沿了这苇坑走去，很小心地向水里面看着。当我看到暗黑的水面下有什么东西在发着白亮的时候，我伸下手去一摸，是一只白而且大的鸭蛋。我写不出当时快乐的心情。这时再抬头看，往往可以看到对岸空地里的大杨树顶上正有一抹淡红的朝阳——两年前的一个秋天，母亲就静卧在这杨树的下面，永远地，永远地。现在又在靠近杨树的坑旁看到她生前八年没见面的儿子了。

　　但随了这苇坑闪出的却是一枝白色灯笼似的小花，而且就在母亲的手里。我真想不出故乡里什么地方有过这样的花。我终于又想了回来，想到哥廷根，想到现在住的屋子，屋子正中的桌子上两天前房东曾给摆上这样一瓶花。那么，母亲毕竟是到哥廷根来过了，梦里的我也毕竟在哥廷根见过母亲了。

　　想来想去，眼前的影子渐渐乱了起来。教堂尖塔的影子套上了故乡的大苇坑。在这不远的后面又现出一朵朵灯笼似的白花。在这一些的前面若隐若现的是母亲的面影。我终于也不知道究竟在什么地方看到的母亲了。我努力压住思绪，使自己的心静了下来，窗外立刻传来潺潺的雨声，枕上也觉得微微有寒意。我起来拉开窗幔，一缕清光透进来。我向外怅望，希望发现母亲的足踪。但看到的却是每天看到的那一排窗户，现在都沉在静寂中，里面的梦该是甜蜜的吧！

但我的梦却早飞得连影都没有了，只在心头有一线白色的微痕，蜿蜒出去，从这异域的小城一直到故乡大杨树下母亲的墓边；还在暗暗地替母亲担着心：这样的雨夜怎能跋涉这样长的路来看自己的儿子呢？此外，眼前只是一片空濛，什么东西也看不到了。

天哪！连一个清清楚楚的梦都不给我吗？我怅望灰天，在泪光里，幻出母亲的面影。

1936 年 7 月 11 日于哥廷根

海 棠 花

　　早晨到研究所去的路上，抬头看到人家园子里正开着海棠花，缤纷烂漫地开成一团。这使我想到自己在故乡院子里的那两棵海棠花，现在想也正是开花的时候了。

　　我虽然喜欢海棠花，但却似乎与海棠花无缘。自家院子里虽然就有两棵，枝干都非常粗大，最高的枝子竟高过房顶，秋后叶子落光了的时候，看到尖尖的顶枝直刺着蔚蓝悠远的天空，自己的幻想也仿佛跟着高爬上去，常常默默地看上半天，但是要到记忆里去搜寻开花时的情景，却只能搜到很少几个断片。搬过家来以前，曾在春天到原来住在这里的亲戚家里去讨过几次折枝，当时看了那开得团团滚滚的花朵，很羡慕过一番。但这已经是很久很久以前的事情，现在回忆起来都有点渺茫了。

　　家搬过来以后，自己似乎只在家里待过一个春天。当时开花时的情景，现在已想不真切。记得有一个晚上同几个同伴在家南边一个高崖上游玩。向北看，看到一片屋顶，其中纵横穿插着一条条的空隙，是街道。虽然也可以幻想出一片海浪，但究竟单调得很。可是在这一片单调的房顶中却蓦地看到一树繁花的尖顶，绚烂得像是西天的晚霞。当时我真有说不出的高兴，其中还夹杂着一点渴望，渴望自己能够走到这树下去看上一看。于是我就按着这一条条的空隙数起来，终于发现，那就是自己家里那两棵海棠树。我立刻跑下崖头，回到家里，站在海棠树下，一直站到淡红的花团渐渐消逝到黄昏里去，只朦胧留下一片淡白。

但是这样的情景只有过一次，其余的春天我都是在北京度过的。北京是古老的都城，尽有许多机会可以做赏花的韵事。但是自己却很少有这福气，我只到中山公园去看过芍药，到颐和园去看过一次木兰。此外，就是同一个老朋友在大毒日头下面跑过许多条窄窄的灰土街道到崇效寺去看过一次牡丹；又因为去得太晚了，只看到满地残英。至于海棠，不但是很少看到，连因海棠而出名的寺院似乎也没有听说过。北京的春天是非常短的，短到几乎没有。最初还是残冬，要是接连吹上几天大风，再一看树木都长出了嫩绿的叶子，天气陡然暖了起来，已经是夏天了。

夏天一来，我就又回到故乡去。院子里的两棵海棠已经密密层层地盖满了大叶子，很难令人回忆起这上面曾经开过团团滚滚的花。长昼无聊，我躺在铺在屋里面地上的席子上睡觉，醒来往往觉得一枕清凉，非常舒服。抬头看到窗纸上历历乱乱地布满了叶影。我间或也坐在窗前看点书，满窗浓绿，不时有一只绿色的虫子在上面慢慢地爬过去，令我幻想深山大泽中的行人。蜗牛爬过的痕迹就像是山间林中的蜿蜒的小路。就这样，自己可以看上半天。晚上吃过饭后，就搬了椅子坐在海棠树下乘凉，从叶子的空隙处看到灰色的天空，上面嵌着一颗一颗的星。结在海棠树与檐边中间的蜘蛛网，借了星星的微光，把影子投在天幕上。一切都是这样静。这时候，自己往往什么都不想，只让睡意轻轻地压上眉头。等到果真睡去半夜里再醒来的时候，往往听到海棠叶子窸窸窣窣地直响，知道外面下雨了。

似乎这样的夏天也没有能过几个，六年前的秋天，当海棠树的叶子渐渐地转成淡黄的时候，我离开故乡，来到了德国。一转眼，在这个小城里，就住了这么久。我们天天在过日子，却往往不知道日子是怎样过的。以前在一篇什么文章里读到这样一句话："我们从现在起要仔仔细细地过日子了。"当时颇有同感，觉得自己也应立刻从即时起仔仔细细地过日子了。但是过了一些时候，再一回想，仍然是有些捉摸不住，不知道日子是怎样过去的。到了德国，更是如此。我本来是下定了决心用苦行者的精神到德国来念书的，所以每天除了钻书本以外，很少想到别的事情。可是现实的情况又不允许我这样做。而且祖国又时来入梦，使我这万里外的游子心情不能平静。就这样，在幻想和现实之间，在祖国和异域之间，我的思想在挣扎着。不知道怎样一来，一下子就过了六年。

哥廷根是有名的花城。来到的第一个春天，这里花之多就让我吃惊。雪刚融化，就有白色的小花从地里钻出来。以后，天气逐渐转暖。一转眼，家家园子里都挤满了花。红的、黄的、蓝的、白的，大大小小，五颜六色，锦似的一片，都不知道是什么时候开放的。山上树林子里，更有整树的白花。我常常一个人在暮春五月到山上去散步。暖烘烘的香气飘拂在我的四周。人同香气仿佛融而为一，忘记了花，也忘记了自己。直到黄昏才慢慢回家。但是我却似乎一直没注意到这里也有海棠花。原因是，我最初只看到满眼繁花，多半是叫不出名字。"看花苦为译秦名"，我也就不译了。因而也就不分什么花什么花，只是眼花缭乱而已。

但是，真像一个奇迹似的，今天早晨我竟在人家园子里看到盛开的海棠花。我的心一动，仿佛刚睡了一大觉醒来似的，蓦地发现，自己在这个异域的小城里住了六年了。乡思浓浓地压上心头，无法排解。

我前面说，我同海棠花无缘。现在我不知道应该怎样说好了。乡思并不是很舒服的事情。但是在这垂尽的五月天，当自己心里填满了忧愁的时候，有这么一团十分浓烈的乡思压在心头，令人感到痛苦。同时我却又有点爱惜这一点乡思，欣赏这一点乡思。它使我想到：我是一个有故乡和祖国的人。故乡和祖国虽然远在天边，但是现在它们却近在眼前。我离开它们的时间愈远，它们却离我愈近。我的祖国正在苦难中，我是多么想看到它呀！把祖国召唤到我眼前来的，似乎就是这海棠花，我应该感激它才是。

想来想去，我自己也糊涂了。晚上回家的路上，我又走过那个园子去看海棠花。它依旧同早晨一样，缤纷烂漫地开成一团。它似乎一点也不理会我的心情。我站在树下，呆了半天，抬眼看到西天正亮着同海棠花一样红艳的晚霞。

1941 年 5 月 29 日于德国哥廷根

Wala

　　总有一个女孩子的面影飘动在我的眼前：淡红的双腮，圆圆的大眼睛。这面影对我这样熟悉，却又这样生疏。每次当它浮起来的时候，我一点也不去理会，它只是这么摇摇曳曳地在我眼前浮动一会，蓦地又暗淡下去，终于消逝到不知什么地方去了。我的记忆也自然会随了这消逝去的影子追上去，一直追到六年前的波兰车上。

　　也是同现在一样的夏末秋初的天气，我在赤都游了一整天以后，脑海里装满了红红绿绿的花坛的影像，走上波德通车。我们七个中国同学占据了一个车厢，谈笑得颇为热闹。大概快到华沙了吧，车里渐渐暗了下来，这时忽然走进一个年青的女孩子来。我只觉得有一个秀挺的身影在我眼前一闪，还没等我细看的时候，她已经坐在我的对面。我的地理知识本来不高明。在国内的时候，对波兰我就不大清楚，对波兰的女孩子更模糊成一团。后来读到一位先生游波兰描写波兰女孩子的诗，当时的印象似乎很深，但不久就渐渐淡了下来，终于连一点痕迹都没有了。然而现在自己竟到了波兰，而且对面就坐了一个美丽的波兰女孩子：淡红的双腮，圆圆的大眼睛。

倘若在国内的话，七个男人同一个孤身的女孩子坐在一起，我们即使再道学，恐怕也会说一两句带着暗示的话，让女孩子红上一阵脸，我们好来欣赏娇羞含怒然而却又带笑的态度。然而现在却轮到我们红脸了。女孩子坦然地坐在那里，脸上挂着一丝微笑，把我们七个异邦的青年男子轮流看了一遍，似乎想要说话的样子。但我们都仿佛变成在老师跟前背不出书来的小学生，低了头，没有一个人敢说些什么。终于还是女孩子先开了口。她大概知道我们不能说波兰话，只用德文问我们会说哪一国的话。我们七个中有一半没学过德文。我自己虽然学过，但也只是书本子里的东西。现在既然有人问到了，也只好勉强回答说自己会说德文。谈话也就开始了，而且还是愈来愈热闹。我们真觉得语言的功用有时候并不怎样大，静默或其他别的动作还能表达更多更复杂更深刻的思想。当时我们当然不能长篇大论地叙述什么，有的时候竟连意思都表达不出来，这时我们便相对一笑，在这一笑里，我们似乎互相了解了更多更深的东西。刚才她走进来的时候，先很小心地把一个坐垫放在座位上，然后坐下去。经过了也不知道多少时候，我蓦地发现这坐垫已经移到一位中国同学的身子下面去，然而他们两个人都没注意到，当时热闹的情形也可以想见了。

在满洲里的时候，我们曾经买了几瓶啤酒似的东西。一路上，每到一个大车站，我们就下去用铁壶提开水来喝，这几瓶东西却始终珍惜着没有打开。现在却仿佛蓦地有一个默契流过我们每个人的心中，一位同学匆匆忙忙地找出来了一瓶打开，没有问别人，其余的人也都兴高采烈地帮忙找杯子，没有一个人有半点反对的意思。不用说，我们第一杯是捧给这位美丽的女孩子的。她用手接了，先不喝，问我这是什么。我本来不很知道这究竟是什么，反正不过是酒一类的东西，而且我脑子里关于这方面的德文字也就只有一个酒字，就顺口回答说："是酒。"她于是喝了一口，立刻抬起眼含着笑仿佛谴责似的问着我说："你说是酒？"这双眼睛这样大，这样亮，又这样圆，再加上玫瑰花似的微笑，这一切深深地压住了我的心，我本来没有意思辩解，现在更没话可说，其实也不能说什么话了。她没有再说什么，拿出她自己带来的饼干分给我们吃。我们又吃又喝，忘记了现在是在火车上，是在异域；忘记了我们是初相识的异国的青年男女，根本忘记了我们自己，忘记了一切。她皮包里带着许多相片，她一张一张地拿给我们看。我们也把我们身边带的书籍画片，甚至连我们的毕业证书都找出来给她看。小小的车厢里充满了融融的欣悦。一位同学忽然问她叫什么名字，她立刻毫不忸怩地把自己的名字写在我们的簿子上：Wala，一个多么美妙令人一听就神往的名字！

大概将近半夜了吧，我走到另外一个车厢里想去找一个地方睡一会。终于在一个角落里找到一个位子。对面坐了一位大鼻子的中年人。才一出国，看到满车外国人，已经有点觉得生疏；再看了他这大鼻子，仿佛自己已经走进了一个童话的国土里来，有说不出的感觉。这大鼻子仿佛有魔力，把我的眼睛吸住，我非看不行。我敢发誓，我一生还没有看到这样大的鼻子。他耳朵上又罩上了无线电收音机，衬上这生在脸正中的一块大肉，这一切合起来凑成一幅奇异的图案画，看了我再也忍不住笑起来。但他偏又高兴同我说话，说着破碎的英语，一手指着自己的头，一手指着远处坐着的Wala，头摇了两摇，奇异的图案画上浮起一丝鄙夷微笑。我抬起头来看了看Wala，才发现她头上戴了一顶红红绿绿的小帽子。刚才我竟没有注意到，我的全部精神都让她的淡红的双腮同圆圆的大眼睛吸住了。现在忽然发现她头上的小帽子，只觉得更增加了她的妩媚。一直到现在我还不明白，这位中年人为何讨厌这一顶同她的秀美的面孔相得益彰的小帽子。

我现在已经忆不起来，我们是怎样分的手。大概是我们，至少是我，坐着朦朦胧胧地睡了会，其间Wala就下了车。我当时醒了后确曾觉得非常值得惋惜，我们竟连一声再会都没能说，这美丽的女孩子就像神龙似的去了。我仿佛看了一个夏夜的流星。但后来自己到了德国，蓦地投到一个新的环境里去，整天让工作压得不能喘一口气。以前在国内的时候，无论是做学生，是教书，尽有余裕的时间让自己的幻想出去飞一飞，上至青天，下至黄泉，到种种奇幻的世界里去翱翔，想到许多荒唐的事情，摹绘给自己种种金色的幻影，然后再回到这个世界里来。现在每天对着自己的全是死板板的现实，自己再没有余裕把幻想放出去，Wala的影子似乎已经从我的记忆里消逝了去，我再也想不到她了。这样就过去了六个年头。

前两天，一个细雨萧索的初秋的晚上，一位中国同学到我家里来闲谈。谈到附近一个菜园子里新近来了一个波兰女孩子在工作。这女孩子很年青，长得又非常美丽，父母都很有钱。在波兰刚中学毕业，正要准备进大学的时候，德国军队冲进波兰。在听过几天飞机大炮以后，于是就来了大恐怖，到处是残暴与血光。在风声鹤唳的情况里过了一年，正在庆幸着自己还能活下去的时候，又被希特勒手下的穿黑衣服的两足走兽强迫装进一辆火车里运到德国来，终于被派到哥廷根来，在这个菜园子里做下女。她天天做着牛马的工作，受着牛马的待遇，一生还没有做过这样的苦工。出门的时候，衣襟上还要挂上一个绣着 P 字的黄布，表示她是波兰人，让德国人随时都能注意她的行动；而且也只能白天出门，晚上出去捉起来立刻入监狱。电影院戏院一类娱乐的地方是不许她去的。衣服票鞋票当然领不到，衣服鞋破了也只好将就着穿，所以她这样一个年青又美丽的女孩子，衣服是破烂不堪的，脚下穿的又是木头鞋。工资少到令人吃惊。回家的希望简直更渺茫，只有天知道，她什么时候能再见到她的故乡，她的父母！我的朋友也不由得叹了一口气。

我的眼前电火似的一闪，立刻浮起 Wala 的面影，难道这个女孩子就是 Wala 么？但立刻我又自己否认，这不会是她的，天下不会有这样凑巧的事情。然而立刻又想到，这女孩子说不定就是 Wala，而且非是她不行；命运是非常古怪的，它有时候会安排下出人意料的事情。就这样，我的脑海里纷乱成一团，躺下无论如何也睡不着，伏在枕上听窗外雨声滴着落叶，一直到不知什么时候。

第二天早晨起来，到研究所去的时候，我就绕路到那菜园子去。这里我以前本来是常走的，一切我都很熟悉。但今天我看到这绿绿的菜畦，黄了叶子的苹果树，中间一座两层的小楼，我的眼前发亮，一切都蓦地对我生疏起来，我仿佛第一次看到这许多东西，我简直失了神似的，觉得以前菜畦没有这样绿，苹果树的叶子也没有黄过，中间并没有这样一座小楼。但现在却清清楚楚地看到眼前有这样一座楼，小小的红窗子就对着黄了叶子的苹果林，小巧得古怪又可爱。我注视这窗口，每一刹那我都盼望着，蓦地会有一个女孩子的头探出来，而且这就是 Wala。在黄了叶子的苹果树下面，我也每一刹那都在盼望着，蓦地会有一个秀挺的少女的身影出现，而且这也就是 Wala。但我什么也没看到。我带了一颗失望的心走到研究所，工作当然做不下去。黄昏回家的时候，我又绕路从这菜园子旁边走过，我直觉地觉得反正在离我住的地方不远的小楼里有一个 Wala 在；但我却没有一点愿望再看这小楼，再注视这窗口，只匆匆走过去，仿佛是一个被检阅的兵士。

以后，我每天要绕路到那菜园子附近去走上两趟。我什么也没看到，而且我也不希望看到什么，因为我现在已经知道，这女孩子不会是 Wala 了。不看到，自己心里终究有一个极渺茫极不成希望的希望：说不定她就真是 Wala。怀了这渺茫的希望，回到家来，每当夜深人静的时候，就把幻想放出去，到种种奇幻的世界里去翱翔，想到许多荒唐的事情，给自己摹描种种金色的幻影。这幻想会自然而然地把我带到六年前的波兰车上。我瞪大了眼睛向眼前的空虚处看去，也自然而然地有一个这样熟悉而又这样生疏的女孩子的面影摇摇曳曳地浮现起来：淡红的双腮，圆圆的大眼睛。

我每次想到的就是这似乎平淡然而却又很深刻的诗句："同是天涯沦落人。"因为，我已经再不怀疑，即使这女孩子不是 Wala，但 Wala 的命运也不会同这女孩子的有什么区别，或者还更坏。她也一定是在看过残暴与血光以后，被另外一个希特勒手下的穿黑衣服的两足走兽强迫装进一辆火车里拖到德国来，在另一块德国土地上，做着牛马的工作，受着牛马的待遇，出门的时候也同样要挂上一个 P 字黄牌，同样不能看到她的父母，她的故乡。但我自己的命运又有什么两样呢？不正有另一群兽类在千山万山外自己的故乡里散布残暴与火光吗？故乡的人们也同样做着牛马的工作，受着牛马的待遇，自己也同样不能见到自己的家属，自己的故乡。"同是天涯沦落人"，但是我们连"相逢"的机会都没有，我真希望我们这曾经一度"相识"者能够相对流一点泪，互相给一点安慰。但是，即使她现在有泪，也只好一个人独洒了，她又到什么地方能找到我呢？有时候，我曾经觉得世界小过，小到令人连呼吸都不自由，但现在我却觉得世界真正太大了。在茫茫的人海里，找寻她，不正像在大海里找寻一粒芥子么？我们大概终不能再会面了。

　　　　　　　　　　　　　　1941 年于德国哥廷根

忆 章 用

　　我一直到现在还不能相信，他竟撒手离开现在的这个世界去了。我自己的生命虽然截止到现在还说不上怎样太长；但在这不太长的过去的生命中，他的出现却更短，短到令人怀疑是不是曾经有过这样一回事。倘若要用一个譬喻的话，我只能把他比作一颗夏夜的流星，在我的生命的天空中，蓦地拖了一条火线出现了，蓦地又消逝到暗冥里去。但在这条火线留下的影子却一直挂在我的记忆的丝缕上，到现在，已经是隔了几年了，忽然又闪耀了起来。

　　人的记忆也是怪东西，在每一天，不，简直是每一刹那，自己所遇到的大大小小的事情中，在风起云涌的思潮中，有后来想起来认为是极重大的事情，但在当时看过想过后不久就忘却了，费很大的力量才能再回忆起来。但有的事情，譬如说一个人笑的时候脸部构成的图形，一条柳枝摇曳的影子，一片花瓣的飘落，在当时，在后来，都不认为有什么不得了，但往往经过很久很久的时间，却能随时能明晰地浮现在眼前，因而引起一长串的回忆。到现在很生动地浮现在我眼前，压迫着我想到俊之（章用）的，就是他在谈话中间静默时神秘地向眼前空虚处注视的神态。

但说来已经是六年前的事情了。六年前的深秋，我从柏林来到哥廷根。第二天起来，在街上走着的时候，觉得这小城的街特别长，太阳也特别亮，一切都浸在一片白光里。过了几天，就在这样的白光里，我随了一位中国同学走过长长的街去访俊之。他同他母亲赁居一座小楼房的上层，四周全是花园。这时已经是落叶满地，树头虽然还挂了几片残叶，但在秋风中却只显得孤伶了。那一次究竟说了些什么话，现在已经记不清了。似乎他母亲说话最多，俊之并没有说多少。在谈话中间静默的一刹那，我只注意到，他的目光从眼镜边上流出来，神秘地注视着眼前的空虚处。

就这样，我们第一次见面他给我的印象是颇平常的，但不知为什么，以后竟常常往来起来。他母亲人非常慈和，很能谈话。每次会面，都差不多只有她一个人独白，每次都感觉不到时间的逝去，等到觉得屋里渐渐暗起来，却已经晚了，结果每次都是仓仓促促辞了出来，摸索着走下黑暗的楼梯，赶回家来吃晚饭。为了照顾儿子，她在这离开故乡几万里的寂寞的小城里陪儿子一住就是七八年，只是这一件，就足以打动了天下失掉了母亲的孩子们的心，让他们在无人处流泪，何况我又是这样多愁善感？又何况还是在这异邦的深秋呢？我因而常常想到在故乡里萋萋的秋草下长眠的母亲，到俊之家里去的次数也就多起来。

哥廷根的秋天是美的，美到神秘的境地，令人说不出，也根本想不到去说。有谁见过未来派的画没有？这小城东面的一片山林在秋天就是一幅未来派的画。你抬眼就看到一片耀眼的绚烂。只说黄色，就数不清有多少等级，从淡黄一直到接近棕色的深黄，参差地抹在这一片秋林的梢上，里面杂了冬青树的浓绿，这里那里还点缀上一星星的鲜红，给这惨淡的秋色涂上一片凄艳。就在这林子里，俊之常陪我去散步。我们不知道曾留下多少游踪。林子里这样静，我们甚至能听到叶子辞树的声音。倘若我们站下来，叶子也就会飘落到我们身上。等到我们理会到的时候，我们的头上肩上已经满是落叶了。间或前面树丛里影子似的一闪，是一匹被我们惊走的小鹿，接着我们就会听到窸窣的干叶声，渐远，渐远，终于消逝到无边的寂静里去。谁又会想到，我们竟在这异域的小城里亲身体会到"叶干闻鹿行"的境界？但这情景都是后来回忆时才觉到的，在当时，我们却没有，或者可以说很少注意到：我们正在热烈地谈着什么。他虽然念的是数学，但因为家学渊源，对中国旧文学很有根底，作旧诗更是经过名师的指导，对哲学似乎比对数学的兴趣还要大。我自己虽然一无所成，但因为平常喜欢浏览，所以很看了些旧诗词，而且自己对许多文学上的派别和几个诗人还有一套看法。平时难得解人，所以一直闷在心里，现在居然有人肯听，于是我就一下子倾出来。看了他点头赞成的神气，我的意趣更不由地飞动起来，我忘记了时间，忘记了世界，连自己也忘记了。往往是看到桦树的白皮上已经涂上了淡红的夕阳，才知道是应该下山的时候。走到城边，就看到西面山上一团紫气，不久天上就亮起星星来了。

等到林子里最后的几片黄叶也落净了的时候，不久就下了第一次的雪。哥城的冬天是寂寞的。天永远阴沉，难得看到几缕阳光。在外面既然没有什么可看，人们又觉得炉火可爱起来。有时候在雪意很浓的傍晚，他到我家里来闲谈。他总是靠近炉子坐在沙发上，头靠在后面的墙上。我们总有说不完的话，大半谈的仍然是哲学宗教上的问题，但转来转去，总转到中国旧诗上。他说话没有我多。当我滔滔不绝地说着的时候，他只是静静地听，脸上又浮起那一片神秘的微笑，眼光注视着眼前的空虚处。同我一样，他也会忘记了时间，现在轮到他摸索着走下黑暗的楼梯赶回家去吃晚饭了。

后来这情形渐渐多起来。等到我们再聚到一起的时候，章伯母就笑着告诉我，自从我到了哥廷根，他儿子仿佛变了一个人，以前同他母亲也不大多说话，现在居然有时候也显得有点活泼了。他在哥城八年，除了间或到范禹（龙丕炎）家去以外，很少到另外一位中国同学家里去，当然更谈不到因谈话而忘记了吃晚饭。多少年来，他就是一个人到大学去，到图书馆去，到山上去散步，不大同别人在一起。这情形我都能想象得到，因为无论谁只要同俊之见上一面，就会知道，他是孤高一流的人物。这样一个人怎么能够同其他油头粉面满嘴里离不开跳舞电影的留学生们合得来呢？

但他的孤高并不是矫揉造作的，他也并没有意思去装假名士。章伯母告诉我，他在家里，也总是一个人在思索着什么，有时坐在那里，眼睛愣愣的，半天不动。他根本不谈家常，只有谈到学问，他才有兴趣。但老人家的兴趣却同他的正相反，所以平常时候母子相对也只有沉默着一句话也不说了。他对吃饭也感不到多大兴趣，坐在饭桌旁边，嘴里嚼着什么，眼睛并不看眼前的碗同菜，脑筋里似乎正在思索着只有他自己知道的问题。有时候，手里拿着一块面包，站起来，在屋里不停地走，他又沉到他自己独有的幻想的世界里去。倘若叫他吃，他就吃下去；倘若不叫他，他也就算了。有时候她同他开个玩笑，问他刚才吃的是什么东西，他想上半天，仍然说不上来。这是他自己说起来都会笑的。过了不久，我就有机会证实了章伯母的话。这所谓"不久"，我虽然不能确切地指出时间来；但总在新年过后的一二月里，小钟似的白花刚从薄薄的雪堆里挣扎出来，林子里怕已经抹上淡淡的一片绿意了。章伯母因为有事情到英国去了，只留他一个人在家里。我因为学系不能决定，有时候感到异常的烦闷，所以就常在傍晚的时候到他家里去闲谈。我差不多每次都看到桌子上一块干面包，孤伶地伴着一瓶凉水。问他吃过晚饭没有，他说吃过了。再问他吃的什么，他的眼光就流到那一块干面包和那一瓶凉水上去，什么也不说。他当然不缺少钱买点香肠牛奶什么的；而且煤气炉子也就在厨房里，只要用手一转，也就可以得到一壶热咖啡，但这些他都没做，也许是忘记了，也许根本没有兴致想到这些琐碎的事情，他脑筋里正盘旋着什么问题。在这时候，最简单的办法当然就是向面包盒里找出他母亲吃剩下的面包，拧开凉水管子灌满一瓶，草草吃下去了事。既然吃饭这事情非解决不行，他也就来解决；至于怎样解决，那又有什么重要呢？反正只要解决过，他就能再继续他的工作，他这样就很满意了。

　　我将怎样称呼他这样一个人呢？在一般人眼中，他毫无疑问的是一个怪人，而且他和一般人，或者也可以说，一般人和他合不来的原因恐怕也就在这里面。但我从小就有一个偏见，我最不能忍受四平八稳处事接物面面周到的人物。我觉得，人不应该像牛羊一样，看上去都差不多，人应该有个性。然而人类的大多数都是看上去都差不多的角色。他们只能平稳地活着，又平稳地死去，对人类对世界丝毫没有影响。真正大学问大事业是另外几个同一般人不一样，甚至被他们看作怪人和呆子的人做出来的。我自己虽然这样想，甚至也试着这样做过，也竟有人认为我有点怪；但我自问，有的时候自己还太妥协平稳，同别人一样的地方还太多。因而我对俊之，除了羡慕他的渊博的学识以外，对他的为人也有说不出来的景仰了。

在羡慕同景仰两种心情下，我当然高兴常同他接近。在他那方面，他也似乎很高兴见到我。到现在还不能忘记，每次我找他到小山上去散步，他都立刻答应，而且在非常仓皇的情形下穿鞋穿衣服，仿佛一穿慢了，我就会逃掉似的。我们到一起，仍然有说不完的话，我们谈哲学，谈宗教，仍然同以前一样，转来转去，总转到中国旧诗上去。他把他的诗集拿给我看，里面的诗并不多，只是薄薄的一本。我因为只仓卒翻了一遍，现在已经记不清，里面究竟有些什么诗。我用尽了力想，只能想起两句来："频梦春池添秀句，每闻夜雨忆联床。"他还告诉我，到哥城八年，先是拼命念德文，后来入了大学，又治数学同哲学，总没有余裕和兴致来写诗，但自从我来以后，他的诗兴仿佛又开始汹涌起来，这是连他自己都没想到的——

果然，过了不久，又在一个傍晚，他到我家里来。一进门，手就向衣袋里摸，摸出来的是一个黄色的信封，里面装了一张硬纸片，上面工整地写着一首诗：

> 空谷足音一识君
>
> 相期诗伯苦相薰
>
> 体裁新旧同尝试
>
> 胎息中西沐见闻
>
> 胸宿赋才徕物与
>
> 气嘘史笔发清芬
>
> 千金散帚孰轻重
>
> 后世凭猜定小文

我看了脸上直发热。对旧诗，我虽然喜欢胡谈乱道，但说到做，我却从来没尝试过，可以说是一个十足的门外汉，我哪里敢做梦做什么"诗伯"呢？但他的这番意思我却只有心领了。

这时候，我自己的心情并不太好，他也正有他的忧愁。七八年来，他一直过着极优裕的生活。近一两年来，国内的地租忽然发生了问题，于是经济来源就有了困难。对于他这其实都算不了什么，因为我知道，只要他一开口，立刻就会有人自动地送钱给他用，而且，据他母亲告诉我，也真的已经有人寄了钱来，譬如一位德国朋友，以前常到他家里去吃中国饭，现在在另外一个大学里当讲师，就寄了许多钱来，还愿意以后每月寄。然而俊之都拒绝了。我也同他谈过这事情，我觉得目前用朋友几个钱完成学业实在是无伤大雅的，但他却一概不听，也不说什么理由，我自己根本没有多少钱，领到的钱也不过刚够每月的食宿，一点也不能帮他的忙。最初听到他说，他不久就要回国去筹款，心中有说不出的难过。后来他这计划终于成为事实了。每次到他那里去，总看到他忙忙碌碌地整理书籍。我不愿意看这一堆堆横七竖八躺在地上的书籍。我觉得有什么地方对他不起，心里凭空惭愧起来。

在不知不觉时，时间已经由暮春转入了初夏。哥廷根城又埋到一团翠绿里去。俊之起程的日子也决定了。在前一天的晚上，我们替他饯行，一直到深夜才走出市政府的地下餐厅。我同他并肩走在最前面。他平常就不大喜欢说话，今天更不说了，我们只是沉默着走上去，听自己的步履声在深夜的小巷里回响，终于在沉默里分了手。我不知道他怎么样，我是一夜在床上翻来覆去地睡不着。第二天天一亮我就到他家去了。他已经起来了。我本来预备在我们离别前痛痛快快谈一谈，我仿佛有许多话要说似的，但他却坚决要到大学里去上一堂课。他母亲挽留也没有用。他嘴里只是说，他要去上"最后一课"，"最后"两个字说得特别响，脸上浮着一片惨笑。我不敢接触他的目光，但我却能了解他的"客树回看成故乡"的心情。谁又知道，这一堂课就真的成了他的"最后一课"呢？

就这样，俊之终于离开他的第二故乡哥廷根，离开了我，从那以后，我就再没有看到他。路上每到一个停船的地方，他总有信给我。他知道我正在念梵文，还剪了许多报上的材料寄给我。此外还寄给我了许多诗。回国以后，先在山东大学教数学。在这期间，他曾写过一封很长的信给我，报告他的近况，依然是牢骚满腹。后来又转到浙江大学去。情形如何，我不大清楚。不久战争也就波及浙江，他随了大学辗转迁到江西。从那里，我接到他一封信，附了一卷诗稿，把他回国以后作的诗都寄给我了。他仿佛预感到自己已经不久于人世，赶快把诗抄好，寄给一个朋友保存下去，这个朋友他就选中了我。我一直到现在还不相信，这是偶然的，他似乎故意把这担子放在我的肩上。

从那以后，我从他那里再没听到什么。不久范禹来了信，报告他的死。他从江西飞到香港去养病，就死在那里。我真没法相信这是真的，难道范禹听错了消息了么？但最后我却终于不能不承认，俊之是真的死了，在我生命的夜空里，他像一颗夏夜的流星似的消逝了，永远的消逝了。

我们相处一共不到一年。一直到离别还互相称作"先生"。在他没死之前，我不过觉得同他颇能谈得来，每次到一起都能得到点安慰，如此而已。然而他的死却给了我一个回忆沉思的机会，我蓦地发现，我已于无意之间损失了一个知己，一个真正的朋友。在这茫茫人世间究竟还有几个人能了解我呢？俊之无疑是真正能够了解我的一个朋友。我无论发表什么意见，哪怕是极浅薄的呢，从他那里我都能得到共鸣的同情。但现在他竟离开这人世去了。我陡然觉得人世空虚起来。我站在人群里，只觉得自己的渺小和孤独，我仿佛失掉了倚靠似的，徘徊在寂寞的大空虚里。

哥廷根仍然同以前一样地美，街仍然是那样长，阳光仍然是那样亮。我每天按时走过这长长的街到研究所去，晚上再回来。以前我还希望，俊之回来的时候，我们还可以逍遥在长街上高谈阔论，但现在这希望永远只是希望了。我一个人拖了一条影子走来走去：走过一个咖啡馆，我回忆到我曾同他在这里喝过咖啡消磨了许多寂寞的时光；再向前走几步是一个饭馆，我又回忆到，我曾同他每天在这里吃午饭，吃完再一同慢慢地走回家去；再走几步是一个书店，我回忆到，我有时候呆子似的在这里站上半天看玻璃窗子里面的书，肩头上蓦地落上了一只温暖的手，一回头是俊之，他也正来看书窗子；再向前走几步是一个女子高中，我又回忆到，他曾领我来这里听诗人念诗，听完在深夜里走回家，看雨珠在树枝上珠子似的闪光——就这样，每一个地方都能引起我的回忆，甚至看到一块石头，也会想到，我同俊之一同在上面踏过；看了一枝小花，也会回忆到，我同他一同看过。然而他现在却撒手离开这个世界走了，把寂寞留给我。回忆对我成了一个异常沉重的负担。

今年秋天，我更寂寞得难忍。我一个人在屋里无论如何也坐不下去，四面的墙仿佛都起来给我以压迫。每天吃过晚饭，我就一个人逃出去到山下大草地上去散步。每次都走过他同他母亲住过的旧居：小楼依然是六年前的小楼，花园也仍然是六年前的花园，连落满地上的黄叶，甚至连树头残留着的几片孤零的叶子，都同六年前一样；但我的心情却同六年前的这时候大大的不相同了。小窗子依然开对着这一片黄叶林。我以前在这里走过不知多少遍，似乎从来没有注意过这样一个小窗子，但现在这小窗子却唤回我的许多记忆，它的存在我于是也就注意到了。在这小窗子里面，我曾同俊之同坐过消磨了许多寂寞的时光，我们从这里一同看过凄艳的彩色的秋林，也曾看过压满了白雪的琼林，又看过绚烂的苹果花，蜜蜂围了嗡嗡地飞；在他离开哥廷根的前几天，我们都在他家里吃饭，忽然扫过一阵暴风雨，远处的山、山上的树林，树林上面露出的俾斯麦塔都隐入瀺濛的云气里去：这一切仿佛是一幅画，这小窗子就是这幅画的镜框。我们当时都为自然的伟大所压迫，半天说不出一句话来，只是沉默着透过这小窗注视着远处的山林。当时的情况还历历如在眼前，然而曾几何时，现在却只剩下我一个人在满了落叶的深秋的长街上，在一个离故乡几万里的异邦的小城里，呆呆地从下面注视这小窗子了，而这小窗子也正像蓬莱仙山可望而不可及了。

逝去的时光不能再捉回来，这我知道；人死了不能复活，这我也知道。我到现在这个世界上来活了三十年，我曾经看到过无数的死：父亲，母亲和婶母都悄悄地死去了。尤其是母亲的死在我心里留下无论如何也补不起来的创痕。到现在已经十年了，差不多隔几天我就会梦到母亲，每次都是哭着醒来。我甚至不敢再看讲母亲的爱的小说、剧本和电影。有一次偶然看一部电影片，我一直从剧场里哭到家。但俊之的死却同别人的死都不一样：生死之悲当然有，但另外还有知己之感。这感觉我无论如何也排除不掉。我一直到现在还要问：世界上可以死的人太多太多了，为什么单单死俊之一个人？倘若我不同他认识也就完了，但命运却偏偏把我同他在离祖国几万里的一个小城里拉在一起，他却又偏偏死去。在我的饱经忧患的生命里再加上这幕悲剧，难道命运觉得对我还不够残酷吗？

但我并不悲观，我还要活下去。有的人说："死人活在活人的记忆里。"俊之就活在我的记忆里。只是为了这，我也要活下去。当然这回忆对我是一个无比的重担，但我却甘心肩起这一份重担，而且还希望能肩下去，愈久愈好。

　　五年前开始写这篇东西，那时我还在德国。中间屡屡因了别的研究工作停笔，终于剩了一个尾巴，没能写完。现在在挥汗之余勉强写起来，离开那座小城已经几万里了。

1946 年 7 月 23 日写于南京

纪念一位德国学者
西克灵教授

　　昨天晚上接到我的老师西克先生（Prof. Dr. Emil Sieg）从德国来的信，说西克灵教授（W. Siegling）已经于去年春天死去，看了我心里非常难过。生死本来是一种自然现象，值不得大惊小怪。但死也并不是没有差别。有的人死去了，对国家，对世界一点影响都没有。他们只是在他们亲族的回忆里还生存一个时期，终于也就渐渐被遗忘了。有的人的死却是对国家，对世界都是一个损失。连不认识他们的人都会觉得悲哀，何况认识他们的朋友们呢？

　　西克灵这名字，对许多中国读者大概还不太生疏，虽然他一生所从事研究的学科可以说是很偏僻的。他是西克先生的学生。同他老师一样，他也是先研究梵文，然后才转到吐火罗语去的。转变点就正在四十年前。当时德国的探险队在 Grünwedel 和 Von Le Coq 领导之下从中国的新疆发掘出来了无量珍贵的用各种文字写的残卷运到柏林去。德国学者虽然还不能读通这些文字，但他们却意识到这些残卷的重要。当时柏林大学的梵文正教授 Pischel 就召集了许多年青的语言学者，尤其是梵文学者，来从事研究。西克和西克灵决心合作研究的就是后来定名为吐火罗语的一种语言。当时他们有的是幻想和精力，这种稍稍带有点冒险意味，有的时候简直近于猜谜式的研究工作，更提高了他们的兴趣。他们日夜地工作，前途充满了光明。在三十多年以后，西克先生每次谈起来还不禁眉飞色舞，仿佛他自己又走回青春里去，当时热烈的情景就可以想见了。

他们这合作一直继续了几十年。他们终于把吐火罗语读通。在这期间，他们发表的震惊学术界的许多文章和书，除了在第一次世界大战西克灵被征从军的一个期间外，都是用两个人的名字。西克灵小心谨慎，但没有什么创造的能力，同时又因为住在柏林，在普鲁士学士院（Preussische Akademie der Wissenschaften）里做事情，所以他的工作就偏重在只是研究抄写 Brāhmi 字母。他把这些原来是用 Brāhmi 字母写成的残卷用拉丁字母写出来寄给西克，西克就根据这些拉丁字母写成的稿子来研究文法，确定字义。但我并不是说西克灵只懂字母而西克只懂文法。他们两方面都懂的，不过西克灵偏重字母而西克偏重文法而已。

两个人的个性也非常不一样。我已经说到西克灵小心谨慎，其实这两个形容词是不够的。他有时候小心到我们不能想象的地步。根据许多别的文字，一个吐火罗字的字义明明是毫无疑问地可以确定了，但他偏怀疑，偏反对，无论如何也不承认。在这种情形下，西克先生看到写信已经没有效用，便只好自己坐上火车到柏林用三寸不烂之舌来说服他了。我常说，西克先生就像是火车头的蒸汽机，没有它火车当然不能走。但有时候走得太猛太快也会出毛病，这就用得着一个停车的闸。西克灵就是这样的一个让车停的闸。

他们俩合作第一次出版的大著是 *Tocharische Sprachreste*（1921）。两本大书充分表现了这合作的成绩。在这书里他们还很少谈到文法，只不过把原来的 Brāhmi 字母改成拉丁字母，把每个应该分开来的字都分了而已。在 1931 年出版的 *Tocharische Grammatik* 里面他们才把吐火罗语的文法系统地整理出来。这里除了他们两个人以外，他们还约上了大比较语言学家柏林大学教授舒尔慈（Wilhelm Schulz）来合作。结果这一本五百多页的大著就成了欧洲学术界划时代的著作。一直到现在研究中亚古代语言和比较语言的学者还不能离开它。

写到这里，读者或者以为西克灵在这些工作上都没有什么不得了的贡献，因为我上面曾说到他的工作主要是在研究抄写 Brāhmi 字母。这种想法是错的。Brāhmi 字母并不像我们知道的这些字母一样。它是非常复杂的。有时候两个字母的区别非常细微，譬如说 t 同 n，稍一不小心，立刻就发生错误。法国的梵文学家莱维（Sylvain Lévi）在别的方面的成绩不能不算大，但看他出版的吐火罗语 B（龟兹语）的残卷里有多少读错的地方，就可以知道只是读这字母也并不容易了。在这方面西克灵的造诣是非常惊人的，可以说是并世无二。

也是为了读 Brāhmi 字母的问题，我在 1942 年的春天到柏林去看西克灵。我在普鲁士学士院他的研究室里找到他。

他正在那里埋首工作，桌子上摆的墙上挂的全是些 Brāhmi 字母的残卷，他就用他特有的蝇头般的小字一行一行地抄下来。在那以前，我就听说，只要有三个学生以上，他就一句话也说不出来了。所以他一生就只在学士院里工作，只有很短的一个时间在柏林大学里教过吐火罗语，终于还是辞了职。见了面他给我的印象同传闻的一样。人很沉静，不大说话。问他问题，他却解释无遗。我从他那里学到了不少读 Brāhmi 字母的秘诀。我发现他外表虽冷静，但骨子里他却是个很热情的人，正像一切良好的德国人一样。

以后，我离开柏林，回到哥廷根，战争愈来愈激烈，我也就再也没能到柏林去看他。战争结束后，自己居然还活着，听说他也没被炸死。心里觉得非常高兴。我也就带了这高兴在去年夏天里回了国来。一转眼就过了半年。在这期间，因为又接触了一个新环境，终天糊里糊涂的，连回忆的余裕都没有了。最近，心情方面渐渐安静下来，于是又回忆到以前的许多事情，在德国遇到的这许多师友的面影又不时在眼前晃动，想到以前过的那个幸福的时期，恨不能立刻再回到德国去。然而正在这时候，我接到西克先生的信，说西克灵已经去世了。即便我能立刻回到德国，师友里面已经少了一个了。对学术界，尤其是对我自己，这个损失是再也不能弥补的了。

我现在唯一的安慰就是在西克先生身上了。他今年已经八十多岁，但他的信上说，他的身体还很好。德国目前是既没有吃的穿的，也没有烧的。六七个人挤在一个小屋里，又以他这样的高龄，但他居然还照常工作。他四十年来一个合作者西克灵，比他小二十多岁的一个朋友，既然先他而死了，我只希望上苍还加佑他，让他再壮壮实实多活几年，把他们未完成的大作完成了，为学术，为他死去的朋友，我替他祝福。

1947 年 1 月 29 日于北平

小　山　集

序

　　《万泉集》问世以后，我写的散文小品又已达到了相当的数量，可以编定一个新集子了。于是委托李铮先生搜集、整理，以便编成集子。有新集子就必须有新名字。我有一个习惯：用与自己有关的地名为集名。但是，在燕园中，与自己有关的几个地名都使用过了。几番考虑，想到住房楼旁的小山。北大有一个"未名湖"，"未名"者，尚未命名之谓也。但是，时间一久，"未名"就成了湖名。这一座小山当然更不会有什么文人学士给它起名字，连"未名"这个名都没有，遑论其他。我自认对这一座小山最了解。在我的生活中，它占有重要的地位；在我的思想感情中，它占的地位更重要。在我眼中和心中，它是活的，它能同我说话，对我它能表达感情。它的一草一木，一土一石，都是有灵魂的。我们俩是最知己的朋友。现在出集子，想起一个名字，远在天边，近在眼前，非小山莫属了。

　　附上一篇《小山赋》，以见一斑。

小 山 赋

说它是山，

它不是山；

说它非山，

它又是山。

四五米高，

六七米宽，

东西长约三十米，

看上去并不太短。

既不蜿蜒，

也不巉岩；

又似蜿蜒，

又似巉岩，

俨然矗立在两楼间。

东头一棵苍松，

西头一棵翠柏，

树龄都在三四百年。

中间一棵榆树，

枝柯刺青天。

冬雪皑皑，

夏日炎炎，

秋天黄桷被霜染。

只有初春，

景有独艳。

繁花遍地，

碧草芊芊。
一夜东风送春暖，
遍山开满了二月兰。
四时风光不同，
我则故我依然。
看书眼酸，
写作神倦；
小山能解我乏，
每常一日五盘桓。
它伴我痛苦，
它陪我狂欢，
看我送走了几个亲眷，
伴我多少个长夜无眠。
我眼中的小山是朋友，
我心中的小山是伙伴。
说它是山，
它不是山；
说它非山，
它又是山。
山不在高，
有仙则显。
这里只是渺予一人，
哪里来的神？
哪里来的仙？
它只是平凡又平凡，

它平凡到超过蓬莱，

它平凡到超过三山，

它平凡到超过大千世界三千。

只有我一人了解其中意蕴，

我的小山，

我的小山。

1993 年 12 月 18 日

洛阳牡丹

　　"洛阳牡丹甲天下"，这一句在中国流行了千百年的话，我是相信的，我是承认的。但是，我以前从没有意识到，这一句话的真正含义，自己并没有完全了解。

　　牡丹，我看得多了。在我的故乡，我看到过。在北京的许多地方，特别是法源寺和颐和园，我也看到过。牡丹花朵之大、之美，花色品种之多，确实使我惊诧不已。我觉得，唐人咏牡丹的名句"国色朝酣酒，天香夜染衣"约略可以概括。牡丹被尊为花中之王，是当之无愧的。

　　但是，什么叫"国色"，什么又叫"天香"，我的理解介乎明暗之间。

　　今年四月中旬，应洛阳北京大学校友会的邀请，我第一次到了洛阳这座"牡丹之城"。此时正是洛阳牡丹花会举行期间。今年因为气候偏冷，我们初到的第一天，连大马路旁开得最早的"洛阳红"，都没有全开放。焉知天公作美，到了第二天竟然晴空万里，阳光普照。仿佛那一位大名鼎鼎的金轮圣神皇帝武则天又突然降临人间，下诏牡丹在一夜之间必须开放，不但"洛阳红"开得火红火红，连公园里那些比较名贵的品种也都从梦中醒来一般，打起精神，迎着朝阳，一一开放。

我们当然都不禁狂喜。在感谢天公之余，在忙着参观白马寺、少林寺、中岳庙和龙门石窟之余，挤出了早晨的时间，来到了牡丹最集中的地方王城公园，欣赏"甲天下"的洛阳牡丹。不看不知道，一看吓一跳。洛阳牡丹原来是这个样子呀！光看花名，就是几十上百种，个个美妙非凡，诗意盎然，我记也记不住。花的形体和颜色也各不相同。直看得我眼花缭乱，目迷五色。我想到神话里面的百花仙子，我想到《聊斋志异》里面的变成美女的牡丹花神，一时搔首无言，不知道要说什么好。昨天夜里，我想到今天要来看牡丹，想了半天，把我脑海里积累了几十年的词藻宝库，翻箱倒柜，穷搜苦索，想今天面对洛阳牡丹大展文才，把牡丹好好地描绘一番。我真希望我的笔能够生花，产生奇迹，写出一篇名文，使天下震惊。然而，到了此时此地，面对着迎风怒放的牡丹，却一点词儿也没有了，我的"才"耗尽了，一点儿也挤不出来了。我想，坐对这样的牡丹，对画家来说，名花的意态是画不出来的；对摄影家来说，是照不出来的；对作家来说，是写不出来的。我什么家都不是，更是手足无所措了。

《世说新语·任诞》第二十三有一段话：

> 桓子野每闻清歌，辄唤"奈何！"谢公闻之曰："子野可谓一往有深情。"

我对牡丹花真是一往情深。我觉得，值此时机最好的办法就是喊上几声："奈何！奈何！"

洛阳人民有福了。中国人民有福了。在林林总总全世界的无数民族中，造物主——假如真有这么一个玩意儿的话——独独垂青于我们中华民族，把牡丹这一种奇特而无与伦比的名花创造在神州大地上，洛阳人和全中国的人难道不应该感到骄傲、感到幸福吗？在王城公园里拥拥挤挤围观牡丹的千万人中，有中国人，其中包括洛阳人，也有外国人，个个脸上都流露出兴奋幸福的神情，看来世界上一切美好的东西，都既是民族的，又是全人类的。牡丹也是如此。在洛阳，在中国的洛阳，坐对迎风怒放的牡丹，我不应该只说：洛阳人民有福了，中国人民有福了，而应该说，全世界人民都有福了。

我觉得，我现在方才了解了"洛阳牡丹甲天下"这一句话的真正含义。

1991 年 5 月 15 日病后写

记周培源先生

　　如果论资排辈，周培源先生应该算是我的老师。说话为什么这样绕弯子呢？原因是，我于 1930 年考入清华大学，当时周先生是清华教授。但是，我学的是西洋文学系，而周先生则是物理教授，并无任何接触。只是有时在校园中林荫路上看到周先生伉俪走过而已。当时教授在社会上地位极高，待遇优厚，而且进可以官，退可以学。在我们青年学生眼中，望之如神仙中人。

　　一直到 1952 年院系调整，清华理科归入北大，周先生自国外归来，参加了北大的工作。间有机会同他一起开会。但仍然由于行当不同，而从无过从。我对周先生的了解同二十多年以前相比，增加得微乎其微。不过，从他的言谈举止中，从别人对他的评论中，我渐渐发现，周先生其实是一个很有个性，很有骨气，很有正义感，能明辨大是大非的人，一个一身正气、两袖清风的人。

　　我真正认识周先生是在一个非常不正常的情况下，是在"十年浩劫"中。浩劫开始时一阵混乱过后，"群众组织"逐渐合并成两大派，这与全国形势是完全相适应的。两大派一个叫所谓"天派",一个叫所谓"地派"。北大的两大派的名称是"新北大公社"(天)和"井冈山"(地)。从整个运动过程来看,这两大派都搞打砸抢,都乱抓无辜,都压迫真正的群众,真正是难兄难弟,枣木球一对,无法评论其是非优劣。但是从北大的具体情况来看,领导新北大公社的是那一位臭名昭著的"老佛爷",打出江青的旗号,横行霸道,炙手可热。她掌握了全校的行政财政大权,迫害异己。我与此人打过多年交道,深知她不学无术,语无伦次,然而却心狠手辣,想要反对她,需要有一点牺牲精神。

我在运动初期不可避免地被打成"反动学术权威"。经过了一阵阵的惊涛骇浪,算是平安地过了关。虽然仍然被工作组划在"临界线"上,但究竟属于人民内部,满可以逍遥自在了。

但我是一个颇爱打点抱不平的人;虽然做不到"路见不平,拔刀相助"的程度,有时候也抑制不住自己,惹点小乱子。对于这一位"老佛爷"的所作所为,我觉得它不符合"毛主席的革命路线"。其实我也并不真懂什么是"革命路线"。我只觉得她对群众的态度不对头。于是我便有点"蠢蠢欲动"了。

出乎我的意料,又似乎是在意料之内,周培源先生也挺身而出,而且干脆参加了反"老佛爷"的组织,并且成为领导成员。在这期间,我一次也没有在私下见过周先生。他为什么这样做,我毫无所知。只记得北大两大派在大饭厅(今天的大讲堂)中举行过一次公开的辩论,两派的领导都坐在讲台上。周先生也俨然坐在那里,而且还发了言。他的岁数最大，地位最高，以一个白发盈颠的老人，同一群后生坐在一起，颇有点滑稽。然而我心里却是充满了敬意的：周先生的一身正气在这里流露得淋漓尽致。后来，"老佛爷"大概对周先生这样一位有威望的教授起来反对自己极为不安，于是唆使亲信对周先生大肆攻击。"十年浩劫"中对立派之间罗织罪名，耍弄刀笔，达到了惊人的程度，这是大家都知道的事实。"老佛爷"对周先生当然更是施出了全身解数，诬陷污蔑。我得知，周先生参加的组织竟也为周先生立了专案组，调查他的一生行动。我当时真感到心里不是滋味。此事周先生恐怕至今也不知道。我在这里不想责怪任何人。大家都是在形势所迫下进行思考，进行活动的。

我呢，我也上了牛劲，终于经过长期的反复的考虑与观察，抱着"粉身碎骨在所不辞"的决心，"自己跳了出来"，也参加了那个反"老佛爷"的组织。这一跳不打紧，一跳就跳进了牛棚，几乎把老命给赔上。

有一天，我奉到牢头禁子（官名叫"监改人员"）之命，不要我出去参加劳动，要我在棚里等候批斗，不是主角，是"陪斗"，等于旧社会的"陪绑"，是一种十分残酷的刑罚。对于被批斗，尽管我已是"老手"，什么呼口号，喊"打倒"，发言批判，满嘴捏造，我能够坐在"喷气式"上置若罔闻；但是，坐"喷气式"，挨耳光，拳打脚踢，有时被打得鼻青脸肿，有人往脸上唾而又唾面自干，我却还真有点不寒而栗。当牢头禁子，带着满嘴的"国骂"向我下达命令时，我心里真有点哆嗦。我已失去一切自由，连活着的自由在内，我只有低头应命，如坐针毡似的等在牛棚里。

但是，一直到中午，也没有人来押解我。后来，有的难友悄悄告诉我说，"老佛爷"夜里抄了周先生的家——尽管周先生是中央明令要保护的人，"老佛爷"也胆敢违抗——，周先生大概事前得到消息，躲到什么地方去了，没有被"揪"住。"老佛爷"的如意算盘是，揪住以后，大规模批斗，知道我同周先生的关系，才让我陪斗。我真有点后怕，如果当时周先生真被"揪"住，批斗起来，其声势之猛烈，概可想见了。在当天下午被押解着出来劳动时，我看到地上、墙上写满了"打倒猪配猿"一类的口号，想见"老佛爷"等辈咬牙切齿之状。

浩劫的风暴逐渐平静。我听说，中央某一个领导人向周先生提了意见，周先生在某一个场合做了点自我批评。这可能只是传闻，确否我不敢说。至于我，没有什么人提出意见，我不想在这方面做什么检查。我一生做的事自己满意的不多。我拼着老命反"老佛爷"一事，是我最满意的事情之一，它证明我还是一个有正义感的人，不是一个贪生怕死的胆小鬼。

风暴过后，我同周先生的接触多了。我们从来没谈过我上面说的那些事情。过去的就让它过去吧！但是，周先生的一身正气、两袖清风的风范却日益引起我的敬佩，是我一生学习的好榜样。

前两年，周先生曾重病过一次。然而却奇迹般地恢复了健康，又忙忙碌碌地从事各种活动了。我现在借用冯友兰先生的两句话来为周培源先生祝愿："何止于米，相期以茶！"

1991 年 10 月 5 日

我和北大图书馆

　　我对北大图书馆有一种特殊的感情，这种感情潜伏在我的内心深处，从来没有明确地意识到过。最近图书馆的领导同志要我写一篇讲图书馆的文章，我连考虑都没有，立即一口答应。但我立刻感到有点吃惊。我现在事情还是非常多的，抽点时间，并非易事。为什么竟立即答应下来了呢？如果不是心中早就蕴藏着这样一种感情的话，能出现这种情况吗？

　　山有根，水有源，我这种感情的根源由来已久了。

　　1946 年，我从欧洲回国。去国将近十一年，在落叶满长安（长安街也）的深秋季节，又回到了北京，在北大工作，内心感情的波动是难以形容的。既兴奋，又寂寞；既愉快，又惆怅。然而我立刻就到了一个可以安身立命的地方，这就是北大图书馆。当时我单身住在红楼，我的办公室（东语系办公室）是在灰楼。图书馆就介乎其中。承当时图书馆的领导特别垂青，在图书馆里给了我一间研究室，在楼下左侧。窗外是到灰楼去的必由之路。经常有人走过，不能说是很清静。但是在图书馆这一面，却是清静异常。我的研究室左右，也都是教授研究室，当然室各有主，但是颇少见人来。

所以走廊里静如古寺，真是念书写作的好地方。我能在奔波数万里扰攘十几年，有时梦想得到一张一尺见方的书桌而渺不可得的情况下，居然有了一间窗明几净的研究室，简直如坐天堂，如享天福了。当时我真想咬一下自己的手，看一看自己是否是做梦。

研究室的真正要害还不在窗明几净——当然，这也是必要的——，而在有没有足够的书。在这一点上，我也得到了意外的满足。图书馆的领导允许我从书库里提一部分必要的书，放在我的研究室里，供随时查用。我当时是东语系的主任，虽然系非常小，没有多少学生；但是，麻雀虽小，五脏俱全，仍然有一些会要开，一些公要办，所以也并不太闲。可是我一有机会，就遁入我的研究室去，"躲进小楼成一统"，这地方是我的天下。我一进屋，就能进入角色，潜心默读，坐拥书城，其乐实在是不足为外人道也。我回国以后，由于资料缺乏，在国外时的研究工作，无法进行，只能有多大碗，吃多少饭，找一些可以发挥自己的长处而又有利于国计民生的题目，来进行研究。北大图书馆藏书甲全国大学。我需要的资料基本上能找得到。因此还能够写出一些东西来。如果换一个地方，我必如车辙中的鲋鱼那样，什么书也看不到，什么文章也写不出，不但学业上不能进步，长此以往，必将索我于鲍鱼之肆了。

作为全国最高学府的北京大学，我们有悠久的爱国主义的革命历史传统，有实事求是的学术传统，这些都是难能可贵的。但是，我认为，一个第一流的大学，必须有第一流的设备、第一流的图书、第一流的教师、第一流的学者和第一流的管理。五个第一流，缺一不可。我们北大可以说是具备这五个第一流的。因此，我们有充分的基础，可以来弘扬祖国的优秀文化，为我国四化建设培养德才兼备的人才，对外为祖国争光，对内为人民立功，仰不愧于天，俯不怍于地，充满信心地走向光辉的未来。在这五个第一流中，第一流的图书更显得特别突出。北大图书馆是全国大学图书馆的翘楚。这是世人之公言，非我一个之私言。我们为此应该感到骄傲，感到幸福。

但是，我们全校师生员工却不能躺在这个骄傲上、这个幸福上睡大觉。我们必须努力学习，努力工作，像爱护自己的眼球一样，爱护北大，爱护北大的一草一木、一山一石，爱护我们的图书馆。我们图书馆的藏书盈架充栋，然而我们应该知道，一部一册来之不易，一页一张得之维艰。我们全体北大人必须十分珍惜爱护。这样我们的图书馆才能有长久的生命，我们的骄傲与幸福才有坚实的基础。愿与全校同仁共勉之。

1991 年 11 月 6 日

老　猫

　　老猫虎子蜷曲在玻璃窗外窗台上一个角落里，缩着脖子，眯着眼睛，浑身一片寂寞、凄清、孤独、无助的神情。

　　外面正下着小雨，雨丝一缕一缕地向下飘落，像是珍珠帘子。时令虽已是初秋，但是隔着雨帘，还能看到紧靠窗子的小土山上丛草依然碧绿，毫无要变黄的样子。在万绿丛中赫然露出一朵鲜艳的红花。古诗"万绿丛中一点红"，大概就是这般光景吧。这一朵小花如火似燃，照亮了浑茫的雨天。

　　我从小就喜爱小动物。同小动物在一起，别有一番滋味。它们天真无邪，率性而行；有吃抢吃，有喝抢喝；不会说谎，不会推诿；受到惩罚，忍痛挨打；一转眼间，照偷不误。同它们在一起，我心里感到怡然，坦然，安然，欣然。不像同人在一起那样，应对进退、谨小慎微、斟酌词句、保持距离，感到异常地别扭。

　　十四年前，我养的第一只猫，就是这个虎子。刚到我家来的时候，比老鼠大不了多少。蜷曲在窄狭的窗内窗台上，活动的空间好像富富有余。它并没有什么特点，仅只是一只最平常的狸猫，身上有虎皮斑纹，颜色不黑不黄，并不美观。但是异于常猫的地方也有，它有两只炯炯有神的眼睛，两眼一睁，还真虎虎有虎气，因此起名叫虎子。它脾气也确实暴烈如虎。它从来不怕任何人。谁要想打它，不管是用鸡毛掸子，还是用竹竿，它从不回避，而是向前进攻，声色俱厉。得罪过它的人，它永世不忘。我的外孙打过一次，从此结仇。只要他到我家来，隔着玻璃窗子，一见人影，它就做好准备，向前进攻，爪牙并举，吼声震耳。他没有办法，在家中走动，都要手持竹竿，以防万一，否则寸步难行。有一次，一位老同志来看我，他显然是非常喜欢猫的。一见虎子，嘴里连声说着："我身上有猫味，猫不会咬我的。"他伸手想去抚摩它，可万万没有想到，我们虎子不懂什么猫味，回头就是一口。这位老同志大惊失色。总之，到了后来，虎子无人不咬，只有我们家三个主人除外，它的"咬声"颇能耸人听闻了。

但是，要说这就是虎子的全面，那也是不正确的。除了暴烈咬人以外，它还有另外一面，这就是温柔敦厚的一面。我举一个小例子。虎子来我们家以后的第三年，我又要了一只小猫。这是一只混种的波斯猫，浑身雪白，毛很长，但在额头上有一小片黑黄相间的花纹。我们家人管这只猫叫洋猫，起名咪咪；虎子则被尊为土猫。这只猫的脾气同虎子完全相反：胆小、怕人，从来没有咬过人。只有在外面跑的时候，才露出一点野性。它只要有机会溜出大门，但见它长毛尾巴一摆，像一溜烟似的立即窜入小山的树丛中，半天不回家。这两只猫并没有血缘关系。但是，不知道是由于什么原因，一进门，虎子就把咪咪看作是自己的亲生女儿。它自己本来没有什么奶，却坚决要给咪咪喂奶，把咪咪搂在怀里，让它咂自己的干奶头，它眯着眼睛，仿佛在享着天福。我在吃饭的时候，有时丢点鸡骨头、鱼刺，这等于猫们的燕窝、鱼翅。但是，虎子却只蹲在旁边，瞅着咪咪一只猫吃，从来不同它争食。有时还"咪噢"上两声，好像是在说："吃吧，孩子！安安静静地吃吧！"有时候，不管是春夏还是秋冬，虎子会从西边的小山上逮一些小动物，麻雀、蚱蜢、蝉、蛐蛐之类，用嘴叼着，蹲在家门口，嘴里发出一种怪声。这是猫语，屋里的咪咪，不管是睡还是醒，耸耳一听，立即跑到门后，馋涎欲滴，等着吃母亲带来的佳肴，大快朵颐。我们家人看到这样母子亲爱的情景，都由衷地感动，一致把虎子称作"义猫"。有一年，小咪咪生了两个小猫。大概是初做母亲，没有经验，正如我们圣人所说的那样"未有学养子而后嫁者也"，人们能很快学会，而猫们则不行。咪咪丢下小猫不管，虎子却大忙特忙起来，觉不睡，饭不吃，日日夜夜把小猫搂在怀里。但小猫是要吃奶的，而奶正是虎子所缺的。于是小猫暴躁不安，虎子眉头一皱，计上心来，叼起小猫，到处追着咪咪，要它给小猫喂奶。还真像一个姥姥样子，但是小咪咪并不领情，依旧不给小猫喂奶。有几天的时间，虎子不吃不喝，瞪着两只闪闪发光的眼睛，嘴里叼着小猫，从这屋赶到那屋；一转眼又赶了回来。小猫大概真是受不了啦，便辞别了这个世界。

我看了这一出猫家庭里的悲剧又是喜剧，实在是爱莫能助，惋惜了很久。

我同虎子和咪咪都有深厚的感情。每天晚上，它们俩抢着到我床上去睡觉。在冬天，我在棉被上面特别铺上了一块布，供它们躺卧。我有时候半夜里醒来，神志一清醒，觉得有什么东西重重地压在我身上，一股暖气仿佛透过了两层棉被，扑到我的双腿上。我知道，小猫睡得正香，即使我的双腿由于僵卧时间过久，又酸又痛，但我总是强忍着，决不动一动双腿，免得惊了小猫的轻梦。它此时也许正梦着捉住了一只耗子。只要我的腿一动，它这耗子就吃不成了，岂非大煞风景吗？

这样过了几年，小咪咪大概有八九岁了。虎子比它大三岁，十一二岁的光景。依然威风凛凛，脾气暴烈如故，见人就咬，大有死不改悔的神气。而小咪咪则出我意料地露出了下世的光景，常常到处小便，桌子上，椅子上，沙发上，无处不便。如果到医院里去检查的话，大夫在列举的病情中一定会有一条的：小便失禁。最让我心烦的是，它偏偏看上了我桌子上的稿纸。我正写着什么文章，然而它却根本不管这一套，跳上去，屁股往下一蹲，一泡猫尿流在上面，还闪着微弱的光。说我不急，那不是真的。我心里真急，但是，我谨遵我的一条戒律：决不打小猫一掌，在任何情况之下，也不打它。此时，我赶快把稿纸拿起来，抖掉了上面的猫尿，等它自己干。心里又好气，又好笑，真是哭笑不得。家人对我的嘲笑，我置若罔闻，"全等秋风过耳边"。

我不信任何宗教，也不皈依任何神灵。但是，此时我却有点想迷信一下。我期望会有奇迹出现，让咪咪的病情好转。可世界上是没有什么奇迹的，咪咪的病一天一天地严重起来。它不想回家，喜欢在房外荷塘边上石头缝里呆着，或者藏在小山的树木丛里。它再也不在夜里睡在我的被子上了。每当我半夜里醒来，觉得棉被上轻飘飘的，我惘然若有所失，甚至有点悲伤了。我每天凌晨起来，第一件事情就是拿着手电到房外塘边山上去找咪咪。它浑身雪白，是很容易找到的。在薄暗中，我眼前白白地一闪，我就知道是咪咪。见了我，"咪噢"一声，起身向我走来。我把它抱回家，给它东西吃，它似乎根本没有口味。我看了直想流泪。有一次，我拖着疲惫的身子，走几里路，到海淀的肉店里去买猪肝和牛肉。拿回来，喂给咪咪，它一闻，似乎有点想吃的样子；但肉一沾唇，它立即又把头缩回去，闭上眼睛，不闻不问了。

有一天傍晚，我看咪咪神情很不妙，我预感要发生什么事情。我唤它，它不肯进屋。我把它抱到篱笆以内，窗台下面。我端来两只碗，一只盛吃的，一只盛水。我拍了拍它的脑袋，它偎依着我，"咪噢"叫了两声，便闭上了眼睛。我放心进屋睡觉。第二天凌晨，我一睁眼，三步并作一步，手里拿着手电，到外面去看。哎呀不好！两碗全在，猫影顿杳。我心里非常难过，说不出是什么滋味。我手持手电找遍了塘边，山上，树后，草丛，深沟，石缝。有时候，眼前白光一闪。"是咪咪！"我狂喜。走近一看，是一张白纸。我嗒然若丧，心头仿佛被挖掉了点什么。"屋前屋后搜之遍，几处茫茫皆不见。"从此我就失掉了咪咪，它从我的生命中消逝了，永远永远地消逝了。我简直像是失掉了一个好友，一个亲人。至今回想起来，我内心里还颤抖不止。

在我心情最沉重的时候，有一些通达世事的好心人告诉我，猫们有一种特殊的本领，能知道自己什么时候寿终。到了此时此刻，它们决不呆在主人家里，让主人看到死猫，感到心烦，或感到悲伤。它们总是逃了出去，到一个最僻静、最难找的角落里，地沟里，山洞里，树丛里，等候最后时刻的到来。因此，养猫的人大都在家里看不见死猫的尸体。只要自己的猫老了，病了，出去几天不回来，他们就知道，它已经离开了人世，不让举行遗体告别的仪式，永远永远不再回来了。

我听了以后，憬然若有所悟。我不是哲学家，也不是宗教家，但却读过不少哲学家和宗教家谈论生死大事的文章。这些文章多半有非常精辟的见解，闪耀着智慧的光芒，我也想努力从中学习一些有关生死的真理。结果却是毫无所得。那些文章中，除了说教以外，几乎没有什么有用的东西。大半都是老生常谈，不能解决什么实际问题，没能给我留下深刻的印象。现在看来，倒是猫们临终时的所作所为，即使仅仅是出于本能吧，却给了我很大的启发。人们难道就不应该向猫们学习这一点经验吗？有生必有死，这是自然规律，谁都逃不过。中国历史上的赫赫有名的人物，秦皇、汉武，还有唐宗，想方设法，千方百计，想求得长生不老。到头来仍然是竹篮子打水一场空，只落得黄土一抔，"西风残照汉家陵阙"。我辈平民百姓又何必煞费苦心呢？一个人早死几个小时，或者晚死几个小时，甚至几天，实在是无所谓的小事，决影响不了地球的转动，社会的前进。再退一步想，现在有些思想开明的人士，不想长生不死，不想在大地上再留黄土一抔；甚至开明到不要遗体告别，不要开追悼会。但是仍会给后人留下一些麻烦：登报，发讣告，还要打电话四处通知，总得忙上一阵。何不学一学猫们呢？它们这样处理生死大事，干得何等干净利索呀！一点痕迹也不留，走了，走了，永远地走了，让这花花世界的人们不见猫尸，用不着落泪，照旧做着花花世界的梦。

我忽然联想到我多次看过的敦煌壁画上的西方净土变。所谓"净土"，指的就是我们常说的天堂、乐园。是许多宗教信徒烧香念佛，查经祷告，甚至实行苦行，折磨自己，梦寐以求想到达的地方。据说在那里可以享受天福，得到人世间万万得不到的快乐。我看了壁画上画的房子、街道、树木、花草，以及大人、小孩，林林总总，觉得十分热闹。可我觉得没有什么出奇之处。只有一件事给我留下了永不磨灭的印象，那就是，那里的人们都是笑口常开，没有一个人愁眉苦脸，他们的日子大概过得都很惬意。不像在我们人间有这样许多不如意的事情，有时候办点事，还要找后门，钻空子。在他们的商店里——净土里面还实行市场经济吗？他们还用得着商店吗？——，售货员大概都很和气，不给人白眼，不训斥"上帝"，不扎堆闲侃，不给人钉子碰。这样的天堂乐园，我也真是心向往之的。但是给我印象最深，使我最为吃惊或者羡慕的还是他们对待要死的人的态度。那里的人，大概同人世间的猫们差不多，能预先知道自己寿终的时刻。到了此时，要死的老嬷嬷或者老头，健步如飞地走在前面，身后簇拥着自己的子子孙孙、至亲好友，个个喜笑颜开，全无悲戚的神态，仿佛是去参加什么喜事一般，一直把老人送进坟墓。后事如何，壁画不是电影，是不能动的。然而画到这个程序，以后的事尽在不言中。如果一定要画上填土封坟，反而似乎是多此一举了。我觉得，净土中的人们给我们人类争了光。他们这一手比猫们又漂亮多了。知道必死，而又兴高采烈，多么豁达！多么聪明！猫们能做得到吗？这证明，净土里的人们真正参透了人生奥秘，真正参透了自然规律。人为万物之灵，他们为我们人类在同猫们对比之下真真增了光！真不愧是净土！

上面我胡思乱想得太远了，还是回到我们人世间来吧。我坦白承认，我对人生的奥秘参透得还不够，我对自然规律参透得也还不够。我仍然十分怀念我的咪咪。我心里仿佛有一个空白，非填起来不行。我一定要找一只同咪咪一模一样的白色波斯猫。后来果然朋友又送来了一只，浑身长毛，洁白如雪，两只眼睛全是绿的，亮晶晶像两块绿宝石。为了纪念死去的咪咪，我仍然为它命名"咪咪"，见了它，就像见到老咪咪一样。过了大约又有一年的光景，友人又送了我一只据说是纯种的波斯猫，两只眼睛颜色不同，一黄一蓝。在太阳光下，黄的特别黄，蓝的特别蓝，像两颗黄蓝宝石，闪闪发光，竞妍争艳。这只猫特别调皮，简直是胆大无边，然而也因此就更特别可爱。这一下子又忙坏了虎子，它认为这两只小猫都是自己的亲生女儿，硬逼着它们吮吸自己那干瘪的奶头。只要它走出去，不知在什么地方弄到了小鸟、蚱蜢之类，就带回家来，给两只小猫吃。好久没有听到的"咪噢"唤小猫的声音，现在又听到了。我心里漾起了一丝丝甜意。这大大地减轻了我对老咪咪的怀念。

可是岁月不饶人，也不会饶猫的。这一只"土猫"虎子已经活到十四岁。据通达世情的人们说，猫的十四岁，就等于人的八九十岁。这样一来，我自己不是成了虎子的同龄"人"了吗？这个虎子却也真怪。有时候，颇现出一些老相。两只炯炯有神的眼睛里忽然被一层薄膜蒙了起来。嘴里流出了哈喇子，胡子上都沾得亮晶晶的。不大想往屋里来，日日夜夜趴在阳台上蜂窝煤堆上，不吃，不喝。我有了老咪咪的经验，知道它快不行了。我也跑到海淀，去买来牛肉和猪肝，想让它不要饿着肚子离开这个世界。我随时准备着：第二天早晨一睁眼，虎子不见了。结果虎子并没有这样干。我天天凌晨第一件事就是来看虎子；隔着窗子，依然黑糊糊的一团，卧在那里。我心里感到安慰。有时候，它也起来走动了。我在本文开头时写的就是去年深秋一个下雨天我隔窗看到的虎子的情况。

到了今天，半年又过去了。虎子不但没有走，而且顽健胜昔，仍然是天天出去。有时候在晚上，窗外的布帘子的一角蓦地被掀了起来，一个丑角似的三花脸一闪。我便知道，这是虎子回来了，连忙开门，放它进来。大概同某一些老年人一样——不是所有的老年人——，到了暮年就改恶向善，虎子的脾气大大地改变了，几乎再也不咬人了。我早晨摸黑起床，写作看书累了，常常到门外湖边山下去走一走。此时，我冷不防脚下忽然踢着了一团软乎乎的东西。这是虎子。它在夜里不知道在什么地方呆了一夜，现在看到了我，一下子窜了出来，用身子蹭我的腿，在我身前和身后转悠。它跟着我，亦步亦趋，我走到哪里，它就跟到哪里，寸步不离。我有时故意爬上小山，以为它不会跟来了，然而一回头，虎子正跟在身后。猫是从来不跟人散步的，只有狗才这样干。有时候碰到过路的人，他们见了这情景，都大为吃惊。"你看猫跟着主人散步哩！"他们说，露出满脸惊奇的神色。最近一个时期，虎子似乎更精力旺盛了，它返老还童了。

有时候竟带一个它重孙辈的小公猫到我们家阳台上来。"今夜我们相识。"虎子用不着介绍就相识了。看样子，虎子一去不复返的日子遥遥无期了。我成了拥有三只猫的家庭的主人。

我养了十几年猫，前后共有四只。猫们向人们学习什么，我不通猫语，无法询问。我作为一个人却确实向猫学习了一些有用的东西。上面讲过的对处理死亡的办法，就是一个例子。我自己毕竟年纪已经很大了，常常想到死的问题。鲁迅五十多岁就想到了，我真是瞠乎后矣。人生必有死，这是无法抗御的。而且我还认为，死也是好事情。如果世界上的人都不死，连我们的轩辕老祖和孔老夫子今天依然峨冠博带，坐着奔驰车，到天安门去溜弯，你想人类世界会成一个什么样子！人是百代的过客，总是要走过去的，这决不会影响地球的转动和人类社会的进步。每一代人都只是一场没有终点的长途接力赛的一环。前不见古人，后不见来者，是宇宙常规。人老了要死，像在净土里那样，应该算是一件喜事。老人跑完了自己的一棒，把棒交给后人，自己要休息了，这是正常的。不管快慢，他们总算跑完了一棒，总算对人类的进步做出了贡献，总算尽上了自己的天职。年老了要退休，这是身体精神状况所决定的，不是哪个人能改变的。老人们会不会感到寂寞呢？我认为，会的。但是我却觉得，这寂寞是顺乎自然的，从伦理的高度来看，甚至是应该的。我始终主张，老年人应该为青年人活着，而不是相反。青年人有接力棒在手，世界是他们的，未来是他们的，希望是他们的。吾辈老年人的天职是尽上自己仅存的精力，帮助他们前进，必要时要躺在地上，让他们踏着自己的躯体前进，前进。如果由于害怕寂寞而学习《红楼梦》里的贾母，让一家人都围着自己转，这不但是办不到的，而且从人类前途利益来看是犯罪的行为。我说这些话，也许有人怀疑，我是不是碰到了什么不如意的事，才说出这样令某些人骇怪的话来。不，不，决不。我现在身体顽健，家庭和睦，在社会上广有朋友，每天照样读书、写作、会客、开会不辍。我没有不如意的事情，也没有感到寂寞。不过自己毕竟已逾耄耋之年，面前的路有限了。不免有时候胡思乱想。而且，我同猫们相处久了，觉得它们有些东西确实值得我们学习，我们这些万物之灵应该屈尊一下，学习学习。即使只学到猫们处理死亡大事这一手，我们社会上会减少多少麻烦呀！

"那么，你是不是准备学习呢？"我仿佛听到有人这样质问了。是的，我心里是想学习的。不过也还有些困难。我没有猫的本能，我不知道自己的大限何时来到。而且我还有点担心。如果我真正学习了猫，有一天忽然偷偷地溜出了家门，到一个旮旯里、树丛里、山洞里、河沟里，一头钻进去，藏了起来，这样一来，我们人类社会可不像猫社会那样平静，有些人必然认为这是特大新闻，指手画脚，喊喊喳喳。如果是在旧社会里或者在今天的香港等地的话，这必将成为头版头条的爆炸性新闻，不亚于当年的杨乃武和小白菜。我的亲属和朋友也必将派人出去寻找，派的人也许比寻找彭加木的人还要多。这是多么可怕的事呀！因此我就迟疑起来。至于最后究竟何去何从？我正在考虑、推敲、研究。

1992 年 2 月 17 日

到达印度

羡林按：

这是整整四十年前写的一篇文章。当时未发表。现在拿出来，重看一遍，我个人觉得，虽然时过境迁，物换星移，我的感情也难免有了一些变化，但是它的意义并没有失掉，依然还是有一些光彩的。中印两国毕竟已经有了两千多年的互相往来的历史。这区区四十年不过是弹指一瞬间而已。因此，应《经济日报》之邀，重抄一遍，供发表。

1992 年 4 月 15 日

我曾向往过印度。我想象中的印度，当然不会同一般迷信佛爷菩萨的老太太们想象的西天佛地一样；但是也有相似的地方。印度在我的想象里也只是一堆灰白色的影子，很空洞，很模糊。我只想象到：一片热带的炎阳下，一带椰子林，林子里有黑皮肤、鼻子上穿了洞装上宝石的妇女们在来往游动。这就是我想象中的印度。

当我们从缅甸仰光坐飞机快到加尔各答的时候，这一堆灰白色的影子又在我脑袋里活动起来。我从飞机的小窗洞里面向下看，看到地面上小方格似的田地，白练似的河流，像一棵棵小草似的椰子树，我首先问自己：下面的印度是不是同我想象中的完全一样呢？但是，当飞机飞临达姆达姆机场上空的时候，我却吃了一大惊。场上是密密麻麻的一堆人，人群上面飘扬着红色的旗子。这鲜红的颜色同我想象中的那一片灰白色太不协调了，太冲突了；它放射出了充沛的生命力，它是活生生的东西。在我就要踏上印度土地的一瞬间，我才知道，我对这个我一向向往的国度的想法，完全是不着边际的幻想。

我终于走下了飞机，踏上了印度的土地。飞机场上挤满了人，大概总有两三千吧。站在最前列的是从印度首都新德里飞来的印度政府的代表，西孟加拉邦政府的代表，加尔各答市政府的代表和各人民团体的代表。稍远的地方，不知道是在木栅栏以内，还是在木栅栏以外，有许多人排队站在那里，里面有华侨，也有印度人民，他们手里高举着五星红旗和其他别的旗子。一阵热烈的握手之后我们每个人的脖子上都套上了四五个或者更多的浓香扑鼻、又重又大又长的花环，仿佛要把我们整个的脸都埋在花堆里似的。但是手还并没有握完，仍然有许许多多的手伸向我们。我们就戴了这样沉重的花环，努力挺起腰来，同四面八方向我们进袭的手打交道。

除了手以外，还有一种我们最初没有注意到的东西，也在向我们进袭，这就是照相机。大的，小的，拿在手里的，支在架上的，我们的眼光无论转到什么地方，总有那么一个黑色的怪物在对准我们，想把我们初到这个国土的影像摄下来。这些黑色的怪物仿佛布下了一个天罗地网，我们无论如何也逃不出去。

我们的团长被人潮拥上了候机室前的台阶，对新闻记者发表到达印度后的第一次谈话。他说，中印过去有几千年的传统友谊；现在新的时代要求我们的友谊有新的内容；我们就是为了巩固和发展这个友谊才到印度来的；只要中印两大民族能联合起来，团结起来，我们就一定能保卫亚洲和世界的和平。人堆里爆发出来了热烈的掌声。"中印友谊万岁"的呼声响彻整个飞机场。

在激昂的呼声中，我们渐渐被人潮拥出飞机场。我们前后左右全是人，每个人都有一张笑脸对着我们。在不远的地方，大概是在木栅栏以外吧，有一队衣服穿得不太好的印度人，手里举着旗子一类的东西，拼命对着我们摇晃。我们走过他们面前的时候，蓦地一声："毛泽东万岁！"破空而下，这声音沉郁，热烈，而又雄壮，仿佛是内心深处喊出来的，里面充满了火热的爱。过去几千年所受的压迫仿佛都夹在里面迸发了出来，将来的希望也仿佛都夹在里面迸发出来了。我抬头看了看他们，他们眼睛里闪着光，脸上激动得红了起来。他们向我们招手，摇晃着手里的旗子，恨不得把自己的身体拉长，从木栅栏外面拉到我们跟前来。

这是我第一次听到从印度人民嘴里喊出这个伟大的可爱的名字。这位巨人的影像立即浮现到我的眼前来。这影像非常巨大，非常清晰，山岳一般地飘动在汹涌澎湃的人潮上面，飘动在招展的红旗上面。是他领导我们站了起来的。我今天非常具体地有了站了起来的感觉。

然而，这还不够。正当我陷入沉思的时候，耳边又飘来了"东方红"的声音。这歌声是从华侨队伍里发出来的。他们同印度人民一样，也成群结队地来欢迎祖国来的亲人。他们乘着大汽车，高举着五星红旗，兴高采烈，高声歌颂我们伟大的领袖。听到印度人民嘴里喊出来的口号，听到"东方红"的歌声，"毛泽东"这三个字使我感到骄傲，感到光荣。但同时也使我清晰地意识到，我们现在已经远离我们伟大的祖国，离开了这位巨人居住的地方，我们脚下踏着的土地已经不是我们祖国的土地了。在同印度朋友和华侨握手的时候，我们眼睛里都充满了热泪。

我们乘上汽车，驶向招待我们的宾馆去。这一段路很长，最少也走了半小时。我们从汽车的玻璃窗子里看到外面大街上熙熙攘攘的印度人民。有的头上缠了布包头，满腮大胡子；有的额上画上花纹，横竖几条白线；有的平平常常，没有什么特征。有些人赶着牛车，车上装满了东西，牛头上的两只大犄角左右摆动。另外还有成群的"神牛"在来来往往的汽车和电车堆里，高视阔步，一点也不惊惶。有些人盘着腿坐在低矮的小铺子前面，在做生意。电车上，公共汽车上，也都挤满了人，形形色色，什么样子都有。

最初，我的眼有点看不惯，感觉到满街都是"洋人"。但是，这些"洋人"里面居然有人注意到我们了。他们看着我们脖子上挂的花环，向我们微笑。他们大约知道，我们是什么人了。我随着他们的目光低头看到挂在我们脖子上的花环：红的花、白的花，成堆成团。每一朵花都象征着印度人民对新中国的无量无边的热爱。我蓦地觉得这些"洋人"在我眼里变了样子。我再也不觉得他们是"洋人"，我觉得他们是我们的兄弟。以前对这个国家的那种荒唐可笑的幻想消逝得无影无踪。我爱起这些人民来了。

我们也就带着这样的爱，踏上了访问印度的程途。

写于 1952 年 3 月 22 日

1992 年 4 月 18 日重抄

寿 作 人

我收到了江苏文艺出版社张昌华先生的来信，里面讲到老友吴作人教授最近的情况。为了存真起见，我索性抄一段原信：

那日下午，我们应约到吴作人先生家，为他拍照。他已中风，较严重。萧先生说他对以前的事记得清楚，对目下的事过目皆忘。有一件事，当时我十分激动，想立即告诉您的。那日，为吴先生拍过照以后，请他签名。我们把签名册送到他手中，我一页页翻过。当见到您签的那页时，十分激动，用手指着您的签字直抖，双唇颤抖，眼睛含着泪花。他执笔非要签在您的名字旁，萧夫人怕他弄损了您的签字不好制版，请他在另一页上签，他固执不肯，样子十分生气。最后还是在另页上签了，但十分令人悲伤，也十分令人感动。悲伤的是一代美术大师连自己的名字也签不起来了（想不出），尽管萧夫人再次提醒，他写不出自己的名字，倒写了一堆介乎美术线条的草字。杂乱，但十分清楚可辨的是您的"林"字。我想大概当时他完全沉浸在对您的美好回忆中。我可揣测，您们之间一定有着十分感人的友谊。而且，写着写着，他流了泪。他的签名始终没有完成。最后萧夫人用一张他病中精神状态好时签在一张二寸长纸条上的名字。我们为此十分激动、感动。

读了这一段信，我的心颤抖起来。难道还有人看了这样发自内心的真挚的行动而不受感动的吗？何况我又是一个当事人！我可万万没有想到，分别还不过一两年，老友作人兄竟病到这个样子。我也流了泪。

我为老友祝福，祝他早日康复！

回想起来，我同作人兄相交已经将近半个世纪了。解放前夕，不是在 1947 年，就是在 1948 年，当时我已到北京大学来工作，学校还在沙滩。我筹办了一个印度伟大诗人泰戈尔的画展，地点在子民堂。因为大画家徐悲鸿先生曾在印度泰戈尔创立的国际大学呆过，而且给泰翁画了那一幅有名的像。所以我就求助于悲鸿先生。徐先生非常热心，借画给我，并亲自到北大来指导。偕同他来的有徐夫人廖静文女士，还有作人兄。

这是我同作人第一次见面，他留给我非常美好的印象。当时我们都还年轻。我只有三十六七岁，作人也不过这个年龄，都正是风华正茂的时候。关于他的大名，我却早已听说过了。我对绘画完全外行。据内行人说，中国人学习西洋的油画，大都是学而不像；真正像的，中国只有一人，这就是吴作人。这话有多大根据，我实在说不上来。但是作人却因此在我眼中成了传奇人物。当我同这一位传奇人物面对面站在一起的时候，我用好奇的眼光打量他，只见他身材颇为魁梧，威仪俨然，不像江南水乡人物。他沉默寡言，然而待人接物却是诚挚而淳朴。

从此以后，在无言中我们就成了朋友。

忘记了准确的时间，可能是在解放初期，我忽然对藏画发生了兴趣。我虽然初出茅庐，但野心颇大：不收齐白石以下的作品。我于是请作人代我买几张白石翁的作品。他立即以内行的身份问我："有人名的行不行？"当时收藏家有一种偏见，如果画上写着受赠者的名字，则不如没有写名的值钱。我觉得这个偏见十分可笑，立即答道："我不在乎。"作人认识白石翁，他买的画决不会是赝品。过了不久，他就通知我：画已经买到。我连忙赶到他在建国门内离开古观象台不远的老房子里去取画。大概有四五张之多，依稀记得付了约相当于以后人民币三十元的价钱。这几张画成了我藏画的起点。

此后不久，在1951年，作人和我同时奉派参加解放后第一个大型的出国代表团：中国文化代表团，赴印度和缅甸访问。代表团规模极大，团员文理兼备，大都是在某一方面有代表性的学者和艺术家，其中颇不乏非常知名的人物，比如郑振铎、冯友兰等等。我们从1951年春天开始筹备，到1952年1月24日完成任务回国，前后共有八九个月。我几乎天天都同作人在一起。我们曾在故宫里面一个大殿里布置了规模极大的出国图片展览，请周恩来总理亲临审查。我们团员每一个人几乎都参加工作，参加劳动，大家兴致很高。我同作人，年纪虽轻，都是从旧社会走过来的。当时我们看什么东西都是玫瑰色的，都是光辉灿烂的。我们都怀着一种只可意会，不可言传的，既兴奋，又愉快，既矫健，又闲逸的，飘飘然的感觉，天天仿佛在云端里过日子。

1951 年 9 月 20 日，我们从北京乘火车出发，在广州停留了一段时间，然后到香港，乘轮船先到缅甸仰光，只停留了极短的时间，就乘飞机抵印度加尔各答，开始了对印度的正式访问。在印度呆了约六周，东西南北中的大城市以及佛教圣迹，无不遍访，一直到了亚洲大陆最南端的科摩林海角，在印度洋里游泳。最后又回到缅甸，进行正式访问。1952 年 1 月 10 日乘船返抵香港。1 月 24 日回到北京，完成了一个大循环。

那一种飘飘然的感觉，始终伴随着我。在海外的时候，更像是在云端里过日子了。

往事如云如烟。现在回忆起来，有的地方清晰，有的地方就比较模糊。我现在仿佛是面对着黄山的云海。我同作人兄在这长达八九个月中相处的回忆，就像云海中迷茫的白云，一片茫然；但是，在某一些地方，在一片迷茫中又露出了黑色的山头，黑白相对照，特别引人注目。

这样的山头，最突出的有两个：一在印度的科钦，一在缅甸的东枝。

说起科钦，真是大大地有名。这个地方，我们古书上称之为柯枝，是印度西海岸上的一个自古以来就著名的港口，在历史上就同中国有过来往。我国明代的大航海家郑和也曾到过这里。这一座港口城市很小很小，但到处留有中国的痕迹。房屋建筑的山墙，据印度主人说，是中国式的。连海里捕鱼的网也据说是来自中国。博物馆里陈列着大量的中国明代的青花瓷盘和瓷碗，闪耀着青白色的历史的光辉。中国人来到此处，处处引发思古之幽情，不是很自然的吗？

我们到了以后，城市很快就参观完毕。一天早晨，主人安排我们乘小轮游览海港。此时旭日初升，海波不兴。我们分乘几艘小轮，向大海驶去。"纵一苇之所如，凌万顷之茫然"，我们在海湾里兜开了圈子。遥想当年郑和率水师，不远万里，来到此处，为中印两国人民架起了一座友谊的金桥。千百年来，连绵未断。今天我们又来到此处。此时我们真是心潮澎湃，意气风发。我们一路上唱的一首当时风靡全国的歌又自然而然地涌出我们的喉咙："五星红旗迎风飘扬，胜利歌声多么响亮！"那令人欢欣鼓舞的内容，回环往复的旋律，宛如眼前海中的波涛，一波未平，一波又起，连绵起伏，永无止境。眼前景色如此，我们仿佛前能见古人，后能想来者，天地毫不悠悠，生趣就在眼前。情与景会，歌声愈唱愈高，水天汪洋，大海茫茫，我们仿佛成了主沉浮的宇宙之主了。在唱的过程中，我注意到，作人唱的同我们有时有点区别，声音低沉。我好奇地问了他一声。他说这是二重唱的合音。我恍然又增添了一点见识。

我们都返老还童，飘飘然仿佛在云端里过日子。

缅甸的东枝，是一个同印度科钦迥异其趣的地方。此地既无大海，也无大山。但是林泉秀美，花木扶疏，大地上一片浓碧，现在向记忆里去搜寻东枝，竟无一点黄色的影子；唯一的例外是那些在万绿丛中闪着黄光的小星星，这是橘园中悬挂在枝头的橘柑，它吸引住了人们的目光。东枝最著名的地方当属茵莱湖。此湖不但名显缅甸，而且蜚声全球，因为她有一些非常特殊的地方。她是一个长达百里的狭长的淡水湖。湖中所有的岛都是"浮岛"，就是飘浮在湖面上能够活动的岛。岛是人工制造成的。人们在飘浮在水面上的苇丛上撒上土。过一段时间，苇丛受压下沉，上面又长出了新的芦苇，于是再在上面撒上土。如此，一而再，再而三，年深日久，面积越来越大，体积越来越沉，就形成了浮岛。在大的浮岛上可以修建木楼，木楼连接，成了水村。村中有工厂，有商店，当然也有住宅，村村相联，形成水城。居民往来，皆乘小船。此地划船姿势为世界他处所不见。舟子站在船头，用一只脚来划船，行驶颇速。居民很少登陆，死后抛尸水中。据说此地的居民是不吃鱼的，因为鱼是吃死尸长大的。

在这样童话王国般的环境里，我们参观任务不重，悠闲自在，遗世而独立，颇多聊天的机会。我和作人常常坐对橘园，信口闲聊，上天下地，海阔天空，没有主题，而兴趣盎然。

我们又飘飘然，仿佛在云端过日子。

回国以后，各有各的工作岗位，见面的机会就很少了。我曾多次讲到过，我有一个最大的缺点，就是不乐意拜访人。我由此而对我一些最尊的师友抱憾者屡屡矣。对于作人，我也蹈了这个覆辙。幸而在若干年前，我们同参加全国人大常委会，呆了五年。常委会的会是非常多的，每两月我们必能见面一次。可惜没能找出时间，像在印度和缅甸那样，晤对闲聊。在这期间，他曾亲临寒舍，带给我一册影印的他同夫人萧淑芳女士的画册。此情此谊，至今难忘。可我哪里会想到暌别时间不长,他竟中了风,艰于言行。但是,就在这样艰难的情况下,我在他心中竟然还能有这样的地位,我内心的感情难道用"感动"二字就能表达的吗?

往事如云如烟,人生如光如电。但真挚的友谊是永存的。古今中外感人的友谊佳话多矣。而且我还相信,像中风这样的病,只要调理得法,是不难恢复健康的。

我为老友祝福,祝他早日康复。

我相信,他的康复指日可待。

1992 年 6 月 10 日

火车上观日出

在晨光熹微中，我走出了卧铺车厢，走到了列车的走廊上。猛一抬头，我的全身连我的内心立刻激烈地震动了一下：东方正有一抹胭脂似的像月芽一般的红彤彤的东西腾涌出来。这是即将升起的朝阳，我心里想。

我年逾古稀，平生看日出多矣。有的是我有意去寻求的，比如泰山观日。整整五十年前，当时我还是一个青年小伙子，正在济南一个中学里教书。在旧历八月中秋，我约了两个朋友，从济南乘火车到泰安。当天下午我们就上了山。我只有二十三岁，正是精力旺盛的时候，我大跨步走过斗姆宫、快活三里、五大夫松，一气登上了南天门，丝毫也没有感到什么吃力，什么惊险。此时正是暮色四垂，阴影布上群山的时候，四顾寂无一人，万古的沉寂压在我们身上。在一个鸡毛小店里住了一夜。第二天，摸黑起来，披上店里的棉被，登上玉皇顶。此时东天逐渐苍白。我瞪大了眼睛，连眨眼都不敢，盼望奇迹的出现。可是左等右等，我等待的奇迹太阳只是不露面。等到东天布满了一片红霞时，再仔细一看，朝阳已经像一个红色的血球，徘徊于片片的白云中，原来太阳早已经出来了。

从那以后，过了四十多年，到了八十年代初，我第一次登上了"归来不看岳"的黄山。在北海住了三天。我曾同小泓摸黑起床，赶到一座小山顶上，那里已经黑压压地挤满了人。我们好不容易挤了上去，在人堆里争取了一块容身之地，静下心来，翘首东望，恭候日出。东天原来是灰蒙蒙一片，只是比西方、南方、北方稍微显得白了亮了一点。但是，一转瞬间，亮度逐渐增高，由淡白转成了淡红，再由淡红转成了浓红，一片霞光照亮东天。再一转瞬，一芽红痕突然涌出，红痕慢慢向上扩大，由一点到一线，由一线到一片，一轮又圆又红的球终于跳出来了。

就这样，我在泰山和黄山这两个在全中国甚至全世界都以能观日出而声名远扬的名山上，看到了日出。是我自己处心积虑一意追求而得来的。

我现在是在火车上，既非泰山，也非黄山。我做梦也没有想到会同观赏日出联系起来，我一点寻求的意思也没有。然而，仿佛眼前出现了奇迹：摆在我眼前的是不折不扣的日出。我内心的震惊不是完全很自然的吗？

这样的日出，从来没有听人说观赏过，连听人谈到过都没有。它同以前处心积虑一意追求看到的不一样，完完全全地不一样。不管在泰山，还是在黄山，我都是静止不动的。太阳虽然动，也只是在一个地方动，她安详自在，慢条斯理，威严端重，不慌不忙。她在我眼中是崇高的化身，是威仪的重现。正像印度大诗人泰戈尔每天早晨对着朝阳沉思默祷那样，太阳在我眼中也是神圣不可侵犯的。

然而现在却是另一番景象。火车风驰电掣，顷刻数里，一刻也不停。而太阳也是一刻也不停，穷追不舍。她仿佛是率领着白云、朝霞、沧海、苍穹，仿佛率领着她那些如云的随从，追赶着火车，追赶着车上的我，过山，过水，过森林，过小村。有时候我甚至看到她鬓云凌乱，衣冠不整。原来的端庄威严，安详自在，一点影子都没有了。是她在处心积虑，一意追求，追求着火车上的我，一定要我观看她的出现。此时我的心情简直是用任何言语也形容不出来了。

太阳一方面穷追不舍，一方面自己在不停地变幻。最初我只看到在淡红色的云堆中慢慢地涌出了一点红色月芽似的东西。月芽逐渐扩大，扩大，扩大，最初的颜色像是朱砂，眼睛能够直视。但是，随着体积的逐渐扩大，朱砂逐渐变为黄金，光芒越来越亮，到了最后，辉光焜耀，谁要是再想看她，她的光芒就要刺他眼睛了。等到太阳高高升起的时候，她在天空里俯视大地，俯视火车，俯视火车中的我，她又恢复了她那端庄威严，安详自在的神态，虽然是仍然跟着火车走，却再也没有那种仓促急忙的样子了。

这短短的车上观日出的经历，对我来说，简直像是一次神秘的天启。它让我暂时离开了尘世，离开了火车，甚至离开了我自己。我体会到变中有不变，不变中又有变；我体会到变化与速度的交互融合，交互影响。这种体会，我是无法说清楚的。等我回到车厢内的时候，人们还在熟睡未醒。我仿佛怀着独得之秘，静静地坐在那里，回想刚才的一切，余味犹甘。一团焜耀的光辉还留在我的心中。

1984 年 10 月 17 日在烟台写初稿
1992 年 7 月 10 日在北京写定稿

延 边 行

小 引

今年夏天，应延边大学副校长郑判龙教授之邀，冒酷暑，不远数千里，飞赴延吉，参观访问。如果学一点时髦的话，也可以说是"讲学"吧。我极不喜欢用这个词儿。因为我知道有不少的"学者"，外国话不会说半句，本来是出国旅游的，却偏偏说是应邀"讲学"。我真难理解这个"学"是怎样"讲"的。难道外国人都一下子获得了佛家所说的"天耳通"，竟能无师自通地听懂了中国话吗？出国旅游，并非坏事；讲出实话，实不丢人。又何必一定要在自己脸上贴金呢？我这个人生性急，喜爱逆反。即使是真讲学，我也偏偏不用。这一次想来一个例外。我毕竟真是在延边大学讲了一次。所以一反常规，也给自己脸上贴一点金。

我在延边只呆了六天，时间应该说是非常短的。但是，我却闻所未闻，见所未见，吃所未吃，感所未感，大开眼界，大开口界。我国的朝鲜族是异常好客的，简直可以说是好客成性。住在这里的汉族，本来也是好客的，又受到了朝鲜族的熏陶，更增加了好客的程度。我们时时刻刻沉浸在友谊的海洋之中，友谊之浪，情好之波，铺天盖地，弥漫一切；我们仿佛生活在人类世界之上的另一个世界里，我们的感觉决不能用感激二字来表达，这是远远不够的，我年届耄耋，有生之年，永远不会忘记了。

我舞笔弄墨，成癖成性，在思绪感情奔腾澎湃之余，不禁又拿起笔来。但限于时间，只能表达所闻所见于万一，聊志个人的雪泥鸿爪而已。

1992 年 7 月 29 日
于延边大学专家招待所

我在延吉吃的第一顿饭

今天是我的生日。我来到这个世界上已经整整八十一年了。按天数算，共是二万九千五百六十五天。平均每天吃三顿饭，共吃了八万八千六百九十五顿饭。顿数多得不可谓不惊人了。而且我还吃遍了世界上三十多个国家的饭。多么好吃的，多么难吃的，多么奇怪的，多么正常的，我都吃过，而且都吃得下去。我自谓饭学已极精通，可以达到国际特级大师的标准了。对吃饭之事圆融自在，已臻化境。只要有饭可吃，我便吃之。吃饭真成了俗话说的"家常便饭"了。

到了延吉，刚一下飞机，到机场迎接我们的延边大学郑判龙副校长、卢东文人事处长、王文宏女士和金宽雄博士，随随便便一说:"我们到朝鲜冷面馆去吃个便饭吧!"客随主便,我就随随便便地答应了。数千里劳顿之余,随便吃一点便饭,难道还不是世间最惬意的事吗?

我们好像是随便走进一家饭馆,坐在桌旁,我万没有想到,不远千里来避暑的延吉,热得竟超过了北京。在挥汗如雨之余,菜逐渐上桌了。除了有点朝鲜风味以外,菜都是平平常常的,一点也没有引起我的特别注意。只有肚子确实有点空了,于是就大吃起来。好在主人几乎都是老朋友。他们不特别讲求礼仪,强客人之所难;我们也就脱落形迹,不故作虚伪,任性之所好,随随便便地大吃起来。此时好像酷暑骤退,满座生春,我真有点怡然自得,"不知何处是家乡"了。

然而,正在此时,厨师却端上了一条活蹦乱跳的大鳞鱼来,鱼摇着尾巴,口一张一合,双鳍摆动,每一个鳞片都闪出了耀眼的珍珠似的白光。我立即大吃一惊,把眼睛瞪得圆而且大,眼里面的白内障还有什么结膜炎,仿佛一扫而空,又能洞见纤微,视芥子如须弥山了。我真不知道,我们这一群可敬可爱的延吉的老朋友主人,葫芦里想卖什么药。我的心怦怦直跳,不知如何是好。我以为还会有火锅之类的东西端上桌来。说不定厨师还会亲临前线,表演一下杀煮活鱼的神奇手段,好像古代匠人的运斤成风,或者从制钱的小眼里把香油灌入瓶中。我屏住了呼吸,虔心以待。

可是主人却拿起了筷子,连声说:"请!请!"他是要我们下筷子吃鱼了。他似乎看出了我们的困惑,首先用筷子尖一扒拉,仿佛是一个魔术师似的,一整块联着鱼肉的鱼鳞被掀了起来,露出了鱼肉,粉红色的肉上横贯着一条深红的线。再一细看，鱼肉并非一个整体，而是已经被切成了鱼片。只需用筷子一拨，再一夹，一片生嫩——用广东话来说，应该是生猛吧——的鱼片就能纳入口中了。

我怎么办呢？我的心直跳，眼直瞪，手直颤，唇直抖。我行年八十，生平面临的考验，多如牛毛，而且五花八门，种类繁多。但是，今天这样的考验，我却还没有面临过而且连梦想也没有想到过。我鼓足了勇气，拿起了筷子，手哆里哆嗦地，把筷子伸向鱼身，拨出了一片鱼肉，正想往嘴里放时，鱼忽然把尾巴摇了摇，双鳍摆了摆，瞪大了眼睛，张开了嘴巴。这一切好像都是对着我来的。我的心跳动得更厉害了。我不能也不敢再把鱼片放回原处。眼睛一闭，狠心一下，硬是把鱼片塞进嘴内。鱼片究竟是什么滋味，大家可以自己想象了。

可是，好客的主人却偏偏要遵照当地人民的习惯，一定要把盛鱼的瓷盘改动位置，一定要让鱼头对准座上的主宾，就今天来说，当然就是我了。这真是火上加油，"屋漏偏遭连夜雨，船破又遇打头风"。我心情迷离，神志恍惚，怵然、悚然、怆然、怂然、悻然、惘然无所措手足，一下子沉入梦幻之中……

我听到这一条仅仅剩下头和尾巴的鱼最初是慢声细气地开口对我说话了："你可知道，你们人是从鱼变来的吗？我们鱼类，本领也是异常惊人的。我们一条鱼一下子就能够下子成千上万；如果没有什么东西遏制我们，用不了多少时间，我们鱼就能够把世界上的江、河、湖、海统统填满。你们人有什么本领呢？不知道是你们走了什么后门，让造化小鬼把你们变成了人，我们则是千万年以来，毫不进化，仍然留在水里，当我们的鱼类。我们并没有闹情绪，找领导，闹而优则仕。我们是正派的，正直的，乐天知命的。既然命定为鱼，我们就顺顺从从，任人宰割。我们自我感觉良好，从无非分之想，我们本来是鱼嘛！"

我毛骨悚然，屁股下面发热，有点坐不住了。我以为鱼已经把话说完了呢。然而不然。鱼摇了两下尾巴，张了张嘴，又说了起来："可你们人真也太损了，你们的花样真也太多了。你们在勾心斗角之余，把心思全用在吃上。德国人心眼稍微好一点，他们的法律不允许把活着的鱼带回家。日本人吃生鱼片，已经可以说花样翻新了。可是你们中国人呢，以这样一个聪明伟大的民族，早年奋发图强，对世界文化做出过卓越的贡献。后来就渐渐地劲头不够了，专门讲究吃喝，还美其名曰饮食文化。这也罢了，可你们把闹派系的本领也用到饮食上来。全国分成了京、鲁、川、粤、湘、苏等等不知道多少菜系。这也罢了。可你们不知道从哪里来的一股劲，专跟我们鱼类干上了。哪一个菜系也不放过我们，而且还是煎、炸、煮、炒、涮、烹、腌、烤，弄得我们狼狈不堪，魂不守舍。最可怕的是四川的干烧，浑身是辣椒，辣得我们的魂儿都喘不过气来。这一些你都知道吗？"

我喘了一口气，以为鱼的训话已经结束。正当我伸出筷子想夹住最后一片鱼片的时候，鱼的嘴张得更大了，声音也更提高了，又说了下去："在延吉这里，你们这些人不知道从哪里来了这样一股邪劲，非要让我们完全活着，神志完全清醒，把我们的鳞皮揭开，把我们身上正面反面的肉都切成了一片一片的，再把鳞皮盖上，宛然是一条活而整的鱼，端到饭桌上来，先让你们这些外地来的乡巴佬，瞪大了眼睛，大大地吃上一惊，然后再怀着胆怯、兴奋、好奇而又愉快的心情，在主人的'请！请！请！'的催促下，一齐伸出了筷子。我瞪着眼，摇着尾巴，摆动双鳍，以示抗议，可我发不出声音。难道只有看到我眼瞪、尾摇、嘴巴张，你们咀嚼着我的肉才觉得香吗？你们这是一种什么心理呀！你要告诉我！否则，即使你把我的残骸做成了酸辣汤，我也是不能瞑目的！"

听着、听着，我完全吓呆了，我一句话也说不出来，而别人正吃风甚健，然而这一条鱼却不给我留一点情面，它穷追不舍；它喝道："你可是说话呀！"

"你可是说话呀！"

"你可是说话呀！"

我浑身觳觫，脸上流汗，双腿发抖，心里打鼓，茫然，惘然，不知所措，我只有低头沉思，潜心默祷，又陷入了梦幻中："鱼呀！你今生舍身饲人，广积阴德。涅槃之后，走入六道轮回，来生决不会再托生成鱼，而定是转生成人。'二十年后，又是一条好汉。'等我庆祝百岁诞辰时，一定再来延吉。那时，我请你吃饭，无论如何也不会再把你前生的同类活蹦乱跳地端到饭桌上来了。呜呼！今生休矣，来生可卜。阿门！拜拜！你安息吧！"

沉思完毕，心情怡悦，一下子走出了梦幻，跟着延吉的主人，走出饭店，汇入花花世界的人间，兴致盎然，欣赏我毕生八十一年从未见过的延吉的风情。

1992 年 8 月 6 日

延吉风情

延吉是一个好地方，好到难以想象；但又是一个怪地方，怪到不易理解。

天好，地好，人好，一切都好，难道还不是一个好地方吗？这个一说，大家就懂。

但是为什么又怪呢？这必须多啰唆几句，否则别人会觉得，不是地方怪，而是我这人有点怪了。

延吉是一个非常小的城市，人口只有三十万，远远赶不上我所住的北京的海淀区。但是这里的出租汽车却有一千二百辆，在所有的马路上，风驰电掣，一辆接一辆，多似过江之鲫，人均占有量全国第一。这难道还不算怪吗？但是怪劲还没有完。你站在马路旁一秒钟，最多一分钟，不用思索，随意一招手，必然会有一辆出租车停在你眼前。二话甫说，开门上车，不管路远路近，只要不出市区，一律五元。路近，司机（其中有不少是妙龄女郎）当然不会厌烦；路远，司机也处之泰然，不说半句怨言，连眼都不会眨一眨。司机从来不问是到什么地方去。一上车，座客指挥，司机遵命，一言不发。一下车，五元钞票一递，各走各的路，仍然是一言不发，皆大欢喜，天下太平。

说到乘出租汽车，我也可以说是一个老行家了。在许多城市，我都乘坐过出租车。香港是规规矩矩的，无可指摘。在深圳，在广州，在北京，你有急事，站在马路旁边，"望尽千车皆不是，市声喧腾单车流"。偶尔有空车驶过，如果司机先生想回家吃饭，或者别的公干，或者兴致不高，你再拼命招手，他仍置若罔见，掉首不顾，一溜烟驶了过去。忽然有车停下，你正心花怒放，在深圳和广州，有的司机可能问你是付人民币还是付港币。如果是前者，他仍然是一溜烟驶走。有的司机先问到哪里去，太近不行，太远也不行。不远不近，得乎中庸，勉强成交，心中狂喜。如果你真有急事，急得像热锅上的蚂蚁，又适逢非中庸之道，或者时间不合适，则你无论怎样向司机恳求，也是无济于事，"禅心已作沾泥絮，不逐车风历乱飞"，司机都成了参禅的大师。勉强上了车，有计程器，偏又不用，到了目的地，狠狠地敲你一下竹杠。老百姓的口头语说："听诊器，方向盘，人事干部，售货员"，都是惹不起的人物，难道其中就没有一点道理吗？

反观延吉的出租汽车，你能说他们的道德水平不高吗？可是，在"滔滔者天下皆是也"的氛围中，你能说他们不"怪"吗？

但是，我凭空替他们担起心来。人口这样少，而汽车又这样多，他们会不会赔钱呢？我怀着疑虑的心情，悄悄地问过一个出租汽车司机，每个月能挣多少钱。他回答说："三四千元。"我相信他说的是真话，说不定还打了点埋伏。

接着又来了问题：一千二百个出租汽车司机，每人每月挣三四千元，加起来是一个相当庞大的数目。延吉人能出得起这么多钱吗？延吉朋友告诉我过，这里工业并不发达，农业也非上乘，按理说延吉人不应该太富。可是，你别慌，这个朋友一转口又告诉我，延吉人几乎口袋里都有钞票。这就够了。若问此钱何处来？据说都是正当途径。详情就用不着我们多管了。反正延吉人口袋里有钱，这是事实。

他们有钱，还表现在另一个方面。三十万人口的一个小城，竟有卡拉 OK 一百二十家，还有二十家在筹建中。另有人告诉我，城中类似卡拉 OK 的茶馆、咖啡馆之类，有四百家。不管怎么说，延吉在这方面又占全国第一了。朝鲜族十分重视文化教育，文化水平可能列全国榜首。他们能歌善舞，名闻华夏神州。他们据说又善于花钱。不是有人提倡过能挣会花吗？我认为，延吉人算是做到了。由于以上种种原因，延吉卡拉 OK 人均数在全国拿了金牌，不是很自然的吗？

与上面说到的两件事有联系的，延吉人还有一个全国第一，这就是喝啤酒。喝啤酒原是欧风东渐的结果。啤酒这玩意儿大概真是有不可思议的魔力。一传到中国——世界其他地方也一样——立即以排山倒海之势独占酒类鳌头，人们饮之如琼浆玉液。全国皆然，非独延吉。然而别的地方喝，论杯，论"扎"，至多论瓶。在这里则是非杯，非"扎"，非瓶，而是论箱，每箱二十四瓶。看了这情况，即使是酒鬼的外乡人，也必然退避三舍，甘拜下风，而非酒鬼如我者竟至舌翘不下，眼睁不闭，吓得魂儿快要出窍了。我在世界啤酒之乡德国呆过十年。那里的啤酒不比水贵多少，人们喝起来皆比喝水多得多。我自以为天下之最盖在此矣。这次到了延吉，才知道自己竟是一只井蛙。

我们在天山宾馆吃晚饭时，邻近有一桌客人，男的六七个，女的三四个，说中国话，并非老外。我们进去的时候，他们已吃喝起来。我们吃完走时，他们还在吃喝。喝啤酒时真是"饮如长鲸吸百川"，气势磅礴。桌上酒瓶林立，桌旁空箱两只。喝到什么时候，地上空箱摞起多高，只有天知道了。我做了一夜啤酒梦。

我在上面讲了延吉的三个全国第一。你能说这不怪吗？

但是，"怪"字是一个中性词，决不等于"坏"字。在延吉，我毋宁说，这里怪得可爱，怪得可钦可敬。有的地方怪得简直像是小说中的君子国。我觉得，这三怪的背后隐藏着一种非常深刻的意义，它们是与我开头说的"好"字紧密相联的。这里的人热情豪爽，肝胆相照。我走过全国不少的少数民族地区。在那里，汉族成了少数民族。尽管一般说起来，汉族同当地人相处得还不错，有的好一点，有的差一点，可是达到水乳交融水平的，毕竟极为稀见。一到延边，我就向几个朝鲜族朋友问起这个问题，他们说毫无问题，汉朝两族毫无芥蒂。我又向几个汉族朋友问起这个问题，他们也说毫无问题，朝汉两族亲如兄弟。尽管语言不同，绝大多数的人都使用两种语言。彼此共事，民族界限早已泯灭，他们只感到同是中华民族，而不感到是朝鲜族或汉族。

我们此行虽然短促，但确实交了许多朋友。在我的潜意识里，只有朋友，而没有什么汉族朋友，什么朝鲜族朋友之分。延吉这个地方，我永远不会忘记。延吉的朋友们，我永远不会忘记。我遥望东天，为他们虔诚祝福！

我开头说，延吉是个好地方。谁还会怀疑我这句话的真实性呢？

1992 年 8 月 5 日

美　人　松

我看过黄山松，我看过泰山松，我也看过华山松。自以为天下之松尽收眼中矣。现在到了延边，却忽然从地里冒出来了一个美人松。

我年虽老迈，而见识实短。根据我学习过的美学概念，松树雄奇伟岸，刚劲粗犷，铁根盘地，虬枝撑天，应该归入阳刚之美。而美人则娇柔妩媚，婀娜多姿，应该归入阴柔之美。顾名思义，美人松是把这两种美结合起来的。两种截然相反的东西，竟能结合在一起，这将是一种什么样子呢？

我就这样怀着满腹疑团，登上了驶往长白山去的汽车。一路之上，我急不可待，频频向本地的朋友发问：什么是美人松呀？美人松是什么样子呀？路旁的哪一棵树是美人松呀？我好像已经返老还童，倒转回去了七十年，成了一个充满了好奇心的顽童。

汽车驶出了延吉已经一百七十多公里。我们停下休息，在此午餐。这个地方叫二道白河，是一个不大的小镇。完全出我意料，在我们的餐馆对面，只隔着一条马路，有一小片树林，四周用铁栏杆围住，足见身份特异。我一打听，司机师傅漫应之曰："这就是美人松林，是全国，当然也就是全世界唯一的一片美人松聚族而居的地方，是全国的重点保护区。"他是"司空见惯浑闲事"，而我则瞪大了眼睛，惊诧不已：原来这就是美人松呀！

我的疲意和饿意，顿时一扫而空。我走近了铁栏杆，把全身的神经都集中到了双眼上，原来已经昏花的老眼蓦地明亮起来，真仿佛能洞见秋毫。我看到眼前一片不大的美人松林。棵棵树的树干都是又细又长，一点也没有平常松树树干上那种鳞甲般的粗皮，有的只是柔腻细嫩的没有一点疙瘩的皮，而且颜色还是粉红色的，真有点像二八妙龄女郎的腰肢，纤细苗条，婀娜多姿。每一棵树的树干都很高，仿佛都拼着命往上猛长，直刺白云青天。可是高高耸立在半空里的树顶，叶子都是不折不扣的松树的针叶，也都像钢丝一般，坚硬挺拔。这样一来，树干与树顶的对比显然极不协调。棵棵都仿佛成了戴着钢盔，手执长矛，亭亭玉立的美女：既刚劲，又柔弱；既挺拔，又婀娜。简直是个人间奇迹，是个天上神话，是童话中的侠女，是净土乐园中的将军。……我瞪大了眼睛，失神落魄，不知瞅了多久，我瞠目结舌，似乎要喘不过气来了。

　　因为我看到这些树实在都非常年轻，问了一下本地的主人。主人说：这些树有的是一二百年，有的三四百年，有的年龄更老，老到说不出年代。反正几十年来，他们看到这里的美人松总是一个样子，似乎他们真是长生多术，还童有方。他们天天坐对美人松，虽然也觉得奇怪，但毕竟习以为常。但是，对我这样初来乍到的人来说，却只有惊诧了。

　　美人松既然这样神奇，极富于幻想力的当地老百姓中，就流传起来了一段民间传说：当年，在抗日战争最艰苦的时期，杨靖宇将军率领着抗日联军，与顽敌周旋在长白山深山密林中。在一次战略转移中，一位女护士背着一个伤病员，来到了一片苍秀挺拔的松树林中，不幸与敌人遭遇。敌我人数悬殊，护士急中生智，把伤病员藏在一个杂树荫蔽的石洞中，自己则向相反的方向跑去。敌人把她包围起来。她躲在一棵松树后面，向敌人射击。敌人一个个在她的神枪之下倒地身亡。最后的子弹打光了，她自己也受伤流血。她倚在一棵高耸笔直的松树后面，流尽了自己最后一滴血。从此以后，血染的松树树干就变成了粉红色。……

这个传说难道不是十分壮烈又异常优美吗？难道还不能剧烈地拨动每一个人的心弦吗？

然而对一个稍微细心的人来说，其中的矛盾却是太显而易见了。美人松的粉红色的树皮，百年，千年，万年以前，早已成为定局。哪里可能是在五六十年前才变成了粉红色的呢？编这一段故事的老百姓的心情，是完全可以理解的。我也宁愿相信这一个民间传说。但是，我在上面提到的那一不大不小的矛盾，实在是太明显了，即使相信了，心也难安，而理也难得。

我苦思苦想，排解不开，在恍惚迷离中，时间忽然倒转回去了数千年，数万年，说不清多少年。我进入了一场幻觉，看到了长白山下百里松海的大大小小的、老老少少的松树们聚集在一起开会。一棵万年古松当了主席，议题只有一个，就是向长白山土地抗议：为什么他们这一批顶撑青天碧染宇宙的松树，只能在长白山脚下生长，连半山都不允许去呢？这未免太不公平，太不合理了。于是悻悻然，愤愤然，群情激昂，决议立即上山。数百万棵松树，形成大军，以排山倒海之势，所向无前之威，棵棵奋勇登山，一时喧声直达三十三天。此时山神土地勃然大怒，咒起了狂风暴雨，打向松树大军。大军不敌，顷刻溃败，弃甲曳兵，逃回山下。从此乐天知命，安居乐业，莽莽苍苍，百里松海，一直绿到今天。

众松中的美人松，除了登山泄忿的目的以外，还有一点个人的打算。她们同天池龙宫的三太子据说是有宿缘的。她们乘此机会，奋勇登山，想一结秦晋之好，实现万年宿缘。然而，众松溃退，她们哪里有力量只身挺住呢？于是紧随众松，退到山下，有几棵跑得慢的，就留在了长白山下百里松海之中，错杂地住在那里。树数不多但却占全部美人松大部分的，一气跑了下去，跑到了离开了长白山已经一百多公里的二道白河，煞住了脚，住在这里了。她们又急、又气、又惭、又怒，身子一下子就变成了粉红色。……

我正处在幻觉中，猛然有一阵清风拂过美人松林，簌簌作响，我立即惊醒过来。睁眼望着这一些真正把阴柔之美与阳刚之美融合得天衣无缝的秀丽苗条的美人松，不知道应该作何感想。美人松在风中点着头，仿佛对我微笑。

1992 年 7 月 30 日草稿写于延吉
1992 年 8 月 9 日定稿于北京燕园

后记：

写这一篇短文，实出于延边大学王文宏女士之启示。如果没有她的启示，我也许根本不会写的。如果不写这一篇，《延边行》的其余四篇也许根本写不出来。以表心感。

观 天 池

长白山天池真可谓"大名垂宇宙"矣。我们此次冒酷暑，不远数千里，飞来延吉，如果说有一个确定不移的目的的话，那就是天池。

我们早晨从延吉出发，长驱二百三十公里，马不停蹄，下午到了长白山下的天池宾馆。我们下车，想先订好房间，然后上山。但是，宾馆的主人却催我们赶快上山，因为此时天气颇为理想，稍纵即逝，缓慢不得，房间他会给我们保留下来的。

宾馆老板的话是非常有道理的。长白山主峰海拔二千六百九十一米，较五岳之尊雄踞齐鲁大地的泰山还要高一千多米。而天池又正在山巅，气候变化无常。延边大学的校长昨天告诉我，山顶气候一天二十四变。换句话说，也就是一个小时变一次。而实际情况还要比这个快，往往十几分钟就能变一次。原来是丽日悬天，转眼就会白云缭绕，阴霾蔽空。此时晶蓝浩瀚的天池就会隐入云雾之中，多么锐利的眼睛也不会看见了。据说一个什么人，不远万里，来到天池，适逢云雾，在山巅等了三个小时，最终也没能见天池一面，悻悻然而去之，成为终生憾事。

我们听了宾馆主人的话，立即鼓足余勇，驱车登山。开始时在山下看到的是一大片原始森林。据说清代的康熙皇帝认为长白山是满洲龙兴之地，下诏封山，几百年没有开放，因此这一片原始森林得到了最妥善的保护。不但不许砍伐树木，连树木自己倒下，烂掉，也不许人动它一动。到了今天，虽然开放了，树木仍然长得下踞大地，上撑青天，而且是拥拥挤挤，树挨着树，仿佛要长到一起，长成一个树身，说是连兔子都钻不进去，决非夸大之词。里面阔叶、针叶树都有，而以松树为主，挺拔耸峭，葱茏蓊郁，百里林海，无边无际，碧绿之色仿佛染绿了宇宙。

汽车开足了马力，沿着新近修成的盘山公路，勇往直上。在江西庐山是"跃上葱茏四百旋"。但是庐山比起长白山来直如小丘。在这里汽车究竟转了多少弯，至今好像还没有人统计过。我们当然更没有闲心再去数多少弯。但见在相当长的行驶时间内是针阔混交的树林。到了大约一千一百米以上，变成了针叶林带。到了一千八百米至二千米的地方，属于针叶的长白松突然消逝，路旁一棵挺起身子的高树都见不到了。一片岳桦林躬着腰背，歪曲扭折，仿佛要匍匐在地上，不敢抬头。尖劲的山风，千万年来，把它们已经制得服服帖帖，趴在地上，勉强苟延残喘，口中好像是自称"奴才"，拜倒在山风脚下连呼"万岁"了。

此时，我们已经升到海拔二千米以上，比泰山的玉皇顶还要高出五六百米。以"爬山虎"著称的北京吉普车，也已累得喘起了粗气。再一看路旁，连跪在地上的岳桦林也一律不见。看到的只有死死抓住石头的青草，还是一片翠绿。但是它们也没有一棵敢向高处长的，都是又矮又粗，低头奋力伏在石头上。看来长白山狂猛的山风连小草也不放过。小草为了活命，也只有听从山风的命令了。看样子，即使小草这样俯首帖耳，忍辱负重，也还是不行的。再往上不久，石头上光秃秃的，连一根小草的影子再也不见。大概山风给小草规定下的生命地界已经到了极限。过此往上，一切青色的东西全皆不见。此处是山风独霸的天下，在宇宙间只许自己在这里狂暴肆虐，耀武扬威了。

既然山上已一无可看，我们就往山下看看吧。近处是壁立万仞，下临无地，看了令人不由得目眩股栗，赶快把眼光投向远方。大概我们宾主五人都积了善有了余庆。我们都交了好运，天气是无比地晴朗。千里松海，尽收眼底，令人逸兴遄飞，心旷神怡。回望背后群山，山背阴处，盛夏犹有积雪。长白山真不愧"长白"之名。

可是，真出我们意想之外，汽车出了毛病，发动机忽然停止工作了，火再也打不着。司机连忙下车，搬来大石块，把车后轮垫牢。否则车一滑坡，必然坠入万丈深谷，则我们和车岂不就成了齑粉了吗？我确定有点慌了起来；但司机却说：汽车患了"高山反应症"，神态自若。我真有点摸不清，他说的究竟是真话，还是笑话？但见他从容不迫，把车上的机器胡鼓捣了一阵，忽然"砰"的一声，汽车又发动起来了。我的心才又回到腔子里。汽车盘旋上山，皆大欢喜。

真正到了山顶了，我急不可待，立即开门想下车。别人想拦住我，但没有拦得住，连忙给我把制服上衣穿上，车门刚开了一个小缝，一股刺骨的寒风立即狂袭过来。原来山下气温是摄氏三十二三度，而在这里，由于没有寒暑表，不敢乱说，根据我的感觉，恐怕是在十度以下。我原以为是个累赘一点用处也没有的毛衣，这时却成了至宝。我忙忙乱乱地把它穿在制服外面，别人又在我身上蒙上了一件风雨衣。这样一来，上半身勉强对付；但是我头顶上的真正的纱帽却不行了。下面的裤子也陡然薄得如纸。现在能有一件皮袄该多好呀！我浑身抖抖簌簌，被三个年轻人架住双臂，推着背后，踉踉跄跄，向前迈步。山风迅猛，刺入骨髓。别提我有多么狼狈了。有人拍了一张照片，我自己还没有看到。我想，那将是我一生最为可笑的一张照片了。

但是，我的苦难历程还没有完结。我虽然已经站在我渴望已久的天池边上，却还看不到天池，一座不高不低的沙堆挡住了我们的去路。我此时实在已经是精疲力尽，想躺倒在地，不再动弹。但是，渴望了几十年，又冒酷暑不远数千里而来，难道竟能打退堂鼓功亏一篑吗？当然不行！我收集了我的剩勇，在三个年轻人的连推带拉之下，喘着粗气，终于爬上了沙丘。此时，天空虽然黑云未退，蓝色的天池却朗朗然呈现在我的眼前。

啊，天池！毕生梦寐以求，今天终于见到你了。

天池实际水面高程为二千一百九十四米，最大水深三百七十三米，是我国最高最深的淡水湖。有诗写道："周回八十里，峭壁立池边。水满疑无地，云低别有天。"池周围屹立着十六座高峰，峰巅直刺青天，恐怕离天连三尺三都不到。时虽盛夏，险峰积雪仍然倒影池面。白雪碧波，相映成趣。山风猎猎，池面为群山所包围，水波不兴，碧平如镜。真是千真万确的大好风光，我真是不虚此行了。

但是，我一下子就想到了盛名播传四海的天池水怪。在平静的碧波下面，他们此时在干些什么呢？是在操持家务呢？还是在开会？是在制造伪劣商品呢？还是在倒买倒卖？是在打高尔夫球呢？还是在收听奥运会的广播？是在品尝粤菜的生猛海鲜呢？还是在吃我们昨天在延吉吃的生鱼片？……问题一个个像联成串的珍珠，剪不断，理还乱。有人拍了一下我的肩膀，我蓦然醒了过来，觉得自己真仿佛是走了神，入了魔，想入非非，已经非非到可笑的程度了。我擦了擦昏花的老眼：眼前天池如镜，群峰似剑。山风更加猛烈，是应该下山的时候了。

我们辞别了天池，上了车，好像驾云一般，没有多少时间，就回到了山下。顺路参观了著名的长白瀑布，品尝了在温泉水中煮熟的鸡蛋，在暮霭四合中，回到了天池宾馆。

吃过晚饭，躺在床上，辗转反侧，无论如何也难以入睡。在朦朦胧胧中，我仿佛走出了宾馆。不知道怎么一来，就到了长白山巅，天池旁边。此时群山如影，万籁俱寂。天池水怪纷纷走出了水面，成堆成堆地游乐嬉戏，或舞蹈，或唱歌，或戏水，或跳跃，一时闹声喧腾，意气飞扬。我听到他们大声讲话：

"你看这人类多么可笑！在普天之下，五湖四海，争名夺利，勾心斗角，胜利了或者失败了，想出来散散心，不远千里，不远万里，冒着生命危险，来到我们这里，瞪大了贪婪罪恶的眼睛，看着天池；其实是想看一眼被他们称为'天池怪兽'的我们。我们偏偏不露面，白天伏在深水里，一动也不动。看到他们那失望的目光，我们真开心极了！"

"我们真开心极了！"

"我们真开心极了！"

"万岁!"

"乌拉!"

此时闹声更喧腾了，气氛更热烈了——

"还有人居然想给我们拍照哩!"

"听说已经有人把照片登在报纸上了!"

"这两天又风风火火地谣传：一家电视台悬赏万金，要拍我们的照片哩!"

"真是活见鬼!"

"真是活见鬼!"

"谁要是让他拍了照，我们决定开除他的怪籍，谁说情也不行!"

"万岁! 万岁!"

"乌拉! 乌拉!"

此时喧声震天，波涛汹涌。我吓得浑身发抖，不知所措。赶快撒腿就跑，一下子跑到了宾馆的床上。定一定神，才知道自己刚才做了一个梦。

第二天一大早，我们就在晨光熹微中离开了天池宾馆。临行前，我曾同李铮到原始森林的边缘上去散了散步，稍稍领略了一下原始森林的情趣。抬头望着长白山顶，向天池告别。我相信，我还会回来的。但是，我向天池中的怪兽们宣誓：我决不会给他们拍照。

1992 年 8 月 8 日
写于北京大学燕园

园花寂寞红

　　楼前右边，前临池塘，背靠土山，有几间十分古老的平房，是清代保卫八大园的侍卫之类的人住的地方。整整四十年以来，一直住着一对老夫妇：女的是德国人，北大教员；男的是中国人，钢铁学院教授。我在德国时，已经认识了他们，算起来到今天已经将近六十年了，我们算是老朋友了。三十年前，我们的楼建成，我是第一个搬进来住的。从那以后，老朋友又成了邻居。有些往来，是必然的。逢年过节，互相拜访，感情是融洽的。

　　我每天到办公室去，总会看到这个个子不高的老人，蹲在门前临湖的小花园里，不是除草栽花，就是浇水施肥；再就是砍几竿门前屋后的竹子，扎成篱笆。嘴里叼着半只雪茄，笑眯眯的。忙忙碌碌，似乎乐在其中。

　　他种花很有一些特点。除了一些常见的花以外，他喜欢种外国种的唐菖蒲，还有颜色不同的名贵的月季。最难得的是一种特大的牵牛，比平常的牵牛要大一倍，宛如小碗口一般。每年春天开花时，颇引起行人的注目。据说，此花来头不小。在北京，只有梅兰芳家里有，齐白石晚年以画牵牛花闻名全世，临摹的就是梅府上的牵牛花。

我是颇喜欢一点花的。但是我既少空闲，又无水平。买几盆名贵的花，总养不了多久，就呜呼哀哉。因此，为了满足自己的美感享受，我只能像北京人说的那样看"蹭"花。现在有这样神奇的牵牛花，绚丽夺目的月季和唐菖蒲，就摆在眼前，我焉得不"蹭"呢？每到下班或者开会回来，看到老友在侍弄花，我总要停下脚步，聊上几句，看一看花。花美，地方也美，湖光如镜，杨柳依依，说不尽的旖旎风光，人在其中，顿觉尘世烦恼，一扫而光，仿佛遗世而独立了。

但是，世事往往有出人意料者。两个月前，我忽然听说，老友在夜里患了急病，不到几个小时，就离开了人间。我简直不敢相信，然而这又确是事实。我年届耄耋，阅历多矣，自谓已能做到"悲欢离合总无情"了。事实上并不是这样。我有情，有多得超过了需要的情，老友之死，我焉能无动于衷呢？"当时只道是寻常"这一句浅显而实深刻的词，又萦绕在我心中。

几天来，我每次走过那个小花园，眼前总仿佛看到老友的身影，嘴里叼着半根雪茄，笑眯眯的，蹲在那里，侍弄花草。这当然只是幻像。老友走了，永远永远地走了。我抬头看到那大朵的牵牛花和多姿多彩的月季花，她们失去了自己的主人。朵朵都低眉敛目，一脸寂寞相，好像"溅泪"的样子。她们似乎认出了我，知道我是自己主人的老友，知道我是自己的认真入迷的欣赏者，知道我是自己的知己。她们在微风中摇曳，仿佛向我点头，向我倾诉心中郁积的寂寞。

现在才只是夏末秋初。即使是寂寞吧，牵牛和月季仍然能够开花的。一旦秋风劲吹，落叶满山，牵牛和月季还能开下去吗？再过一些时候，冬天还会降临人间的。到了那时候，牵牛们和月季们只能被压在白皑皑的积雪下面的土里，做着春天的梦，连感到寂寞的机会都不会有了。

明年，春天总会重返大地的。春天总还是春天，她能让万物复苏，让万物再充满了活力。但是，这小花园的月季和牵牛花怎样呢？月季大概还能靠自己的力量长出芽来，也许还能开出几朵小花。然而护花的主人已不在人间。谁为她们施肥浇水呢？等待她们的不仅仅是寂寞，而是枯萎和死亡。至于牵牛花，没有主人播种，恐怕连幼芽也长不出来。她们将永远被埋在地中了。

我一想到这里，不禁悲从中来。眼前包围着月季和牵牛花的寂寞，也包围住了我。我不想再看到春天，我不想看到春天来时行将枯萎的月季，我不想看到连幼芽都冒不出来的牵牛。我虔心默祷上苍，不要再让春天降临人间了。如果非降临不行的话，也希望把我楼前池边的这一个小花园放过去，让这一块小小的地方永远保留夏末秋初的景象，就像现在这样。

1992 年 8 月 30 日

幽径悲剧

出家门，向右转，只有二三十步，就走进一条曲径。有二三十年之久，我天天走过这一条路，到办公室去。因为天天见面，也就成了司空见惯，对它有点漠然了。

然而，这一条幽径却是大大有名的。记得在 50 年代，我在故宫的一个城楼上，参观过一个有关《红楼梦》的展览。我看到由几幅山水画组成的组画，画的就是这一条路。足征这一条路是同这一部伟大的作品有某一些联系的。至于是什么联系，我已经记忆不清。留在我记忆中的只是一点印象：这一条平平常常的路是有来头的，不能等闲视之。

这一条路在燕园中是极为幽静的地方。学生们称之为"后湖"，他们很少到这里来的。我上面说它平平常常，这话有点语病，它其实是颇为不平常的。一面傍湖，一面靠山，蜿蜒曲折，实有曲径通幽之趣。山上苍松翠柏，杂树成林。无论春夏秋冬，总有翠色在目。不知名的小花，从春天开起，过一阵换一个颜色，一直开到秋末。到了夏天，山上一团浓绿，人们仿佛是在一片绿雾中穿行。林中小鸟，枝头鸣蝉，仿佛互相应答。秋天，枫叶变红，与苍松翠柏，相映成趣，凄清中又饱含浓烈。几乎让人不辨四时了。

小径另一面是荷塘，引人注目主要是在夏天。此时绿叶接天，红荷映日。仿佛从地下深处爆发出一股无比强烈的生命力，向上，向上，向上，欲与天公试比高，真能使懦者立怯者强，给人以无穷的感染力。

不管是在山上，还是在湖中，一到冬天，当然都有白雪覆盖。在湖中，昔日的潋滟的绿波为坚冰所取代。但是在山上，虽然落叶树都把叶子落掉，可是松柏反而更加精神抖擞，绿色更加浓烈，意思是想把其他树木之所失，自己一手弥补过来，非要显示出绿色的威力不行。再加上还有翠竹助威，人们置身其间，决不会感到冬天的萧索了。

这一条神奇的幽径，情况大抵如此。

在所有的这些神奇的东西中，给我印象最深、让我最留恋难忘的是一株古藤萝。藤萝是一种受人喜爱的植物。清代笔记中有不少关于北京藤萝的记述。在古庙中，在名园中，往往都有几棵寿达数百年的藤萝，许多神话故事也往往涉及藤萝。北大现住的燕园，是清代名园，有几棵古老的藤萝，自是意中事。我们最初从城里搬来的时候，还能看到几棵据说是明代传下来的藤萝。每年春天，紫色的花朵开得满棚满架，引得游人和蜜蜂猬集其间，成为春天一景。

但是，根据我个人的评价，在众多的藤萝中，最有特色的还是幽径的这一棵。它既无棚，也无架，而是让自己的枝条攀附在邻近的几棵大树的干和枝上，盘曲而上，大有直上青云之慨。因此，从下面看，除了一段苍黑古劲像苍龙般的粗干外，根本看不出是一株藤萝。每年春天，我走在树下，眼前无藤萝，心中也无藤萝。然而一股幽香蓦地闯入鼻官，嗡嗡的蜜蜂声也袭入耳内，抬头一看，在一团团的绿叶中——根本分不清哪是藤萝叶，哪是其他树的叶子——，隐约看到一朵朵紫红色的花，颇有万绿丛中一点红的意味。直到此时，我才清晰地意识到这一棵古藤的存在，顾而乐之了。

经过了史无前例的"十年浩劫"，不但人遭劫，花木也不能幸免。藤萝们和其他一些古丁香树等等，被异化为"修正主义"，遭到了无情的诛伐。六院前的和红二三楼之间的那两棵著名的古藤，被坚决、彻底、干净、全部地消灭掉。是否也被踏上一千只脚，没有调查研究，不敢瞎说；永世不得翻身，则是铁一般的事实了。

茫茫燕园中，只剩下了幽径的这一棵藤萝了。它成了燕园中藤萝界的鲁殿灵光。每到春天，我在悲愤、惆怅之余，唯一的一点安慰就是幽径中这一棵古藤。每次走在它下面，嗅到淡淡的幽香，听到嗡嗡的蜂声，顿觉这个世界还是值得留恋的，人生还不全是荆棘丛。其中情味，只有我一个人知道，不足为外人道也。

然而，我快乐得太早了，人生毕竟还是一个荆棘丛，决不是到处都盛开着玫瑰花。今年春天，我走过长着这棵古藤的地方，我的眼前一闪，吓了一大跳：古藤那一段原来凌空的虬干，忽然成了吊死鬼，下面被人砍断，只留上段悬在空中，在风中摇曳。再抬头向上看，藤萝初绽出来的一些淡紫的成串的花朵，还在绿叶丛中微笑。它们还没有来得及知道，自己赖以生存的根干已经被砍断，脱离了地面，再没有水分供它们生存了。它们仿佛成了失掉了母亲的孤儿，不久就会微笑不下去，连痛哭也没有地方了。

我是一个没有出息的人。我的感情太多，总是供过于求，经常为一些小动物、小花草惹起万斛闲愁。真正的伟人们是决不会这样的。反过来说，如果他们像我这样的话，也决不能成为伟人。我还有点自知之明，我注定是一个渺小的人，也甘于如此，我甘于为一些小猫小狗小花小草流泪叹气。这一棵古藤的灭亡在我心灵中引起的痛苦，别人是无法理解的。

从此以后，我最爱的这一条幽径，我真有点怕走了。我不敢再看那一段悬在空中的古藤枯干，它真像吊死鬼一般，让我毛骨悚然。非走不行的时候，我就紧闭双眼，疾趋而过。心里数着数：一，二，三，四，一直数到十，我估摸已经走到了小桥的桥头上，吊死鬼不会看到了，我才睁开眼走向前去。此时，我简直是悲哀至极，哪里还有什么闲情逸致来欣赏幽径的情趣呢？

但是，这也不行。眼睛虽闭，但耳朵是关不住的。我隐隐约约听到古藤的哭泣声，细如蚊蝇，却依稀可辨。它在控诉无端被人杀害。它在这里已经呆了二三百年，同它所依附的大树一向和睦相处。它虽阅尽人间沧桑，却从无害人之意。每到春天，就以自己的花朵为人间增添美丽，焉知一旦毁于愚氓之手。它感到万分委屈，又投诉无门。它的灵魂死守在这里。每到月白风清之夜，它会走出来显圣的。在大白天，只能偷偷地哭泣。山头的群树，池中的荷花是对它深表同情的，然而又受到自然的约束，寸步难行，只能无言相对。在茫茫人世中，人们争名于朝，争利于市，哪里有闲心来关怀一棵古藤的生死呢？于是，它只有哭泣，哭泣，哭泣……

世界上像我这样没有出息的人，大概是不多的。古藤的哭泣声恐怕只有我一个能听到。在浩茫无际的大千世界上，在林林总总的植物中，燕园的这一棵古藤，实在渺小得不能再渺小了。你倘若问一个燕园中人，决不会有任何人注意到这一棵古藤的存在的，决不会有任何人关心它的死亡的，决不会有任何人为之伤心的。偏偏出了我这样一个人，偏偏让我住到这个地方，偏偏让我天天走这一条幽径，偏偏又发生了这样一个小小的悲剧；所有这一些偶然性都集中在一起，压到了我的身上。我自己的性格制造成的这一个十字架，只有我自己来背了。奈何，奈何！

但是，我愿意把这个十字架背下去，永远永远地背下去。

1992 年 9 月 13 日

人间自有真情在

前不久，我写了一篇短文《园花寂寞红》，讲的是楼右前方住着的一对老夫妇，男的是中国人，女的是德国人。他们在德国结婚后，移居中国，到现在已将近半个世纪了。哪里想到，一夜之间，男的突然死去。他天天侍弄的小花园，失去了主人。几朵仅存的月季花，在秋风中颤抖，挣扎，苟延残喘，浑身凄凉、寂寞。

我每天走过那个小花园，也感到凄凉、寂寞。我心里总在想：到了明年春天，小花园将日益颓败，月季花不会再开。连那些在北京只有梅兰芳家才有的大朵的牵牛花，在这里也将永远永远地消逝了。我的心情很沉重。

昨天中午，我又走过这个小花园，看到那位接近米寿的德国老太太在篱笆旁忙活着。我走近一看，她正在采集大牵牛花的种子。这可真是件新鲜事儿。我在这里住了三十年，从来没有见到过她侍弄过花。我曾满腹疑团：德国人一般都是爱花的，这老太太真有点个别。可今天她为什么也忙着采集牵牛花的种子呢？她老态龙钟，罗锅着腰，穿一身黑衣裳，瘦得像一只螳螂。虽然采集花种不是累活，她干起来也是够呛的。我问她，采集这个干什么？她的回答极简单："我的丈夫死了，但是他爱的牵牛花不能死！"

我心里一亮，一下子顿悟出来了一个道理。她男人死了，一儿一女都在德国。老太太在中国可以说是举目无亲。虽然说是入了中国籍，但是在中国将近半个世纪，中国话说不了十句，中国饭吃不惯。她好像是中国社会水面上的一滴油，与整个社会格格不入，平常只同几个外国人和中国留德学生来往，显得很孤单。我常开玩笑说：她是组织上入了籍，思想上并没有入。到了此时，老头已去，儿女在外，返回德国，正其时矣。然而她却偏偏不走。道理何在呢？我百思不得其解。现在，一个非常偶然的机会让我看到她采集大牵牛花的种子。我一下子明白了：这一切都是为了死去的丈夫。

丈夫虽然走了，但是小花园还在，十分简陋的小房子还在。这小花园和小房子拴住了她那古老的回忆，长达半个世纪的甜蜜的回忆。这是他俩共同生活过的地方。为了忠诚于对丈夫的回忆，她不肯离开，不忍离开。我能够想象，她在夜深人静时，独对孤灯。窗外小竹林的窸窣声，穿窗而入。屋后土山上草丛中秋虫哀鸣。此外就是一片寂静。丈夫在时，她知道对面小屋里还睡着一个亲人，使自己不会感到孤独。然而现在呢，那个人突然离开自己，走了，永远永远地走了。茫茫天地，好像只剩下自己孤零一人。人生至此，将何以堪！设身处地，如果我处在她的位置上，我一定会马上离开这里，回到自己的祖国，同儿女在一起，度过余年。

然而，这一位瘦得像螳螂似的老太太却偏偏不走，偏偏死守空房，死守这一个小花园。我知道：这一切都是为了死去的丈夫。

这一位看似柔弱实极坚强的老太太，已经走到了人生的尽头。这一点恐怕她比谁都明白。然而她并未绝望，并未消沉。她还是浑身洋溢着生命力，在心中对未来还充满了希望。她还想到明年春天，她还想到牵牛花，她眼前一定不时闪过春天小花园杂花竟芳的景象。谁看到这种情况会不受到感动呢？我想，牵牛花而有知，到了明年春天，虽然男主人已经不在了，但它一定会精神抖擞，花朵一定会开得更大，更大，颜色一定会更鲜，更艳。

1992 年 9 月 20 日

逛 鬼 城

　　豪华旅游轮"峨眉号"靠了岸。细雨霏霏，轻雾漫江，令人顿有荒寒之感。但一听到要逛鬼城丰都，船上的人，不管是中国人，还是日本人和韩国人；不管是老还是少，不管是男还是女，无不兴奋愉快，个个怀着惊喜又有点紧张的心情，鱼贯上了岸。

　　为什么对鬼城这样感兴趣呢？道理是不难明白的。一个活生生的人，在光天化日之下，要进鬼城游览，难道还有比这更富有刺激性的事情吗？

　　至于我自己，我在小学时就读过一本名叫《玉历至宝钞》的讲阴司地狱的书，粉纸石印，质量极差，大概是所谓"善书"之类；但对于我却有极大的吸引力。你想一想，书中图文并茂，什么十殿阎罗王，什么牛头、马面，什么生无常、死有分，什么刀山、油锅，等等。鲁迅所描绘的手持芭蕉扇、头戴高帽子的鬼卒，也俨然在内。这样一本有趣的书，对一个小孩子来说，比起那些言语乏味的教科书来，其吸收力之强真有若天壤了。

　　这样一本书，我在昏黄的油灯下，不知道翻看过多少遍。

我对地狱里的情况真可以说是了若指掌。对那里的法规条文、工作程序也背得滚瓜烂熟。如果我到了那里，不用请律师，就能在阎王爷跟前为自己辩护，阎王爷对我一定毫无办法。至于在阴司里走后门，托人情，我也悟出了一点门道。因此，即使真进阴司，我也坦然，怡然，总有办法证明自己是一个好人，无所畏惧。

后来，我读西洋文学，读过但丁的《神曲》。再后一点，我又研究佛教，读了不少佛经，里面描绘阴司地狱的地方，颇为不少。我知道了，中国的阴司原来是印度的翻版，在印度原有的基础上，又加以去粗取精，深化改革，加以中国化，《玉历至宝钞》中的地狱描绘就是这样来的。尽管我对于自己的学识，从来不敢翘尾巴，但是对自己的地狱学却颇感自傲。而且对西方的地狱，正像但丁描绘的那样，极为卑视，觉得那太简单了，同东方地狱之博大精深相比，真如小巫见大巫。由此我曾萌发一个念头，想创立一门崭新的学科：比较地狱学。我深信，如果此学建成，我一定能蜚声国际士林，说不定就能成为诺贝尔奖金的候选人哩。

就这样，在即将进入鬼城的时候，我心里胡思乱想，几十年来对地狱的一些想法，一时逗上心头。在江雨霏霏中，神驰于三峡之外，仿佛已经走进地狱了。

多少年来，久闻丰都城的大名。我原以为丰都城会是在地下一个什么大洞中，哪能把阴司地狱摆在人世间繁华的闹市中呢？事实上，四川丰都的鬼城却确实是在繁华的闹市中。要到那里去，不是越走越深，而是拾级而上，越爬越高，地狱原来是在山顶上。山门牌坊上写着"鬼城"和"天下名山"六个大字。一进山门，就一路拾级而上，到达山顶，据说共有六百一十六级，从台阶数目上来看，恐怕要超过泰山南天门了。

山门内山明水秀，树木葱茏。时届深秋，浓绿中尚有红色和黄色的小花闪出异样的光彩，耀人眼睛。石阶砌得整整齐齐，花坛修得端端正正，毫无阴森凛冽之气。不信阴司地狱的外国旅游者当然不会有什么恐怖之感，连有些信阴司地狱的中国人也不会有这样的感觉。跟着我们走的导游小姐，是一个十七八岁的苗条秀丽的中学毕业生。她讲解得生动有趣，连印度神话中的阎摩（yama）和阎弥（yami）她都讲得头头是道。我搭讪着跟她聊天——

"你天天在阴司地狱里走，不害怕吗？"

"不害怕，只觉得很好玩。"

"你信不信阴司地狱？"

"不信。我的婆婆（奶奶）有点信的。"

"你为什么干这个工作？"

"我中学毕业后，上过训练班。有一门课，专门讲有关地狱的知识。"

"这鬼城里的老百姓不觉得阴森可怕吗？"

"一点也不，惯了。他们根本不想这里是鬼城！"

"你看过《玉历至宝钞》吗？"

"没有。"

我于是把书名告诉她，希望她能扩大关于地狱的知识面，把导游工作做得更丰富，更生动，更有趣。

同小女孩谈话以后，我原来那一点紧张别扭的心情一扫而光。还是专心一志地逛鬼城吧！我心里想。

　　山越爬越高，楼阁台榭等等建筑越来越多。真个是："五步一楼，十步一阁，廊腰缦回，檐牙高啄，各抱地势，勾心斗角。"我没有见过阿房宫，我不知道，阿房宫是不是就是这个样子。反正这里的楼台殿阁真够繁复，真够宏伟。大概《玉历至宝钞》中所提到的楼阁，这里都有，而且还多出来了许多那里不见的宫殿。粗粗地数一下，就我记忆所及，就有下面的这些殿：报恩殿、寥阳殿、星辰磴、玉皇殿、曜灵殿，等等。报恩殿里塑着如来佛大弟子大目连的像，来自印度的"目连救母"的故事，在中国民间广泛流传。玉皇殿里供的当然就是天老爷。让我惊奇的是两边的众神像中，竟赫然有孙膑站在那里。孙膑同天老爷有什么瓜葛呢？这道理我还没有弄明白。

　　至于有名的鬼门关、奈河桥等等，这里当然不会缺少。有趣的是奈河桥，确实是一座石桥，也并不威武雄壮。可是导游小姐却突然提高了声音说，谁要是能三步跨过这一座桥，就会有什么什么好处。大家一听，兴致猛涨，都想登桥尝试一下。我努了努力，用四步跨了过去。有的个儿矮的人，用五六步才能跨过。而身高一米九二、鹤立鸡群的冯骥才，只用了一步半，就跨过了奈河桥。大家一起起哄，说冯得到的好处最多。我自己虽然是落了第，恐怕得不到多少好处了，但我也不后悔。一个人如果真正到了奈河桥上，人世间的好处对他还有什么意义呢？即使是诺贝尔、奥斯卡，不也等于镜花水月了吗？

　　在另一个地方，好像是一座大殿的前面或者后面，在一个牌楼前，有一个石砌的四方形的栏杆，中间有一个球形的东西嵌在地面上，是铜？是铁？看不清楚，反正是非常光滑，闪着白光。导游小姐说，谁要是用一只脚，男左女右，在球上站上两秒钟，眼睛看着前面什么地方的四个字，他又会得到什么什么好处。干这种玩意儿，我决不后人。我走上去，站在球上，大概连半秒钟都没有，脚就滑了下来。我当然又不能得到那些好处了。我毫不在意。我那阿 Q 思想又抬了头：阴间的玩意儿实在非凡地平庸，即使能站上两秒钟，又待如何呢？

又到了一个什么殿，看到了地狱里的人事部长，手持生死簿，威风凛凛地站在那里。导游小姐高声问："有姓孙的没有？有属猴的没有？"我们团里的孙车民碰巧没有在，也没有什么人自报属猴。导游小姐说："当年孙悟空大闹天宫，跑到阴司地狱里来，一手抢过生死簿，把自己的名字一笔勾掉，从此姓孙的和属猴的就都簿中无名，阎王爷没有办法召唤他们了。"我突然想到，阴司地狱里的管理工作真也应该加以改革，必须现代化了。如果把生死簿中的名字输入电脑，孙猴子本领再大，也无法把自己的名字勾掉了。岂不猗欤休哉！

在北京的时候，我曾多次说过，到八宝山去，要按年龄顺序排一个队，大家鱼贯而进，威仪俨然，谁也不要躐级抢先，反正我自己决不会像买希罕的物品一样，匆匆挤上前去夹塞。我们走，要走得从容不迫，表现出高度的修养。现在到了鬼城，方知道自己既不姓孙，也不属猴，是生死簿上有名的，是阎王老爷子耀武扬威欺凌的对象。心里颇有点忿忿不平。我胆子最小，平生奉公守法，不敢越雷池一步。但是此时我却忽然一反常态，决心对阎王爷加以抵抗。不管催命鬼的帽子戴得多高，也不管"你也来了"四个字写得多大，我硬是不走，我想成为一个我生平最讨厌的钉子户。对阴司的律条我是精通的，同阎王爷辩论，我决不会输给他。

也许有人会问："你这样干，不怕阎王老子那些刀山、油锅吗？"是的，刀山、油锅当然令人害怕。但是，当我们走到填满了阴司地狱里酷刑雕塑的房间时，天已经暗了下来。我们只是隔着玻璃窗子，影影绰绰地匆匆忙忙地看到了一点刀山、油锅的影子，并没有怎样感到恐怖。有人说，有心脏病的人千万不要来逛鬼城，怕受不住刀山、油锅的惊吓。我看，这些话确实夸大了。我也是戴着冠心病帽子的老人，但是我看完了刀山、油锅，依然故我，兴致盎然，健步如飞，走下山来。

我性子急，上山走在最前面，下山也走在最前面。别人还没有下来，我就坐在一棵大树下的石头栏杆上休息了。陆续有人下来了，见了我都说："季老！你做得对！山你是上不去的，坐在这里休息该多好呀！"当他们知道我已经上过山时，都多少有点吃惊。此时有人问那个活泼可爱的导游小姐，让她猜一猜我的年龄。她像在拍卖行里一样，由六十岁起价。别人说"太低"，她就逐渐提高。由六十岁经过几个步骤猜到七十岁。她迟迟疑疑，不愿意再提高，想一槌定音。经许多旁边的人多方启发、帮助，她又往上提高，几乎是一岁一步，到了八十，她无论如何也不想再提了。尽管大家嚷着说："不行，还要高！"小女孩瞪大了眼睛，不再说话了。在惊愕之余，巧笑倩兮。

这一小小的插曲颇为有趣，它结束了我的鬼城之游。

我们辞别了鬼城，辞别了导游小姐，回到船上，立即整装，参加总结酒会。接着是大宴会，觥筹交错，笑语连声，灯光闪耀，有如白日。仅在半点钟前的鬼城之游，早已成为回忆中的一点影子。如果此时站在鬼城上下望我们的游轮，这一艘正在漫漫的长江中徐徐开动的游轮，一定像一团焗焗焜耀的光辉。

1992 年 10 月 17 日

我 写 我

　　我写我，真是一个绝妙的题目；但是，我的文章却不一定妙，甚至很不妙。

　　每一个人都有一个"我"，二者亲密无间，因为实际上是一个东西。按理说，人对自己的"我"应该是十分了解的；然而，事实上却不尽然。依我看，大部分人是不了解自己的，都是自视过高的。这在人类历史上竟成了一个哲学上的大问题。否则古希腊哲人发出狮子吼："要认识你自己！"岂不成了一句空话吗？

　　我认为，我是认识自己的，换句话说，是有点自知之明的。我经常像鲁迅先生说的那样剖析自己。然而结果并不美妙，我剖析得有点过了头，我的自知之明过了头，有时候真感到自己一无是处。

　　这表现在什么地方呢？

　　拿写文章做一个例子。专就学术文章而言，我并不认为"文章是自己的好"。我真正满意的学术论文并不多。反而别人的学术文章，包括一些青年后辈的文章在内，我觉得是好的。为什么会出现这种心情呢？我还没得到答案。

再谈文学作品。在中学时候,虽然小伙伴们曾赠我一个"诗人"的绰号,实际上我没有认真写过诗。至于散文,则是写的,而且已经写了六十多年。加起来也有七八十万字了。然而自己真正满意的也屈指可数。在另一方面,别人的散文就真正觉得好的也十分有限。这又是什么原因呢?我也还没得到答案。

在品行的好坏方面,我有自己的看法。什么叫好?什么又叫坏?我不通伦理学,没有深邃的理论,我只能讲几句大白话。我认为,只替自己着想,只考虑个人利益,就是坏。反之能替别人着想,考虑别人的利益,就是好。为自己着想和为别人着想,后者能超过一半,他就是好人。低于一半,则是不好的人;低得过多,则是坏人。

拿这个尺度来衡量一下自己,我只能承认自己是一个好人。我尽管有不少的私心杂念,但是总起来看,我考虑别人的利益还是多于一半的。至于说真话与说谎,这当然也是衡量品行的一个标准。我说过不少谎话,因为非此则不能生存。但是我还是敢于讲真话的。我的真话总是大大地超过谎话。因此我是一个好人。

我这样一个自命为好人的人,生活情趣怎样呢?我是一个感情充沛的人,也是兴趣不老少的人。然而事实上生活了八十年以后,到头来自己都感到自己枯燥乏味,干干巴巴,好像是一棵枯树,只有树干和树枝,而没有一朵鲜花,一片绿叶。自己搞的所谓学问,别人称之为"天书"。自己写的一些专门的学术著作,别人视之为神秘。年届耄耋,过去也曾有过一些幻想,想在生活方面改弦更张,减少一点枯燥,增添一点滋润，在枯枝粗干上开出一点鲜花，长上一点绿叶；然而直到今天，仍然是忙忙碌碌，有时候整天连轴转，"为他人做嫁衣裳"，而且退休无日，路穷有期，可叹亦复可笑！

我这一生，同别人差不多，阳关大道，独木小桥，都走过跨过。坎坎坷坷，弯弯曲曲，一路走了过来。我不能不承认，我运气不错，所得到的成功，所获得的虚名，都有点名不副实。在另一方面，我的倒霉也有非常人所可得者。在那骇人听闻的所谓什么"大革命"中，因为敢于仗义执言，几乎把老命赔上。皮肉之苦也是永世难忘的。

现在，我的人生之旅快到终点了。我常常回忆八十年来的历程，感慨万端。我曾问过自己一个问题：如果真有那么一个造物主，要加恩于我，让我下一辈子还转生为人，我是不是还走今生走的这一条路？经过了一些思虑，我的回答是：还要走这一条路。但是有一个附带条件：让我的脸皮厚一些，让我的心黑一点，让我考虑自己的利益多一点，让我自知之明少一点。

1992 年 11 月 16 日

游小三峡

愧我孤陋寡闻，虽然已届耄耋之年，而且 1955 年还畅游过一次三峡；但是，直到不久以前，我还只知有大三峡，小三峡则未之见也。

最近几年来，风闻"小三峡"这个名词，我也隐隐约约朦朦胧胧地认为，这只不过是在葛洲坝修建以后，长江上游水涨，因而形成了这个所谓"小三峡"而已。我并没有什么渴望想去游历一番。

然而，世界事有大出人意料者。今年九十月之交，中国的《人民日报》与日本的《朝日新闻》联合举办"展望二十一世纪的亚洲——国际讨论会"，租了一艘长江上的豪华游轮"峨眉号"，边游三峡，边开会。我应邀参加。日程表上安排有游小三峡一项。直至此时，也还没有能引起我的注意和兴趣，我只不过觉得游一游也不错而已。

游轮驶过了闻名世界的神女峰等等景观，在巫山县停泊。在这里换小艇进入大宁河，所谓小三峡就在这里。我此时才如梦初醒：原来还真有一个小三峡呀！

在这里，我立即注意到了一个奇怪的现象。长江水由于上游水土流失极端严重，原来的清水已经变成了黄水，同黄河差不多了，而大宁河水则尚清澈。两股水汇流处，一清一黄，大有泾渭分明之概。我的耳目为之一新，精神为之一振了。我们在大三峡中已经航行了不短的距离。大自然的瑰丽奇伟的风光，已经领略了不少。我现在虽然承认了，世上真还有一个小三峡，但是，在我下意识中又萌生了一个念头：小三峡的风光决不会超过大三峡。如果真正超过了的话，那岂不是本末倒置了吗？

然而，这一回我又错了。小艇转入小三峡以后不久，我就不断地吃惊起来。这里的水势诚然比不上长江的混茫浩瀚，没有杜甫所说的那样"不尽长江滚滚来"的气势。然而水平如镜，清澈见底。两岸耸立的青山也与大三峡有所不同。在那里，岸边的悬崖绝壁，葱茏绿树，只能远观；有时还被罩在迷濛的云雾中，不露峥嵘。在这里却就在我们身边，有时简直就像悬在我们头顶上，仿佛伸手就可以摸到。峭壁千仞，我原以为不过是一句套话。这里的峭壁真有千仞，而且是拔地而起，笔直上升。其威势之大，简直让我目瞪口呆，胆战心寒。不由得你不叹宇宙之神奇。至于碧树，真是绿到无以复加的程度。这碧绿，仿佛凝结成液体，"滴翠"二字决不是夸张。我坐在小艇上，好像真感觉到这碧绿滴了下来，滴到了我的头上，滴到了别人头上，滴到了小艇中，滴到了清水中，与水的碧绿混在一起，幻成了一个碧绿的宇宙。

同是碧绿，并不单调。河回路转，岸上景色一时一变，大有山阴道上应接不暇之慨。导游小姐口若悬河，把两岸山上的著名景观说得活灵活现。同别的名胜一样，这些景观大都同中国的珍奇动物，同民间流行的神话传说联系起来，什么熊猫洞，什么猴子捞月，什么水帘洞，什么观音坐莲台，等等，等等。如果她不说，你或许不会想到。但是，经她一指点，则就越看越像，不得不佩服当地老百姓幻想之丰富了。

两岸山上，也有不是幻想的东西，确确实实是人工造成的东西。比如栈道。在悬崖峭壁上，我看到一排相隔一二尺的小方洞，是人工凿成的。方洞中插上木板，当年拉纤的奴隶就赤足走在上面。据说这样的栈道竟长达四百里。我们很容易想象出，这玩意儿有多么危险。还比如悬棺，也同样是凿在悬崖峭壁上的洞，这个洞当然要大得多，大得能容下一口棺材。我们今天很难想象，这棺材是怎样抬上去的。在中国的西南一带，有悬棺的地方颇为不少。这可能是当地民族的一种特殊的风习。

正当大家聆听导游小姐生动的讲解，欣赏两岸高山的名胜古迹时，忽然有人大喊了一声：

"猴子！猴子！"

全艇的人立刻活跃起来。我虽然老眼昏花，此时也仿佛得到了神力，似乎能明察秋毫了。我抬头向右岸的山崖上绿树丛中望过去，果然看到几只猴子，在树枝上跳来跳去。灰黄色的皮毛衬上了树的碧绿，仿佛凸出来似的，异常清晰明显。

艇上的中日人士都熟悉唐代大诗人李白的那一首著名的诗：

朝辞白帝彩云间
千里江陵一日还

两岸猿声啼不住

轻舟已过万重山

这是多么美妙无比的情景啊！可惜的是，三峡的猿声早已消逝；很久以来就没有能听到了。我曾担心，我们的子子孙孙永远再也没有可能欣赏李白诗中的意境了。然而，眼前，就在这小三峡中，猴子居然又露了面，为小三峡增加美妙，为人类增添欢乐，我们艇上这一群人的兴奋和喜悦，还能用言语来表达吗？

全艇的人兴会淋漓，谈笑风生。本来已经够美妙绝伦的山水，仿佛更增添了几分妩媚，山仿佛更青，水仿佛更秀，连小艇也仿佛更轻，飞速地驶在绿琉璃似的水面上，撞碎了天空中白云的倒影，撞碎了青峦翠峰的倒影。我们此时真仿佛离开了人间，飘飘然驶入仙境了。

由于时间关系，我们无法走到小三峡的尽头，也就是大宁河能通航的一百二十公里。走了大约一半的路程，我们的小艇就转回头来，走上归程。

沿岸的风光我们已经看过一遍，用不着再讲解、翻译。活泼的导游小姐也坐下来休息了。又因为此时已是顺水行舟，艇速极快。艇上的人也多半坐在那里，自由交谈，甚至有人在闭目养神。一切都比较清静，没有来时那样的兴奋和激动了。

然而日本学者却突然又兴奋活跃起来。他们站起身来，又是招手，又是欢笑。原来他们在一艘逆水而上的游艇上看到了日本前首相中曾根康弘，他也来游小三峡了。这真是一次意想不到的事情。两艘游艇，一只上水，一只下水，擦肩而过，只在一瞬间。可艇中的宁静的气氛再也保持不下去了。中日双方的学者们，还有专程陪我们游览的县委书记和随从们，精神又都抖擞起来，小艇又载满了欢声笑语了。

我在这里顺便插上几句话。回到北京以后，我在《人民日报》上读到了林林同志翻译的中曾根的俳句《小三峡舟行》：

> 一泓秋水分山脉，
> 波光何碧绿。
> 伴赤壁凝立，
> 望澄澈之秋空。

可见此时不是政治家而是诗人的中曾根康弘先生是多么陶醉于中国的山水中而诗兴淋漓了。

回头再说我们小艇中的情景。大家看到了日本的首相来游中国的小三峡，可见小三峡吸引力之大。大家把话题一转，自然而然就转到了中日山水的比较上。日本全国山青水秀，几乎可以说，全国就是一个大花园。日本人爱美之心和洁癖，扬名世界。每一个家庭，门前总有一个小花园。哪怕只有一丈见方，也必然栽上一棵松树，种上一些花草，看上去美妙无比，真令人赏心悦目。天然景色也并不缺少，像富士山、箱根等等著名的风景胜地，更真正能拴住游者的心。但是，日本毕竟是一个岛国，地方是有限的，像中国的大、小三峡，在日本是无法想象的。即使造物主想对日本垂青，他也无法把大、小三峡安放在日本列岛上。这是再明显不过的事实。

大家七嘴八舌，畅谈不休。日本朋友看上去也非常兴奋，兴致很高。他们心里怎么想，我当然不得而知。然而在这气象恢弘、鬼斧神工般的小三峡中，大自然景观的威力压在每一个人头上，令人目眩神移，谁也无法否认摆在眼前的这个事实了。

对我个人来讲，过去不知道有多少次了，我目击祖国的名山大川，常常感慨万端。过去我朦朦胧胧不甚了了的小三峡，现在又摆在我的眼前，我说不出话来。自然的伟大和威力，我这一支拙笔是描绘不出来的。我虔心默祝，感谢大自然独垂青于我中华，独钟爱我们的赤县神州。我感到骄傲，感到光荣，觉得我们这一片土地真是非常可爱的。这种感觉或者感情，将永远保留在我内心深处。

1992 年 11 月 24 日

两个乞丐

  时间已经过去了七十多年，但是两个乞丐的影像总还生动地储存在我的记忆里，时间越久，越显得明晰。我说不出理由。

  我小的时候，家里贫无立锥之地，没有办法，六岁就离开家乡和父母，到济南去投靠叔父。记得我到了不久，就搬了家，新家是在南关佛山街。此时我正上小学。在上学的路上，有时候会在南关一带，圩子门内外，城门内外，碰到一个老乞丐，是个老头，头发胡子全雪样地白，蓬蓬松松，像是深秋的芦花。偏偏脸色有点发红。现在想来，这决不会是由于营养过度，体内积存的胆固醇表露到脸上来。他连肚子都填不饱，哪里会有什么佳肴美食可吃呢？这恐怕是一种什么病态。他双目失明，右手拿一根长竹竿，用来探路；左手拿一只破碗，当然是准备接受施舍的。他好像是无法找到施主的大门，没有法子，只有亮开嗓子，在长街上哀号。他那种动人心魄的哀号声，同嘈杂的市声搅混在一起，在车水马龙中，嘹亮清澈，好像上面的天空，下面的大地都在颤动。唤来的是几个小制钱和半块窝窝头。

  像这样的乞丐，当年到处都有。最初并没有引起我的注意。可是久而久之，我对他注意了。我说不出理由。我忽然在内心里对他油然起了一点同情之感。我没有见到过祖父，我不知道祖父之爱是什么样子。别人的爱，我享受得也不多。母亲是十分爱我的，可惜我享受的时间太短太短了。我是一个孤寂的孩子。难道在我那幼稚孤寂的心灵里在这个老丐身上顿时看到祖父的影子了吗？我喜欢在路上碰到他，我喜欢听他的哀号声。到了后来，我竟自己忍住饥饿，把每天从家里拿到的买早点用的几个小制钱，统统递到他的手里，才心安理得，算是了了一天的心事，否则就好像缺了点什么。当我的小手碰到他那粗黑得像树皮一般的手时，我心里说不出是什么滋味：怜悯、喜爱、同情、好奇混搅在一起，最终得到的是极大的欣慰。虽然饿着肚子，也觉得其乐无穷了。他从我的手里接过那几个还带着我的体温的小制钱时，难道不会感到极大的欣慰，觉得人世间还有那么一点温暖吗？

这样大概过了没有几年，我忽然听不到他的哀叫声了。我觉得生活中缺了点什么。我放学以后，手里仍然捏着几个沾满了手汗的制钱，沿着他常走动的那几条街巷，瞪大了眼睛看，伸长了耳朵听。好几天下来，既不闻声，也不见人。长街上依然车水马龙，这老丐却哪里去了呢？我感到凄凉，感到孤寂。好几天心神不安。从此这个老乞丐就从我眼里消逝，永远永远地消逝了。

差不多在同时，或者稍后一点，我又遇到了另一个老乞丐，仅有一点不同之处：这是一个老太婆。她的头发还没有全白，但蓬乱如秋后的杂草。面色黧黑，满是皱纹，一点也没有老头那样的红润。她右手持一根短棍。因为她也是双目失明，棍子是用来探路的。不知为什么，她能找到施主的家门。我第一次见到她，就是在我家的二门外面。她从不在大街上叫喊，而是在门口高喊："爷爷！奶奶！可怜可怜我吧！"也许是因为，她到我们家来，从不会空手离开的，她对我们家产生了感情；所以，隔上一段时间，她总会来一次的。我们成了熟人。

据她自己说，她住在南圩子门外乱葬岗子上的一个破坟洞里。里面是否还有棺材，她没有说。反正她瞎着一双眼，即使有棺材，她也看不见。即使真有鬼，对她这个瞎子也是毫无办法的。多么狰狞恐怖的形象，她也是眼不见，心不怕。这是一种什么样的日子，我今天回想起来，都有点觉得毛骨悚然。

不知道为什么，她竟然还有闲情逸致来种扁豆。她不知从哪里弄了点扁豆种子，就栽在坟洞外面的空地上，不时浇点水。到了夏天，扁豆是不会关心主人是否是瞎子的，一到时候，它就开花结果。这个老乞丐把扁豆摘下来，装到一个破竹筐子里，挂上了拐棍，摸摸索索来到我家二门外面，照例地喊上几声。我连忙赶出来，看到扁豆，碧绿如翡翠，新鲜似带露，我一时吃惊得说不出话来。我当时还不到十岁，虽有感情，决不会有现在这样复杂、曲折。我不会想象，这个老婆子怎样在什么都看不到的情况下，刨土、下种、浇水、采摘。这真是一首绝妙好诗的题目。可是限于年龄，对这一些我都木然懵然。只觉得这件事颇有点不寻常而已。扁豆并不是什么名贵的东西，然而老丐心中有我们一家，从她手中接过来的扁豆便非常非常不寻常了。这一点我当时朦朦胧胧似乎感觉到了。这扁豆的滋味也随之大变。在我一生中，在那以前我从没有吃过那样好吃的扁豆，在那以后也从未有过。我于是真正喜欢上了这一个老年的乞丐。

然而好景不长，这样也没有过上几年。有一年夏天，正是扁豆开花结果的时候，我天天盼望在二门外面看到那个头发蓬乱鹑衣百结的老乞丐。然而却是天天失望，我又感到凄凉，感到孤寂，又是好几天心神不宁。从此这一个老太婆同上面说的那一个老头子一样，在我眼前消逝了，永远永远地消逝了。

到了今天，时间已经过去了七十多年。我的年龄恐怕早已超过了当年这两个乞丐的年龄。不知道是为什么我又突然想起了他俩。我说不出理由。不管我表面上多么冷，我内心里是充满了炽热的感情的。但是当时我涉世未久，或者还根本不算涉世，人间沧桑，世态炎凉，我一概不懂。我的感情是幼稚而淳朴的，没有后来那一些不切实际的非常浪漫的想法。两位老乞在绝对孤寂凄凉中离开人世的情景，我想都没有想过。在当年那种社会里，人的心都是非常硬的，几乎人人都有一副铁石心肠，否则你就无法活下去。老行幼效，我那时的心，不管有多少感情，大概比现在要硬多了。唯其因为我的心硬，我才能够活到今天的耄耋之年。事情不正是这样子吗？

我现在已经走到了快让别人回忆自己的时候了。这两个老乞在我回忆中保留的时间也不会太久了。今天即使还有像我当年那样心软情富的孩子，但是人间已经换过，再也不会有那样的乞丐供他们回忆了。在我以后，恐怕再也不会出现我这样的人了。我心甘情愿地成为有这样回忆的最后一个人。

1992 年 12 月 26 日

哭冯至先生

对我来说，真像是晴空一声霹雳：冯至先生走了，永远永远地走了。

要说我一点都没有想到，也不是的。他毕竟已是达到了米寿高龄的人了。但是，仅仅在一个多月以前，我去看过他。我看他身体和精神都很好，心中暗暗欣慰。他告诉我说，他不大喜欢有一些人去拜访他，但我是例外。他再三想把我留住。情真意切，见于辞色。可是我还有别的事，下了狠心辞别。我同他约好，待到春暖花开之时，接他到燕园里住上几天，会一会老朋友，在园子里漫游一番，赏一赏他似曾相识的花草树木。我哪里会想到，这是我们长达半个多世纪的友谊的最后一次谈话。如果我当时意识到的话，就是天大的事，我也会推掉的，陪他谈上几个小时，可是我离开了他。如今一切都成为过去。晚了，晚了，悔之晚矣！我将抱恨终天了！

我认识冯至先生的过程，现在回想起来，仿佛已经成了历史。他长我六岁，我们不可能是同学，因此在国内没有见过面。当我到德国去的时候，他已经离开那里，因此在国外也没有能见面。但是，我在大学念书的时候，就读过他的抒情诗，对那一些形神俱臻绝妙的诗句，我无限向往，无比喜爱。鲁迅先生赞誉他为中国最优秀的抒情诗人，我始终认为这是至理名言。因此，对抒情诗人的冯至先生，我真是心仪已久了。

但是，一直到1946年，我们才见了面。这时，我从德国回来，在北京大学东语系任教，冯先生在西语系，两系的办公室紧挨着，见面的机会就多了。

在这期间，给我留下印象最深的，不是北大的北楼，而是中德学会所在地，一所三进或四进的大四合院。这里房屋建筑，古色古香。虽无曲径通幽之趣，但回廊重门也自有奇趣。院子很深，"庭院深深深几许"，把市声都阻挡在大门外面，院子里静如古寺，一走进来，就让人觉得幽寂怡性。冯至先生同我，还有一些别的人，在这里开过许多次会。我在这里遇到了许多人，比如毕华德、张星烺、袁同礼、向达等等，现在都已作古。但是，对这一段时间的回忆，却永远不会消逝。

很快就到了1948年冬天，解放军把北京团团围住。北大一些教授，其中也有冯先生，在沙滩孑民堂里庆祝校庆，城外炮声隆隆，大家不无幽默地说，这是助庆的鞭炮。可见大家并没有身处危城中的恐慌感，反而有所期望，有所寄托。校长胡适乘飞机仓皇逃走，只有几个教授与他同命运，共进退。其余的都留下了，等待解放军进城。冯先生就是其中之一。

过去，我常常想，也常常说，对中国旧社会的知识分子来说，解放是一场严峻的考验，是大节亏与不亏的考验。在这一点上说，冯至先生是大节不亏的。但是，我想做一点补充或者修正。由于政治信念不同，当时离开大陆的也不见得都是大节有亏的。在这里，标准只有一个，就是看他爱不爱国。只要爱我们伟大的祖国，呆在哪里，都无亏大节。爱国无分先后，革命不计迟早。这是我现在的想法。

总之，在这考验的关头，冯至先生留下来了，我也留下来了，许许多多的教授都留下来了。我们共同度过一段欢喜、激动、兴奋、甜美的日子。

跟着来的是长达四十年的漫长的开会时期。记得50年代在一次会上，周扬同志笑着对我们说："国民党的税多，共产党的会多。"冯至先生也套李后主的词说："春花秋月何时了？开会知多少！"他们二位并没有什么恶意，但是从他们的苦笑中也可以体会出一点苦味，难道不是这样吗？

幸乎？不幸乎？他们两位的话并没有错，在我同冯至先生长达四十多年的友谊中，我对他的回忆，几乎都同开会联在一起。

常言道："时势造英雄。"解放这一个时势，不久就把冯至先生和我都造成了"英雄"。不知怎样一来，我们俩都成了"社会活动家"，甚至"国际活动家"，都成了奔走于国内外的开会的"英雄"。我是一个性格内向的人，最怕同别人打交道。我看，冯先生同我也是"伯仲之间见伊吕"，他根本不是一个交际家。如果他真正乐此不疲的话，他就不会套用李后主的词来说"怪话"。这一点是用不着怀疑的。

开会之所以多，就是因为解放后集会结社，名目繁多。什么这学会，那协会；这理事会，那委员会；这人民代表大会，那政治协商会议，种种称号，不一而足。冯先生和我既然都是"社会活动家"，那就必须"活动"。又因为我们两个的行当有点接近，在社会上所处的地位，又有点相似，因此就经常"活动"到一起来了。我有时候胡思乱想：冯先生和我如果不是"社会活动家"的话，我们见面的机会就会减少百分之八九十，我们的友谊就会向另外一个方向发展了。仅仅为了这一点，我也要感谢"会多"。

我们俩共同参加的会，无法一一列举，仅举其荦荦大者，就有《世界文学》编委会，中国作家协会，全国人民代表大会，国务院学位委员会，《中国大百科全书·外国文学卷》编委会，中国外国文学研究会，中国社会科学院文学研究所学术委员会，外国文学研究所学术委员会，等等，等等。我们的友谊就贯串在这些五花八门的会中，我的回忆也贯串在这些五花八门的会中。

我不能忘记那奇妙的莫干山。有一年，《中国大百科全书·外国文学卷》编委会在这里召开。冯先生是这一卷的主编，我是副主编，我们俩都参加了。莫干山以竹名，声震神州。我这个向来不作诗的"非诗人"，忽然得到了灵感，居然写了四句所谓"诗"："莫干竹世界，遍山绿琅玕。仰观添个个，俯视惟团团。"可见竹子给我的印象之深。在紧张地审稿之余，我同冯先生有时候也到山上去走走。白天踏着浓密的竹影，月夜走到仿佛能摸出绿色的幽篁里；有时候在细雨中，有时候在夕阳下。我们随意谈着话，有的与审稿有关，有的是上天下地，无所不谈。

这一段回忆是美妙绝伦的，终生难忘。

我不能忘记那令人发思古之幽情的西安丈八沟国宾馆。西安是中国古代几个朝代的都会，到了唐代，西安简直成了全世界的文化、政治和经济的中心，大量的外国人住在那里。唐代诗歌又是中国文学史上的一个黄金时期的产品。今天到了西安，只要稍一留意，就会到处都是唐诗的遗迹。谁到了灞桥，到了渭水，到了那一些什么"原"，不会立刻就联想到唐代许多脍炙人口的诗句呢？西安简直是一座诗歌的城市，一座历史传说的城市，一座立即让人发思古之幽情的城市。丈八沟这地方，杜甫诗中曾提到过。冯至先生个人是诗人，又是研究杜甫诗歌的专家。他到了西安，特别是到了丈八沟，大概体会和感受应该比别人更多吧。我们这一次是来参加中国外国文学研究会的年会的。工作也是颇为紧张的。但是，同在莫干山一样，在紧张之余，我们也间或在这秀丽幽静的宾馆里散一散步。这里也有茂林修竹，荷塘小溪。林中，池畔，修竹下，繁花旁，留下了我们的足踪。

　　这一段回忆是美妙绝伦的，终生难忘。

　　够了，够了。往事如云如烟。像这样不能忘记的回忆，真是太多太多了。像这些不能忘记的地方和事情，也真是太多太多了，多到我的脑袋好像就要爆裂的程度。现在，对我来说，每一个这样的回忆，每一件这样的事情，都仿佛成了一首耐人寻味的抒情诗。

　　所有这一些抒情诗都是围绕着一个人而展现的，这个人就是冯至先生。

　　在长达半个多世纪的友谊中，我们虽为朋友，我心中始终把他当老师来看待。借用先师陈寅恪先生的一句诗，就是

"风义平生师友间"。经过这样长时间的亲身感受，我发现冯先生是一个非常可爱，非常可亲近的人。他淳朴，诚恳，不会说谎，不会虚伪，不会吹牛，不会拍马，待人以诚，同他相处，使人如坐春风中。我从来没有见他发过脾气。前几天，我到医院去看他的时候，他女儿姚平告诉我说，有时候她爸爸在胸中郁积了一腔悲愤，一腔不悦。女儿说："你发一发脾气嘛！一发不就舒服了吗？"他苦笑着说："你叫我怎样学会发脾气呢？"

冯至先生就是这样一个平凡而又奇特，这样一个貌似平凡实为不平凡的人。

古人说："人生得一知己，足矣。"我生性内向，懒于应对进退，怯于待人接物。但是，在八十多年的生命中，也有几个知己。我个人认为，冯至先生就是其中之一。在漫长的开会历程中，有多次我们住在一间屋中。我们几乎是无话不谈，对时事，对人物，对社会风习，对艺坛奇闻，我们的意见完全一致，几乎没有丝毫分歧。我们谈话，从来用不着设防。我们直抒胸臆，尽兴而谈。自以为人生幸福，莫大于此。我们的友谊之所以历久不衰，而且与时俱增，原因当然就在这里。

两年前，我的朋友和学生一定要为我庆祝八十诞辰。我提出来了一个条件：凡是年长于我的师友，一律不通知，不邀请。冯先生当然是在这范围以内的。然而，到了开会的那一天，大会就要开始时，冯先生却以耄耋之年，跋涉长途，从东郊来到西郊，来向我表示祝贺。我坐在主席台上，瞥见他由人搀扶着走进会场，我一时目瞪口呆，万感交集，我连忙跳下台阶，双手扶他上来。他讲了许多鼓励的话，优美得像一首抒情诗。全场四五百人掌声雷动，可见他的话拨动了听众的心弦。此情此景，我终生难忘。那一次会上，还来了许多年长于我或少幼于我的老朋友，比如吴组缃（他是坐着轮椅赶来的）、许国璋等等，情谊深重，连同所有的到会的友人，包括我家乡聊城和临清的旧雨新交，我都终生难忘。我是一个拙于表达但在内心深处极重感情的人。我所有的朋友对我这样情深意厚的表示，在我这貌似花样繁多而实单调、貌似顺畅而实坎坷的生命上，涂上了一层富有生机、富于情谊的色彩，我哪里能够忘记呢？

近几年来，我运交华盖，连遭家属和好友的丧事。人到老年，旧戚老友，宛如三秋树叶，删繁就简，是自然的事。但是，就我个人来说，几年之内，连遭大故，造物主——如果真有的话——不也太残酷了吗？我哭过我们全家敬爱的老祖，我哭过我的亲生骨肉婉如，我哭过从清华大学就开始成为朋友的乔木。我哪里会想到，现在又轮到我来哭冯至先生！"白发人哭黑发人"固然是人生之至痛。但"白发人哭白发人"，不也是同样地惨痛吗？我觉得，人们的眼泪不可能像江上之清风与山间之明月，取之不尽用之不竭。几年下来，我的泪库已经干涸了，再没有眼泪供我提取了。

然而，事实上却不是这样，完全不是这样。前几天，在医院里，我见了冯先生最后一面。他虽然还活着，然而已经不能睁眼，不能说话。我顿感，毕生知己又弱一个。我坐在会客室里，泪如泉涌，我准备放声一哭。他的女儿姚平连声说："季伯伯！你不要难过！"我调动起来了自己所有剩余的理智力量，硬是把痛哭压了下去。脸上还装出笑容，甚至在泪光中做出笑脸。只有我一个人知道：我的泪都流到肚子里去了。为了冯至先生，我愿意把自己泪库中的泪一次提光，使它成为我一生中最后的一次痛哭。

呜呼！今生已矣。如果真有一个来生，那会有多么好。

1993 年 2 月 24 日

我与《世界文学》

    我与《世界文学》，真可以算是老朋友了。自从解放后《世界文学》继承了鲁迅先生的《译文》创刊以来，除了"史无前例"的那一段时期被迫停刊以外，我担任编委职务，直至今日；而且我还是一位十分忠诚的读者。我现在每月收到寄赠的刊物，各种各样，为数颇多。可我衷心钟爱者并不太多。《世界文学》就是我钟爱者之一。

    为什么会出现这种情况呢？理由说起来也很平常。解放以后，我担任编委的刊物颇不为少，编委当然要开会。独独《世界文学》的编委会留给我的印象极为深刻。在创刊初期的十几年内，曹老（靖华）担任主编。编委会开得颇多。每一次开会，我就像小孩盼望过年一样，先期盼望。因为在会上能够见到许多平常难以会面的同行老友。大家开怀畅谈，谈稿件，谈时事，谈个人感受，无所不谈，无拘无束，其乐融融。真是难得的一种特殊享受，至今忆念难忘。可惜时过境迁，当年的老编委有几位已离开了这个世界，令我有人琴俱亡之感了。

    其次一个原因就在《世界文学》这个刊物本身。创刊几十年以来，世界动荡不安，国内也是风风雨雨。这个刊物，同我们人一样，所走的道路并非总是阳关大道。上面的政策多变，读者的口味也决非停留不变。我们的刊物不能以不变应万变，于是就经常碰到麻烦。山重水复，柳暗花明，我们都遇到过。在这样的环境下，一个刊物，同一个人一样，很容易变得见风使舵，摇晃不定，窥测方向，六神无主。然而我们的《世界文学》却没有这样，它始终保持住自己的一双铁肩，忠诚于当年创刊时的精神，一身正气，两袖清风，得到了国内外有相当高欣赏水平的读者的青睐，历数十年而不衰。这样的刊物，国内实罕见其匹。

那么，我们的刊物是不是就顽梗不化，僵硬死板了呢？也不是的。它在任何时候都坚决遵守正确的方针政策，又以生动活泼的方式加以贯彻。世界上的文艺潮流总在不断的变化中。我们的刊物能随时掌握变化的方向，加以介绍。所有的新思潮，新理论，新人物，新作品，我们一无遗漏，及时地介绍过来。我们从来没有迁就欣赏水平低的读者的口味，为了向"钱"看而不顾一切。我们从来没有把外国的垃圾输入中国，来污染我国的文坛。

我们的《世界文学》，已经在弯曲与笔直相结合、坎坷与平坦相结合的道路上，走过了几十年。它还会昂首阔步地走下去的。我相信，眼前的道路会越走越宽广。

我爱《世界文学》，永远爱《世界文学》。

1993 年 3 月 9 日

二 月 兰

一转眼，不知怎样一来，整个燕园竟成了二月兰的天下。

二月兰是一种常见的野花。花朵不大，紫白相间。花形和颜色都没有什么特异之处。如果只有一两棵，在百花丛中，决不会引起任何人的注意。但是它却以多胜，每到春天，和风一吹拂，便绽开了小花；最初只有一朵，两朵，几朵。但是一转眼，在一夜间，就能变成百朵，千朵，万朵，大有凌驾百花之势了。

我在燕园里已经住了四十多年。最初我并没有特别注意到这种小花。直到前年，也许正是二月兰开花的大年，我蓦地发现，从我住的楼旁小土山开始，走遍了全园，眼光所到之处，无不有二月兰在。宅旁，篱下，林中，山头，土坡，湖边，只要有空隙的地方，都是一团紫气，间以白雾，小花开得淋漓尽致，气势非凡，紫气直冲云霄，连宇宙都仿佛变成紫色的了。

我在迷离恍惚中，忽然发现二月兰爬上了树，有的已经爬上了树顶，有的正在努力攀登，连喘气的声音似乎都能听到。我这一惊可真不小：莫非二月兰真成了精了吗？再定睛一看，原来是二月兰丛中的一些藤萝，也正在开着花，花的颜色同二月兰一模一样，所差的就仅仅只缺少那一团白雾。我实在觉得我这个幻觉非常有趣。带着清醒的意识，我仔细观察起来：除了花形之外，颜色真是一般无二。反正我知道了这是两种植物，心里有了底。然而再一转眼，我仍然看到二月兰往枝头爬。这是真的呢？还是幻觉？——由它去吧。

自从意识到二月兰的存在以后，一些同二月兰有联系的回忆立即涌上心头。原来很少想到的或根本没有想到的事情，现在想到了；原来认为十分平常的琐事，现在显得十分不平常了。我一下子清晰地意识到，原来这种十分平凡的野花竟在我的生命中占有这样重要的地位。我自己也有点吃惊了。

我回忆的丝缕是从楼旁的小土山开始的。这一座小土山，最初毫无惊人之处，只不过两三米高，上面长满了野草。当年歪风狂吹时，每次"打扫卫生"，全楼住的人都被召唤出来拔草，不是"绿化"，而是"黄化"。我每次都在心中暗恨这小山野草之多。后来不知由于什么原因，把山堆高了一两米。这样一来，山就颇有一点山势了。东头的苍松，西头的翠柏，都仿佛恢复了青春，一年四季，郁郁葱葱。中间一棵榆树，从树龄来看，只能算是松柏的曾孙，然而也枝干繁茂，高枝直刺入蔚蓝的晴空。

我不记得从什么时候起我注意到小山上的二月兰。这种野花开花大概也有大年小年之别的。碰到小年，只在小山前后稀疏地开上那么几片。遇到大年，则山前山后开成大片。二月兰仿佛发了狂。我们常讲什么什么花"怒放"，这个"怒"字下得真是无比地奇妙。二月兰一"怒"，仿佛从土地深处吸来了一股原始力量，一定要把花开遍大千世界，紫气直冲云霄，连宇宙都仿佛变成紫色的了。

东坡的词说："人有悲欢离合，月有阴晴圆缺，此事古难全。"但是花们好像是没有什么悲欢离合。应该开时，它们就开。该消失时，它们就消失。它们是"纵浪大化中"，一切顺其自然，自己无所谓什么悲与喜。我的二月兰就是这个样子。

然而，人这个万物之灵却偏偏有了感情，有了感情就有了悲欢。这真是多此一举，然而没有法子。人自己多情，又把情移到花，"泪眼问花花不语"，花当然"不语"了。如果花真"语"起来，岂不吓坏了人！这些道理我十分明白。然而我仍然把自己的悲欢挂到了二月兰上。

当年老祖还活着的时候，每到春天二月兰开花的时候，她往往拿一把小铲，带一个黑书包，到成片的二月兰旁青草丛里去搜挖荠菜。只要看到她的身影在二月兰的紫雾里晃动，我就知道在午餐或晚餐的餐桌上必然弥漫着荠菜馄饨的清香。当婉如还活着的时候，她每次回家，只要二月兰还在开花，她离开时，她总穿过左手是二月兰的紫雾，右手是湖畔垂柳的绿烟，匆匆忙忙走去，把我的目光一直带到湖对岸的拐弯处。当小保姆杨莹还在我家时，她也同小山和二月兰结上了缘。我曾套清词写过三句话："午静携侣寻野菜，黄昏抱猫向夕阳，当时只道是寻常。"我的小猫虎子和咪咪还在世的时候，我也往往在二月兰丛里看到她们：一黑一白，在紫色中格外显眼。

所有这些琐事都是寻常到不能再寻常了。然而，曾几何时，到了今天，老祖和婉如已经永远永远地离开了我们。小莹也回了山东老家。至于虎子和咪咪也各自遵循猫的规律，不知钻到了燕园中哪一个幽暗的角落里，等待死亡的到来。老祖和婉如的走，把我的心都带走了。虎子和咪咪我也忆念难忘。如今，天地虽宽，阳光虽照样普照，我却感到无边的寂寥与凄凉。回忆这些往事，如云如烟，原来是近在眼前，如今却如蓬莱灵山，可望而不可即了。

对于我这样的心情和我的一切遭遇，我的二月兰一点也无动于衷，照样自己开花。今年又是二月兰开花的大年。在校园里，眼光所到之处，无不有二月兰在。宅旁，篱下，林中，山头，土坡，湖边，只要有空隙的地方，都是一团紫气，间以白雾。小花开得淋漓尽致，气势非凡，紫气直冲霄汉，连宇宙都仿佛变成紫色的了。

这一切都告诉我，二月兰是不会变的，世事沧桑，于她如浮云。然而我却是在变的，月月变，年年变。我想以不变应万变，然而办不到。我想学习二月兰，然而办不到。不但如此，她还硬把我的记忆牵回到我一生最倒霉的时候。在"十年浩劫"中，我自己跳出来反对北大那一位"老佛爷"，被抄家，被打成了"反革命"。正是在二月兰开花的时候，我被管制劳动改造。有很长一段时间，我每天到一个地方去捡破砖碎瓦，还随时准备着被红卫兵押解到什么地方去"批斗"，坐喷气式，还要挨上一顿揍，打得鼻青脸肿。可是在砖瓦缝里二月兰依然开放，怡然自得，笑对春风，好像是在嘲笑我。

我当时日子实在非常难过。我知道正义是在自己手中，可是是非颠倒，人妖难分，我呼天天不应，叫地地不答，一腔义愤，满腹委屈，毫无生人之趣。在很长一段时间内，我成了"不可接触者"，几年没接到过一封信，很少有人敢同我打个招呼。我虽处人世，实为异类。

然而我一回到家里，老祖、德华她们，在每人每月只能得到恩赐十几元钱生活费的情况下，殚思竭虑，弄一点好吃的东西，希望能给我增加点营养；更重要的恐怕还是，希望能给我增添点生趣。婉如和延宗也尽可能地多回家来。我的小猫憨态可掬，偎依在我的身旁。她们不懂哲学，分不清两类不同性质的矛盾。人视我为异类，她们视我为好友，从来没有表态，要同我划清界限。所有这一些极其平常的琐事，都给我带来了无量的安慰。窗外尽管千里冰封，室内却是暖气融融。我觉得，在世态炎凉中，还有不炎凉者在。这一点暖气支撑着我，走过了人生最艰难的一段路，没有堕入深涧，一直到今天。

我感觉到悲，又感觉到欢。

到了今天，天运转动，否极泰来，不知怎么一来，我一下子成为"极可接触者"。到处听到的是美好的言词，又到处见到的是和悦的笑容。我从内心里感激我这些新老朋友，他们绝对是真诚的。他们鼓励了我，他们启发了我。然而，一回到家里，虽然德华还在，延宗还在，可我的老祖到哪里去了呢？我的婉如到哪里去了呢？还有我的虎子和咪咪一世到哪里去了呢？世界虽照样朗朗，阳光虽照样明媚，我却感觉异样的寂寞与凄凉。

我感觉到欢，又感觉到悲。

我年届耄耋，前面的路有限了。几年前，我写过一篇短文，叫《老猫》，意思很简明。我一生有个特点：不愿意麻烦人。了解我的人都承认的。难道到了人生最后一段路上我就要改变这个特点吗？不，不，不想改变。我真想学一学老猫，到了大限来临时，钻到一个幽暗的角落里，一个人悄悄地离开人世。

这话又扯远了。我并不认为眼前就有制定行动计划的必要。我还有很多事情要做，而且我的健康情况也允许我去做。有一位青年朋友说我忘记了自己的年龄。这话极有道理。可我并没有全忘。有一个问题我还想弄弄清楚哩。按说我早已到了"悲欢离合总无情"的年龄，应该超脱一点了。然而在离开这个世界以前，我还有一件心事：我想弄清楚，什么叫"悲"？什么又叫"欢"？是我成为"不可接触者"时悲呢？还是成为"极可接触者"时欢？如果没有老祖和婉如的逝世，这问题本来是一清二白的。现在却是悲欢难以分辨了。我想得到答复。我走上了每天必登临几次的小山。我问苍松，苍松不语。我问翠柏，翠柏不答。我问三十多年来亲眼目睹我这些悲欢离合的二月兰，她也沉默不语，兀自万朵怒放，笑对春风，紫气直冲霄汉。

1993 年 6 月 11 日写完

我的书斋

最近身体不太好。内外夹攻，头绪纷繁，我这已届耄耋之年的神经有点吃不消了。于是下定决心，暂且封笔。乔福山同志打来电话，约我写点什么，我遵照自己的决心，婉转拒绝。但一听说题目是《我的书斋》，于我心有戚戚焉，立即精神振奋，暂停决心，拿起笔来。

我确实有个书斋，我十分喜爱我的书斋。这个书斋是相当大的，大小房间，加上过厅、厨房，还有封了顶的阳台，大大小小，共有八个单元。册数从来没有统计过，总有几万册吧。在北大教授中，"藏书状元"我恐怕是当之无愧的。而且在梵文和西文书籍中，有一些堪称海内孤本。我从来不以藏书家自命，然而坐拥如此大的书城，心里能不沾沾自喜吗？

我的藏书都像是我的朋友，而且是密友。我虽然对它们并不是每一本都认识，它们中的每一本却都认识我。我每一走进我的书斋，书籍们立即活跃起来，我仿佛能听到它们向我问好的声音，我仿佛能看到它们向我招手的情景。倘若有人问我，书籍的嘴在什么地方？而手又在什么地方呢？我只能说："你的根器太浅，努力修持吧。有朝一日，你会明白的。"

我兀坐在书城中，忘记了尘世的一切不愉快的事情，怡然自得。以世界之广，宇宙之大，此时却仿佛只有我和我的书友存在。窗外潀潀碧水，丝丝垂柳，阳光照在玉兰花的肥大的绿叶子上，这都是我平常最喜爱的东西，现在也都视而不见了。连平常我喜欢听的鸟鸣声"光棍儿好过"，也听而不闻了。

我的书友每一本都蕴涵着无量的智慧。我只读过其中的一小部分，这智慧我是能深深体会到的。没有读过的那一些，好像也不甘落后，它们不知道是施展一种什么神秘的力量，把自己的智慧放了出来，像波浪似涌向我来。可惜我还没有修炼到能有"天眼通"和"天耳通"的水平，我还无法接受这些智慧之流。如果能接受的话，我将成为世界上古往今来最聪明的人。我自己也去努力修持吧。

我的书友有时候也让我窘态毕露。我并不是一个不爱清洁和秩序的人；但是，因为事情头绪太多，脑袋里考虑的学术问题和写作问题也不少，而且每天都收到大量的寄来的书籍和报刊杂志以及信件，转瞬之间就摞成一摞。在这样的情况下，如果我需要一本书，往往是遍寻不得，"只在此屋中，书深不知处"，急得满头大汗，也是枉然。只好到图书馆去借。等我把文章写好，把书送还图书馆后，无意之间，在一摞书中，竟找到了我原来要找的书，"得来全不费工夫"。然而晚了，工夫早已费过了。我啼笑皆非，无可奈何，等到用另外一本书时，再重演一次这出喜剧。我知道，我要寻找的书友，看到我急得那般模样，会大声给我打招呼的；但是喊破了嗓子，也无济于事，我还没有修持到能听懂书的语言的水平。我还要加倍努力去修持。我有信心，将来一定能获得真正的"天眼通"和"天耳通"。只要我想要哪一本书，那一本书就会自己报出所在之处，我一伸手，便可拿到，如探囊取物。这样一来，文思就会像泉水般地喷涌，我的笔变成了生花妙笔，写出来的文章会成为天下之至文。到了那时，我的书斋里会充满了没有声音的声音，布满了没有形象的形象。我同我的书友们能够自由地互通思想，交流感情。我的书斋会成为宇宙间第一神奇的书斋，岂不猗欤休哉！

我盼望有这样一个书斋。

1993 年 6 月 22 日

忘

　　记得曾在什么地方听过一个笑话：一个人善忘。一天，他到野外去出恭。任务完成后，却找不到自己的腰带了。出了一身汗，好歹找到了，大喜过望，说道："今天运气真不错，平白无故地捡了一条腰带！"一转身，不小心，脚踩到了自己刚才拉出来的屎堆上。于是勃然大怒："这是哪一条混帐狗在这里拉了一泡屎？"

　　这本来是一个笑话，在我们现实生活中，未必会有的。但是，人一老，就容易忘事糊涂，却是经常见到的事。

　　我认识一位著名的画家，本来是并不糊涂的。但是，年过八旬以后，却慢慢地忘事糊涂起来。我们将近半个世纪以前就认识了，颇能谈得来，而且平常也还是有些接触的。然而，最近几年来，每次见面，他把我的尊姓大名完全忘了。从眼镜后面流出来的淳朴宽厚的目光，落到我的脸上，其中饱含着疑惑的神气。我连忙说："我是季羡林，是北京大学的。"他点头称是。但是，过了没有五分钟，他又问我："你是谁呀？"我敬谨回答如上。在每一次会面中，尽管时间不长，这样尴尬的局面总会出现几次。我心里想：老友确是老了！

有一年，我们邂逅在香港。一位有名的企业家设盛筵，宴嘉宾。香港著名的人物参加者为数颇多，比如饶宗颐、邵逸夫、杨振宁等先生都在其中。宽敞典雅、雍容华贵的宴会厅里，一时珠光宝气，璀璨生辉，可谓极一时之盛。至于菜肴之精美，服务之周到，自然更不在话下了。我同这一位画家老友都是主宾，被安排在主人座旁。但是正当觥筹交错，逸兴遄飞之际，他忽然站了起来，转身要走，他大概认为宴会已经结束，到了拜拜的时候了。众人愕然，他夫人深知内情，赶快起身，把他拦住，又拉回到座位上，避免了一场尴尬的局面。

　　前几年，中国敦煌吐鲁番学会在富丽堂皇的北京图书馆的大报告厅里举行年会。我这位画家老友是敦煌学界的元老之一，获得了普遍的尊敬。按照中国现行的礼节，必须请他上主席台并且讲话。但是，这却带来了困难。像许多老年人一样，他脑袋里刹车的部件似乎老化失灵。一说话，往往像开汽车一样，刹不住车，说个不停，没完没了。会议是有时间限制的，听众的忍耐也决非无限。在这危难之际，我同他的夫人商议，由她写一个简短的发言稿，往他口袋里一塞，叮嘱他念完就算完事，不悖行礼如仪的常规。然而他一开口讲话，稿子之事早已忘入九霄云外。看样子是打算从盘古开天辟地讲起。照这样下去，讲上几千年，也讲不到今天的会。到了听众都变成了化石的时候，他也许才讲到春秋战国！我心里急如热锅上的蚂蚁，忽然想到：按既定方针办。我请他的夫人上台，从他的口袋掏出了讲稿，耳语了几句。他恍然大悟，点头称是，把讲稿念完，回到原来的座位。于是一场惊险才化险为夷，皆大欢喜。

我比这位老友小六七岁。有人赞我耳聪目明，实际上是耳欠聪，目欠明。如人饮水，冷暖自知，其中滋味，实不足为外人道也。但是，我脑袋里的刹车部件，虽然老化，尚可使用。再加上我有点自知之明，我的新座右铭是：老年之人，刹车失灵，戒之在说。一向奉行不违，还没有碰到下不了台的窘境。在潜意识中颇有点沾沾自喜了。

然而我的记忆机构也逐渐出现了问题。虽然还没有达到画家老友那样"神品"的水平，也已颇有可观。在这方面，我是独辟蹊径，创立了有季羡林特色的"忘"的学派。

我一向对自己的记忆力，特别是形象的记忆，是颇有一点自信的。四五十年前，甚至六七十年前的一个眼神，一个手势，至今记忆犹新，召之即来，显现在眼前，耳旁，如见其形，如闻其声，移到纸上，即成文章。可是，最近几年以来，古旧的记忆尚能保存，对眼前非常熟的人，见面时往往忘记了他的姓名。在第一瞥中，他的名字似乎就在嘴边，舌上。然而一转瞬间，不到十分之一秒，这个呼之欲出的姓名，就蓦地隐藏了起来，再也说不出了。说不出，也就算了，这无关宇宙大事，国家大事，甚至个人大事，完全可以置之不理的。而且脑袋里像电灯似的断了的保险丝，还会接上的。些许小事，何必介意？然而不行，它成了我的一块心病。我像着了魔似的，走路，看书，吃饭，睡觉，只要思路一转，立即想起此事。好像是，如果想不出来，自己就无法活下去，地球就停止了转动。我从字形上追忆，没有结果；我从发音上追忆，结果杳然。最怕半夜里醒来，本来睡得香香甜甜，如果没有干扰，保证一夜幸福。然而，像电光石火一闪，名字问题又浮现出来。古人常说的平旦之气，是非常美妙的，然而此时却美妙不起来了。我辗转反侧，瞪着眼一直瞪到天亮。其苦味实不足为外人道也。但是，不知道是哪一位神灵保佑，脑袋又像电光石火似的忽然一闪，他的姓名一下子出现了。古人形容快乐常说"洞房花烛夜，金榜题名时"，差可同我此时的心情相比。

这样小小的悲喜剧，一出刚完，又会来第二出，有时候对于同一个人的姓名，竟会上演两出这样的戏。而且出现的频率还是越来越多。自己不得不承认，自己确实是老了。郑板桥说："难得糊涂。"对我来说，并不难得，我于无意中得之，岂不快哉！

然而忘事糊涂就一点好处都没有吗？

我认为，有的，而且很大。自己年纪越来越老，对于"忘"的评价却越来越高，高到了宗教信仰和哲学思辨的水平。苏东坡的词说："人有悲欢离合，月有阴晴圆缺，此事古难全。"他是把悲和欢，离和合并提。然而古人说：不如意事常八九。这是深有体会之言。悲总是多于欢，离总是多于合，几乎每个人都是这样。如果造物主——如果真有的话——不赋予人类以"忘"的本领——我宁愿称之为本能——，那么，我们人类在这么多的悲和离的重压下，能够活下去吗？我常常暗自胡思乱想：造物主这玩意儿（用《水浒》的词儿，应该说是"这话儿"）真是非常有意思。他（她？它？）既严肃，又油滑；既慈悲，又残忍。老子说："天地不仁，以万物为刍狗。"这话真说到了点子上。人生下来，既能得到一点乐趣，又必须忍受大量的痛苦，后者所占的比重要多得多。如果不能"忘"，或者没有"忘"这个本能，那么痛苦就会时时刻刻都新鲜生动，时时刻刻像初产生时那样剧烈残酷地折磨着你。这是任何人都无法忍受下去的。然而，人能"忘"，渐渐地从剧烈到淡漠，再淡漠，再淡漠，终于只剩下一点残痕；有人，特别是诗人，甚至爱抚这一点残痕，写出了动人心魄的诗篇，这样的例子，文学史上还少吗？

因此，我必须给赋予我们人类"忘"的本能的造化小儿大唱赞歌。试问，世界上哪一个圣人、贤人、哲人、诗人、阔人、猛人、这人、那人，能有这样的本领呢？

我还必须给"忘"大唱赞歌。试问：如果人人一点都不忘，我们的世界会成什么样子呢？

遗憾的是，我现在尽管在"忘"的方面已经建立了有季羡林特色的学派，可是自谓在这方面仍是钝根。真要想达到我那位画家朋友的水平，仍须努力。如果想达到我在上面说的那个笑话中人的境界，仍是可望而不可即。但是，我并不气馁，我并没有失掉信心，有朝一日，我总会达到的。勉之哉！勉之哉！

1993 年 7 月 6 日

也谈叶公超先生二三事

　　读了本报 1993 年 8 月 11 日《文学》王辛笛师弟（恕我狂妄，以兄自居，辛笛在清华确实比我晚一级）的《叶公超先生二三事》，顿有所感，也想来凑凑热闹，谈点公超先生的事儿。

　　但是，我对公超先生的看法，同辛笛颇有不同，因此，必须先说明几句。在背后，甚至在死后议论老师的长短，有悖于中国传统的尊师之道。不过，我个人觉得，我的议论，尽管难免有点苛求，却完全是善意的，甚至是充满了感情的。我为什么这样说呢？这里要交代一点时代背景。

　　老清华人都知道，在三十年代，清华大学同别的大学稍有不同，用通俗的话来说，就是有点"洋气"，学生在校刊上常常同老师开点小玩笑，饶有风趣而无伤大雅。师不以为忤，生以此为乐。这样做，不但没有伤害了师生关系，好像更缩短了师生的距离，感情更融洽。

　　这样说，有点空洞。我举两个例子。第一个是吴雨僧（宓）先生。他为人正直，古貌古心，但颇有一些"绯闻"。他有一首诗，一开始两句是："吴宓苦爱×××（原文如此），三洲人士共惊闻。"当时不能写出真姓名，但是从押韵上来看，真是呼之欲出。×××者，毛彦文也。雨僧先生还有一组诗，名曰《空轩十二首》，最初是在"中西诗之比较"课堂上发给我们的。据说每一首影射一位女子，真假无所考。校刊上把第一首今译为：

> 一见亚北貌似花，
> 顺着秫秸往上爬。
> 单独进攻忽失利，
> 跟踪钉梢也挨刷。

下面三句忘了。最后一句是：

> 椎心泣血叫妈妈。

"亚北"者，欧阳也，是外文系一位女生的姓。这一个今译本在学生中传诵，所以时隔六十年，我仍然能回忆起来。然而雨僧先生却泰然处之。

第二个例子是俞平伯先生。他是著名的诗人、散文家、红学专家。在清华时，我曾旁听过他讲唐宋诗词的课。大家都知道，他家学渊源，是国学大师俞樾的孙子或曾孙，自己能写诗，善填词。他讲诗词当然很有吸引力。在课堂上他选出一些诗词，自己摇头晃脑而朗诵之。有时闭上了眼睛，仿佛完全沉浸于诗词的境界中，遗世而独立。他蓦地睁大了眼睛，连声说："好！好！好！就是好！"学生正在等他解释好在何处，他却已朗诵起第二首诗词来了。昔者晋人见好山水，便连声唤"奈何！奈何！"仔细想来，这是最好的赞美方式。因为，一落言筌，便失本意，反不如说上几句"奈何!"更具有启发意义。平伯先生的"就是好!"可以与此等量齐观。就是这位平伯先生,有一天忽然剃光了脑袋。这在当时学生和教授中都是从来没有见过的。于是轰动了全校。校刊上立即出现了俞先生出家当和尚的特大新闻。在众目睽睽之下,平伯先生怡然自得,泰然处之。他光着个脑袋,仍然在课堂上高喊:"好!好!就是好!"

举完了两个例子,现在再谈叶公超先生。

我在清华读的是外国语言文学系。虽然专门化(specialized)是德文,不过表示我读了一至四年德文;实际上仍以英文为主,教授不分中西讲课都用英语,连德文也不例外。第一年英文,教授就是叶公超先生,用的课本是英国女作家 Jane Austen 的 *Pride and Prejudice*。公超先生教学法非常奇特。他几乎从不讲解,一上堂,就让坐在前排的学生,由左到右,依次朗读原文,到了一定段落,他大声一喊:"Stop!"问大家有问题没有。没人回答,就让学生依次朗读下去,一直到下课。学生摸出了这个规律,谁愿意朗读,就坐在前排,否则往后坐。有人偶尔提一个问题,他断喝一声:"查字典去!"这一声狮子吼有大威力,从此天下太平,宇域宁静,相安无事,转瞬过了一年。

公超先生很少着西装,总是绸子长衫,冬天则是绸缎长袍或皮袍,下面是绸子棉裤,裤腿用丝带系紧,丝带的颜色与裤子不同,往往是颇为鲜艳的,作蝴蝶结状,随着步履微微抖动翅膀,用现在的话来说,就是非常"潇洒"。先生的头发,有的时候梳得光可鉴人,有的时候又蓬松似秋后枯草。他顾盼自嬉,怡然自得,学生们窃窃私议:先生是在那里学名士。

谈到名士，中国分为真假两类。"是真名士自风流"，什么叫"真名士"呢？什么又叫假名士呢？理论上不容易说清楚。我想，只要拿前面说到的俞平伯先生同叶公超先生一比，泾渭立即分明。大家一致的意见是，俞是真名士，而叶是假装的名士。前者直率天成，一任自然；后者则难免有想引起"轰动效应"之嫌。《世说新语》常以一句话或一件事，定人们的高下优劣。我们现在也从这一件事定二位的高下。

我想就以此为起点来谈公超先生的从政问题。辛笛说："在旧日师友之间，我们常常为公超先生在抗战期间由西南联大弃教从政，深致惋叹，既为他一肚皮学问可惜，也都认为他哪里是个旧社会中做官的材料，却就此断送了他十三年教学的菁莪生涯，这真是一个时代错误。"我的看法同辛笛大异其趣。根据我个人在同俞平伯先生对比中所得到的印象，我觉得，公超先生确是一个做官的材料。你能够想象俞平伯先生做官的样子吗？

说到学问，公超先生是有一肚皮的。他人很聪明，英文非常好。在清华四年中，我同他接触比较多。我早年的那一篇散文《年》就是得到了他的垂青，推荐到《学文》上去发表的。他品评这篇文章时说："你写的不仅仅是个人的感受，而是'普遍的意识'（这是他的原话）。"我这篇散文的最后一句话是："一切都交给命运去安排吧！"这就被当时的左派刊物抓住了辫子，大大地嘲笑了一通没落的教授阶级垂死的哀鸣。我当时是一个穷学生，每月六元的伙食费还要靠故乡县衙门津贴，我哪里有资格代表什么没落的教授阶级呢？

不管怎样，我是非常感激公超先生的。我一生喜好舞笔弄墨，年届耄耋，仍乐此不疲。这给我平淡枯燥的生活抹上了一点颜色，增添了点情趣，难道我能够忘记吗？在这里我要感谢两位老师：一个高中时期的董秋芳（冬芬）先生，一个就是叶公超先生。如果再加上一位的话，那就是郑振铎先生。

　　我继承了"清华精神"写了这篇短文。虽对公超先生似有不恭，实则我是满怀深情地讲出了六十年前的感觉。想公超先生在天之灵必不以为忤，而辛笛师弟更不会介意的。

1993 年 10 月 3 日

我爱北京的小胡同

    我爱北京的小胡同，北京的小胡同也爱我，我们已经结下了永恒的缘分。

    六十多年前，我到北京来考大学，就下榻于西单大木仓里面一条小胡同中的一个小公寓里。白天忙于到沙滩北大三院去应试。北大与清华各考三天，考得我焦头烂额，精疲力尽；夜里回到公寓小屋中，还要忍受臭虫的围攻，特别可怕的是那些臭虫的空降部队，防不胜防。

    但是，我们这一帮山东来的学生仍然能够苦中作乐。在黄昏时分，总要到西单一带去逛街。街灯并不辉煌，"无风三尺土，有雨一街泥"，也会令人不快。我们却甘之若饴。耳听铿锵清脆、悠扬有致的京腔，如闻仙乐。此时鼻管里会蓦地涌入一股幽香，是从路旁小花摊上的栀子花和茉莉花那里散发出来的。回到公寓，又能听到小胡同中的叫卖声："驴肉！驴肉！""王致和的臭豆腐！"其声悠扬、深邃，还含有一点凄清之意。这声音把我送入梦中，送到与臭虫搏斗的战场上。

    将近五十年前，我在欧洲呆了十年多以后，又回到了故都。这一次是住在东城的一条小胡同里：翠花胡同，与南面的东厂胡同为邻。我住的地方后门在翠花胡同，前门则在东厂胡同，据说就是明朝的特务机关东厂所在地，是折磨、囚禁、拷打、杀害所谓"犯人"的地方，冤死之人极多，他们的鬼魂据说常出来显灵。我是不相信什么鬼怪的，我感兴趣的不是什么鬼怪显灵，而是这一所大房子本身。它地跨两个胡同，其大可知。里面重楼复阁，回廊盘曲，院落错落，花园重叠，一个陌生人走进去，必然是如入迷宫，不辨东西。

然而，这样复杂的内容，无论是从前面的东厂胡同，还是从后面的翠花胡同，都是看不出来的。外面十分简单，里面十分复杂；外面十分平凡，里面十分神奇。这是北京许多小胡同共有的特点。

据说当年黎元洪大总统在这里住过。我住在这里的时候，北大校长胡适住在黎住过的房子中。我住的地方仅仅是这个大院子中的一个旮旯，在西北角上。但是这个旮旯也并不小，是一个三进的院子，我第一次体会到"庭院深深深几许"的意境。我住在最深一层院子的东房中，院子里摆满了汉代的砖棺。这里本来就是北京的一所"凶宅"，再加上这些棺材，黄昏时分，总会让人感觉到鬼影憧憧，毛骨悚然。所以很少有人敢在晚上来拜访我。我每日"与鬼为邻"，倒也过得很安静。

第二进院子里有很多树木，我最初没有注意是什么树。有一个夏日的晚上，刚下过一阵雨，我走在树下，忽然闻到一股幽香。原来这些是马缨花树，现在树上正开着繁花，幽香就是从这里散发出来的。

这一下子让我回忆起十几年前西单的栀子花和茉莉花的香气。当时我是一个十九岁的大孩子，现在成了中年人。相距将近二十年的两个我，忽然融合到一起来了。

　　不管是六十多年，还是五十年，都成为过去了。现在北京的面貌天天在改变，层楼摩天，国道宽敞。然而那些可爱的小胡同，却日渐消逝，被摩天大楼吞噬掉了。看来在现实中小胡同的命运和地位都要日趋消沉，这是不可抗御的，也不一定就算是坏事。可是我仍然执着地关心我的小胡同。就让它们在我的心中占一个地位吧，永远，永远。

　　我爱北京的小胡同，北京的小胡同也爱我。

1993 年 10 月 25 日

何仙槎（思源）先生与
山东教育

　　年纪大一点的山东老乡和北京人大概都还能记得何仙槎先生这个名字。他当过山东教育厅长和北平市长。

　　1929年，我在山东省立济南高中读书，他当时是教育厅长。在学生眼中，那是一个大官。有一天，他忽然在校长的陪同下，走到了极为拥挤和简陋的学生宿舍里去。这颇引起了一阵轰动。时隔六十年，今天回忆起来，当时情景栩栩如在眼前。

　　到了1935年，我在母校当了一年国文教员之后，考取了清华大学与德国的交换研究生。我一介书生，囊内空空，付不起赴德的路费。校长宋还吾老师慨然带我到教育厅去谒见何思源厅长。没等我开口，他已早知我的目的，一口回绝。我有一个致命的缺点（？）：脸皮太薄，不善于求人，只好唯唯而退。宋校长责怪我太老实。我天生是一个上不得台盘的人，脱胎换骨，一时难成，有什么办法呢？

　　再见到何思源先生，那已经是十五六年以后"天翻地覆慨而慷"的时候了。解放初期，北京山东中学校董会又开始活动，我同何都是校董。此时他早已卸任北平市长，在傅作义将军围城期间，何仙槎先生冒生命危险同一些人出城，同八路军谈判，和平解放北平，为人民立下了功勋。人民给了他回报，除了一些别的职务以外，他还当了山东中学校董。此时，我们之间已经没有什么距离，他也已工农化得颇为可观。最显眼的是抽烟用小烟袋，一副老农模样。校董开会时，我故意同他开玩笑，说到他当厅长时我去求帮的情景。彼此开怀大笑，其乐融融。

说句老实话，何仙槎先生对于山东教育是有功的。北伐成功后，山东省主席几易其人，从国民党的陈调元一直到割据军阀韩复榘，而他这教育厅长却稳坐钓鱼船。学生称他是"五朝元老"，微涵不恭之意。然而平心论之，如果没有他这个"五朝元老"，山东教育将会变成什么样子？难道不让人不寒而栗吗？陈调元、韩复榘这一帮人是极难对付的。他们手下都有一帮人，唱丑、唱旦、帮闲、篾片、清客、讨饭、喽啰、吹鼓手，一应俱全。教育厅长，虽非肥缺，然而也是全省几大员之一，他们怎么肯让同自己毫无瓜葛的人充当"五朝元老"呢？大概北大毕业生、美国哥伦比亚大学的金招牌镇住了他们，不得不尔。像韩复榘这样土匪式的人物，胸无点墨，杀人不眨眼，民间流传着许多笑话，说他反对"靠左边走"，原因是"都走左边，谁走右边呢"？何思源能同他们周旋，其中滋味，恐怕是"不足为外人道也"。然而，山东教育经费始终未断，教育没有受到破坏。仙槎先生应该说是为人民立了功。

总之，我认为，我们今天纪念何思源先生是完全应该的。

1993 年 11 月 25 日

怀念乔木

　　乔木同志离开我们已经一年多了。我曾多次想提笔写点怀念的文字，但都因循未果。难道是因为自己对这一位青年时代的朋友感情不深、怀念不切吗？不，不，决不是的。正因为我怀念真感情深，我才迟迟不敢动笔，生怕亵渎了这一份怀念之情。到了今天，悲思已经逐步让位于怀念，正是非动笔不行的时候了。

　　我认识乔木是在清华大学。当时我不到二十岁，他小我一年，年纪更轻。我念外语系而他读历史系。我们究竟是怎样认识的，现在已经回忆不起来。总之我们认识了。当时他正在从事反国民党的地下活动（后来他告诉我，他当时还不是党员）。他创办了一个工友子弟夜校，约我去上课。我确实也去上了课，就在那一座门外嵌着"清华学堂"的高大的楼房内。有一天夜里，他摸黑坐在我的床头上，劝我参加革命活动。我虽然痛恶国民党，但是我觉悟低，又怕担风险。所以，尽管他苦口婆心，反复劝说，我这一块顽石愣是不点头。我仿佛看到他的眼睛在黑暗中闪光。最后，听他叹了一口气，离开了我的房间。早晨，在盥洗室中我们的脸盆里，往往能发现革命的传单，是手抄油印的。我们心里都明白，这是从哪里来的。但是没有一个人向学校领导去报告。从此相安无事，一直到一两年后，乔木为了躲避国民党的迫害，逃往南方。

此后，我在清华毕业后教了一年书，同另一个乔木（乔冠华，后来号"南乔木"，胡乔木号"北乔木"）一起到了德国，一住就是十年。此时，乔木早已到了延安，开始他那众所周知的生涯。我们完全走了两条路，恍如云天相隔，"世事两茫茫"了。

等到我于 1946 年回国的时候，解放战争正在激烈进行。到了 1949 年，解放军终于开进了北京城。就在这一年的春夏之交，我忽然接到一封从中南海寄出来的信。信开头就说："你还记得当年在清华时一个叫胡鼎新的同学吗？那就是我，今天的胡乔木。"我当然记得的，一缕怀旧之情蓦地萦上了我的心头。他在信中告诉我说，现在形势顿变，国家需要大量的研究东方问题、通东方语文的人才。他问我是否同意把南京东方语专、中央大学边政系一部分和边疆学院合并到北大来。我同意了。于是有一段时间，东语系是全北大最大的系。原来只有几个人的系，现在顿时熙熙攘攘，车马盈门，热闹非凡。

记得也就是在这之后不久，乔木到我住的翠花胡同来看我。一进门就说："东语系马坚教授写的几篇文章：《穆罕默德的宝剑》、《回教徒为什么不吃猪肉?》等，毛先生很喜欢，请转告马教授。"他大概知道，我们不习惯于说"毛主席"，所以用了"毛先生"这一个词儿。我当时就觉得很新鲜，所以至今不忘。

到了1951年，我国政府派出了建国后第一个大型的出国代表团：赴印缅文化代表团。乔木问我愿不愿参加，我当然非常愿意。我研究印度古代文化，却没有到过印度，这无疑是一件憾事。现在天上掉下来一个良机，可以弥补这个缺憾了。于是我畅游了印度和缅甸，留下了毕生难忘的印象。这当然要感谢乔木。

但是，我是一个上不得台盘的人，我很怕见官。两个乔木都是我的朋友，现在都当了大官。我本来就不喜欢拜访人，特别是官，不管是多熟的朋友，也不例外。解放初期，我曾请南乔木乔冠华给北大学生做过一次报告。记得送他出来的时候，路上遇到艾思奇，他们俩显然很熟识。艾说："你也到北大来老王卖瓜了！"乔说："只许你卖，就不许我卖吗？"彼此哈哈大笑。从此我就再没有同乔冠华打交道。同北乔木也过从甚少。

说句老实话，我这两个朋友，南北两乔木都没有官架子。我最讨厌人摆官架子，然而偏偏有人爱摆。这是一种极端的低级趣味的表现。我的政策是：先礼后兵。不管你是多么大的官，初见面时，我总是彬彬有礼。如果你对我稍摆官谱，从此我就不再理你，见了面也不打招呼。知识分子一向是又臭又硬的，反正我决不想往上爬，我完全无求于你，你对我绝对无可奈何。官架子是抬轿子的人抬出来的。如果没有人抬轿子，架子何来？因此我憎恶抬轿子者胜于坐轿子者。如果有人说这是狂狷，我也只等秋风过耳边。

但是，乔木却决不属于这一类的官。他的官越做越大，地位越来越高，被誉为"党内的才子"、"大手笔"，俨然执掌意识形态大权，名满天下。然而他并没有忘掉故人。特别是"文化大革命"以后，我们都有独自的经历。我们虽然没有当面谈过，但彼此心照不宣。他到我家来看过我。他的家我却是一次也没有去过。什么人送给他了上好的大米，他也要送给我一份。他到北戴河去休养，带回来了许多个儿极大的海螃蟹，也不忘记送我一筐。他并非百万富翁，这些可能都是他自己出钱买的。按照中国老规矩：来而不往，非礼也。投桃报李，我本来应该回报点东西的，可我什么吃的东西也没有送给乔木过。这是一种什么心理呢？我自己并不清楚。难道是中国旧知识分子，优秀的知识分子那种传统心理在作怪吗？

　　1986 年冬天，北大的学生有一些爱国活动，有一点"不稳"。乔木大概有点着急。有一天他让我的儿子告诉我，他想找我谈一谈，了解一下真实的情况。但他不敢到北大来，怕学生们对他有什么行动，甚至包围他的汽车，问我愿不愿意到他那里去。我答应了。于是他把自己的车派来，接我和儿子、孙女到中南海他住的地方去。外面刚下过雪，天寒地冻。他住的房子极高极大，里面温暖如春。他全家人都出来作陪。他请他们和我的儿子、孙女到另外的屋子里去玩，只留我们两人，促膝而坐。开宗明义，他先声明："今天我们是老友会面。你眼前不是政治局委员，书记处书记，而是六十年来的老朋友。"我当然完全理解他的意思，把我对青年学生的看法，竹筒倒豆子，和盘倒出，毫不隐讳。我们谈了一个上午，只是我一个人说话。我说的要旨其实非常简明：

青年学生是爱国的。在上者和年长者唯一正确的态度是理解与爱护，诱导与教育。个别人过激的言行可以置之不理。最后，乔木说话了：他完全同意我的看法，说是要把我的意见带到政治局去。能得到乔木的同意，我心里非常痛快。他请我吃午饭。他们全家以夫人谷羽同志为首和我们祖孙三代围坐在一张非常大的圆桌旁。让我吃惊的是，他们吃得竟是这样菲薄，与一般人想象的什么山珍海味、燕窝、鱼翅，毫不沾边儿。乔木是一个什么样的官儿，也就一清二楚了。

有一次，乔木想约我同他一起到甘肃敦煌去参观。我委婉地回绝了。并不是我不高兴同他一起出去，我是很高兴的。但是，一想到下面对中央大员那种逢迎招待、曲尽恭谨之能事的情景，一想到那种高楼大厦、扈从如云的盛况，我那种上不得台盘的老毛病又发作了，我感到厌恶，感到腻味，感到不能忍受。眼不见为净，还是老老实实地呆在家里为好。

最近几年以来，乔木的怀旧之情好像愈加浓烈。他曾几次对我说："老朋友见一面少一面了！"我真是有点惊讶。我比他长一岁，还没有这样的想法哩。但是，我似乎能了解他的心情。有一天，他来北大参加一个什么展览会。散会后，我特意陪他到燕南园去看清华老同学林庚。从那里打电话给吴组缃，电话总是没有人接。乔木告诉我，在清华时，他俩曾共同参加了一个地下革命组织，很想见组缃一面，竟不能如愿，言下极为怏怏。我心里想：这次不行，下次再见嘛。焉知下次竟没有出现。乔木同组缃终于没能见上一面，就离开了人间。这也可以说是抱恨终天吧。难道当时乔木已经有了什么预感吗？

　　他最后一次到我家来，是老伴谷羽同志陪他来的。我的儿子也来了。后来谷羽和我的儿子到楼外同秘书和司机去闲聊。屋里只剩下了我同乔木两人。我一下回忆起几年前在中南海的会面。同一会面，环境迥异。那一次是在极为高大宽敞，富丽堂皇的大厅里。这一次却是在低矮窄小、又脏又乱的书堆中。乔木仍然用他那缓慢低沉的声调说着话。我感谢他签名送给我的诗集和文集。他赞扬我在学术研究中取得的成就，用了几个比较夸张的词儿。我顿时感到惶恐，觳觫不安。我说："你取得的成就比我大得多而又多呀！"对此，他没有多说什么话，只是轻微地叹了一口气，慢声细语地说："那是另外一码事儿。"我不好再说什么了。谈话时间不短了，话好像是还没有说完。他终于起身告辞。我目送他的车转过小湖，才慢慢回家，我哪里会想到，这竟是乔木最后一次到我家里来呢？

　　大概是在前年，我忽然听说：乔木患了不治之症。我大吃一惊，仿佛当头挨了一棍。"斯人也，而有斯疾也。"难道天道真就是这个样子吗？我没有别的办法，只能寄希望于万一。这一次，我真想破例，主动到他家去看望他。但是，儿子告诉我，乔木无论如何也不让我去看他。我只好服从他的安排。要说心里不惦念他，那是根本不可能的。六十多年的老友，世界上没有几个了。

　　时间也就这样过去。去年八九月间，他委托他的老伴告诉我的儿子，要我到医院里去看他。我十分了解他的心情：这是要同我最后诀别了。我怀着沉重的心情，同儿子到了他住的医院里。病房同中南海他的住房同样宽敞高大，但我的心情却无论如何也不能同那一次进中南海相比，我这一次是来同老友诀别的。乔木仰面躺在病床上，嘴里吸着氧气。床旁还有一些点滴用的器械。他看到我来了，显得有点激动，抓住我的手，久久不松开。看来他知道，这是最后一次握老友的手了。但是，他神态是安详的，神志是清明的，一点没有痛苦的表情。他仍然同平常一样慢声慢气地说着话。他曾在《人物》杂志上读过我那《留德十年》的一些篇章。不知道为什么他现在又忽然想了起来，连声说："写得好！写得好！"我此时此刻百感交集，我答应他全书出版后，一定送他一本。我明知道这只不过是空洞的谎言。这种空洞萦绕在我耳旁，使我自己都毛骨悚然。然而我不说这个又能说些什么呢？

这是我同乔木最后一次见面。过了不久，他就离开了人间。按照中国古代一些知识分子的做法，《留德十年》出版以后，我应当到他的坟上焚烧一本，算是送给他那在天之灵。然而，遵照乔木的遗嘱，他的骨灰都已撒到他革命的地方了，连一个骨灰盒都没有留下。他是"赤条条来去无牵挂"。然而，对我这后死者来说，却是极难排遣的。我面对这一本小书，泪眼模糊，魂断神销。

平心而论，乔木虽然表面上很严肃，不苟言笑，他实则是一个正直的人，一个正派的人，一个感情异常丰富的人，一个脱离了低级趣味的人。六十年的宦海风波，他不能无所感受，但是他对我半点也没有流露过。他大概知道，我根本不是此道中人，说了也是白说。在他生前，大陆和香港都有一些人把他封为"左王"，另外一位同志同他并列，称为"左后"。我觉得，乔木是冤枉的。他哪里是那种有意害人的人呢？

我同乔木相交六十年。在他生前，对他我有意回避，绝少主动同他接近。这是我的生性使然，无法改变。他逝世后这一年多以来，不知道是为什么，我倒常常想到他。我像老牛反刍一样，回味我们六十年交往的过程，顿生知己之感。这是我以前从来没有感到过的。现在我越来越觉得，乔木是了解我的。有知己之感是件好事，然而它却加浓了我的怀念和悲哀。这就难说是好是坏了。

随着自己的年龄的增长，我现在越来越觉得，在人世间，后死者的处境是并不美妙的，年岁越大，先他而走的亲友越多，怀念与悲思在他心中的积淀也就越来越厚，厚到令人难以承担的程度。何况我又是一个感情常常超过需要的人，我心里这一份负担就显得更重。乔木的死，无疑又在我的心灵中增加了一份极为沉重的负担。我有没有办法摆脱这一份负担呢？我自己说不出。我怅望窗外皑皑的白雪，我想得很远，很远。

1993 年 11 月 28 日凌晨

咪咪二世

凌晨四时，如在冬天，夜气犹浓，黑暗蔽空。我起床，打开电灯，拉开窗帘，玻璃窗外窗台上两股探照灯似的红光正对准我射过来。我知道，小猫咪咪二世已等我给她开门了。

我连忙拿起手电筒，开门，走到黑暗的楼道里，用电筒对着黑暗的门外闪上两闪。立即有一股白烟似的东西，窜到我的脚下，用浑身白而长的毛蹭我的腿，用嘴咬我的裤腿，用软软的爪子挠我的脚，使我步都迈不开。看样子真好像是多年未见了。实际上昨天晚上我才开门放她出去的。进屋以后，我给她极小一块猪肝或牛肉。她心满意足了，跳上电冰箱的顶，双眼一眯，呼噜呼噜念起经来了。

多少年来，我一日之计就是这样开始的。

咪咪就完了，为什么还要加上"二世"？原来我养过一只纯白的波斯猫。后来寿限已到，不知道寿终什么寝了。她的名字叫咪咪。她的死让我非常悲哀，我发誓要找一只同样毛长尾粗的波斯猫。皇天不负有心人，后来果然找到了。为了区别于她的前任，我仿效秦始皇的办法，命名为"二世"。是不是也蕴含着一点传之万世而无穷的意思呢？没有。咪咪和我都没有秦始皇那样的雄才大略。

　　不管怎样，咪咪二世已经成了我每天的不太多的喜悦的源泉。在白天，我看书写作一疲倦，就往往到楼外小山下池塘边去散一会儿步。这时候，忽然出我意料，又有一股白烟从草丛里，从野花旁，蓦地窜了出来，用长而白的毛蹭我的腿，用嘴咬我的裤腿，用软软的爪子挠我的脚，使我步都迈不开。我努力迈步向前走，她就跟在我身后，陪我散步，山上，池边，我走到哪里，她跟到哪里。据有经验的老人说，只有狗才跟人散步，猫是决不肯干的。可是我们的咪咪二世却敢于打破猫们的旧习，成为猫世界的"叛逆的女性"。于是，小猫跟季羡林散步，就成为燕园的一奇。可惜宣传跟不上；否则，这一奇景将同英国王宫卫队换岗一样，名扬世界了。

1993 年 12 月 13 日

新年抒怀

除夕之夜，半夜醒来，一看表，是一点半钟，心里轻轻地一颤：又过去一年了。

小的时候，总希望时光快快流逝，盼过节，盼过年，盼迅速长大成人。然而，时光却偏偏好像停滞不前，小小的心灵里溢满了忿忿不平之气。

但是，一过中年，人生之车好像是从高坡上滑下，时光流逝得像电光一般，它不饶人，不了解人的心情，愣是狂奔不已。一转眼间，"两岸猿声啼不住，轻舟已过万重山"。滑过了花甲，滑过了古稀，少数幸运者或者什么者，滑到了耄耋之年。人到了这个境界，对时光的流逝更加敏感。年轻的时候考虑问题是以年计，以月计。到了此时，是以日计，以小时计了。

我是一个幸运者或者什么者，眼前正处在耄耋之年。我的心情不同于青年，也不同于中年，纷纭万端，决不是三两句就能说清楚的。我自己也理不出一个头绪来。

过去的一年，可以说是我一生最辉煌的年份之一。求全之毁根本没有，不虞之誉却多得不得了，压到我身上，使我无法消化，使我感到沉重。有一些称号，初戴到头上时，自己都感到吃惊，感到很不习惯。就在除夕的前一天，也就是前天，在解放后第一次全国性的国家图书奖会议上，在改革开放以来十几年的、包括文理法农工医以及军事等等方面的九万多种图书中，在中宣部和财政部的关怀和新闻出版署的直接领导下，经过全国七十多位专家的认真细致的评审，共评出国家图书奖45种。只要看一看这个比例数字，就能够了解获奖之困难。我自始至终参加了评选工作。至于自己同获奖有份，一开始时，我连做梦都没有梦到。然而结果我却有两部书获奖。在小组会上，我曾要求撤出我那一本书，评委不同意。我只能以不投自己的票来处理此事。对这个结果，要说自己不高兴，那是矫情，那是虚伪，为我所不取。我更多地感觉到的是惶恐不安，感觉到惭愧。许多非常有价值的图书，由于种种原因，没能评上，自己却一再滥竽。这也算是一种机遇，也是一种幸运吧。我在这里还要补上一句：在旧年的最后一天的《光明日报》上，我读到老友邓广铭教授对我的评价，我也是既感且愧。

我过去曾多次说到，自己向无大志，我的志是一步步提高的，有如水涨船高。自己决非什么天才，我自己评估是一个中人之才。如果自己身上还有什么可取之处的话，那就是，自己是勤奋的，这一点差堪自慰。我是一个富于感情的人，是一个自知之明超过需要的人，是一个思维不懒惰、脑筋永远不停地转动的人。我得利之处，恐怕也在这里。过去一年中，在我走的道路上，撒满了玫瑰花；到处是笑脸，到处是赞誉。我成为一个"很可接触者"。要了解我过去一年的心情，必须把我的处境同我的性格，同我内心的感情联系在一起。

现在写"新年抒怀"，我的"怀"，也就是我的心情，在过去一年我的心情是什么样子的呢？

首先是，我并没有被鲜花和赞誉冲昏了头脑，我的头脑是颇为清醒的。一位年轻的朋友说，我似乎忘记了自己的年龄。这只是一个表面现象。尽管从表面上来看，我似乎是朝气蓬勃，在学术上野心勃勃，我揽的工作远远超过一个耄耋老人所能承担的，我每天的工作量在同辈人中恐怕也居上乘。但是我没有忘乎所以，我并没有忘记自己的年龄。在友朋欢笑之中，在家庭聚乐之中，在灯红酒绿之时，在奖誉纷至沓来之时，我满面含笑，心旷神怡，却蓦地会在心灵中一闪念："这一出戏快结束了！"我像撞客的人一样，这一闪念紧紧跟随着我，我摆脱不掉。

是我怕死吗？不，不，决不是的。我曾多次讲过：我的性命本应该在"十年浩劫"中结束的。在比一根头发丝还细的偶然性中，我侥幸活了下来。从那以后，我所有的寿命都是白拣来的；多活一天，也算是"赚"了。而且对于死，我近来也已形成了一套完整的看法："应尽便须尽，无复独多虑。"死是自然规律，谁也违抗不得。用不着自己操心，操心也无用。

那么我那种快煞戏的想法是怎样来的呢？记得在大学读书时，读过俞平伯先生的一篇散文：《重过西园码头》，时隔六十余年，至今记忆犹新。其中有一句话："从现在起我们要仔仔细细地过日子了。"这就说明，过去日子过得不仔细，甚至太马虎。俞平伯先生这样，别的人也是这样，我当然也不例外。日子当前，总过得马虎。时间一过，回忆又复甜蜜。宋词中有一句话："当时只道是寻常"，真是千古名句，道出了人们的这种心情。我希望，现在能够把当前的日子过得仔细一点，认为不寻常一点。特别是在走上了人生最后一段路程时，更应该这样。因此，我的快煞戏的感觉，完全是积极的，没有消极的东西，更与怕死没有牵连。

在这样的心情的指导下，我想得很多很多，我想到了很多的人。首先是想到了老朋友，清华时代的老朋友胡乔木，最近几年曾几次对我说，他要想看一看年轻时候的老朋友。他说："见一面少一面了！"初听时，我还觉得他过于感伤。后来逐渐品味出他这一句话的分量。可惜他前年就离开了我们，走了。去年我用实际行动响应了他的话。我邀请了六七位有五六十年友谊的老友聚了一次。大家都白发苍苍了，但都兴会淋漓。我认为自己干了一件好事。我哪里会想到，参加聚会的吴组缃现已病卧医院中。我听了心中一阵颤动。今天元旦，我潜心默祷，祝他早日康复，参加我今年准备的聚会。没有参加聚会的老友还有几位。我都一一想到了，我在这里也为他们的健康长寿祷祝。

我想到的不只有老年朋友，年轻的朋友，包括我的第一代、第二代、第三代的学生，无论是在国内，还是在国外，我也都一一想到了。我最近颇接触了一些青年学生，我认为他们是我的小友。不知道为什么我对这一群小友的感情越来越深，几乎可以同我的年龄成正比。他们朝气蓬勃，前程似锦。我发现他们是动脑筋的一代，他们思考着许许多多的问题，淳朴，直爽，处处感动着我。俗话说："长江后浪推前浪，世上新人换旧人。"我们祖国的希望和前途就寄托在他们身上，全人类的希望和前途也寄托在他们身上。对待这一批青年，唯一正确的做法是理解与爱护，诱导与教育，同时还要向他们学习。这是就公而言。在私的方面，我同这些生龙活虎般的青年们在一起，他们身上那一股朝气，充盈洋溢，仿佛能冲刷掉我身上这一股暮气，我顿时觉得自己年轻了若干年。同青年们接触真能延长我的寿命。古诗说："服食求神仙，多为药所误。"我一不服食，二不求神。青年学生就是我的药石，就是我的神仙。我企图延长寿命，并不是为了想多吃人间几千顿饭。我现在吃的饭并不特别好吃，多吃若干顿饭是毫无意义的。我现在计划要做的学术工作还很多，好像一个人在日落西山的时分，前面还有颇长的路要走。我现在只希望多活上几年，再多走几程路，在学术上再多做点工作，如此而已。

在家庭中，我这种煞戏的感觉更加浓烈。原因也很简单，必然是因为我认为这一出戏很有看头，才不希望它立刻就煞，因而才有这种浓烈的感觉。如果我认为这一出戏不值一看，它煞不煞与己无干，淡然处之，这种感觉从何而来？过去几年，我们家屡遭大故。老祖离开我们，走了。女儿也先我而去。这在我的感情上留下了永远无法弥补的伤痕。尽管如此，我仍然有一个温馨的家。我的老伴、儿子和外孙媳妇仍然在我的周围。我们和睦相处，相亲相敬。每一个人都是一个最可爱的人。除了人以外，家庭成员还有两只波斯猫，一只顽皮，一只温顺，也都是最可爱的猫。家庭的空气怡然，盎然。可是，前不久，老伴突患脑溢血，住进医院。在她没病的时候，她已经不良于行，整天坐在床上。我们平常没有多少话好说。可是我每天从大图书馆走回家来，好像总嫌路长，希望早一点到家。到了家里，在破藤椅上一坐，两只波斯猫立即跳到我的怀里，让我搂她们睡觉。我也眯上眼睛，小憩一会儿。睁眼就看到从窗外流进来的阳光，在地毯上流成一条光带，慢慢地移动。在百静中，万念俱息，怡然自得。此乐实不足为外人道也。然而老伴却突然病倒了。在那些严重的日子里，我再从大图书馆走回家来，我在下意识中，总嫌路太短，我希望它长，更长，让我永远走不到家。家里缺少一个虽然坐在床上不说话却散发着光与热的人。我感到冷清，我感到寂寞，我不想进这个家门。在这样的情况下，我心里就更加频繁地出现那一句话："这一出戏快煞戏了！"但是，就目前的情况来看，老伴虽然仍然住在医院里，病情已经有了好转。我在盼望着，她能很快回到家来，家里再有一个虽然不说话但却能发光发热的人，使我再能静悄悄地享受沉静之美，让这一出早晚要煞戏的戏再继续下去演上几幕。

　　按世俗的算法，从今天起，我已经达到八十三岁的高龄了，几乎快到一个世纪了。我虽然不爱出游，但也到过三十个国家，应该说是见多识广。在国内将近半个世纪，经历过峰回路转，经历过柳暗花明，快乐与苦难并列，顺利与打击杂陈。我脑袋里的回忆太多了，过于多了。眼前的工作又是头绪万端，谁也说不清我究竟有多少名誉职称，说是打破纪录，也不见得是夸大。但是，在精神上和身体上的负担太重了，我真有点承受不住了。尽管正如我上面所说的，我一不悲观，二不厌世，可是我真想休息了。古人说："大块劳我以生，息我以死。"德国伟大诗人歌德晚年有一首脍炙人口的诗，最后一句是 ruhst du auch（你也休息），仿佛也表达了我的心情，我真想休息一下了。

心情是心情，活还是要活下去的。自己身后的道路越来越长，眼前的道路越来越短，因此前面剩下的这短短的道路，更弥加珍贵。我现在过日子是以天计，以小时计。每一天每一个小时都是可贵的。我希望真正能够仔仔细细地过，认认真真地过，细细品味每一分钟每一秒钟，我认为每一分每一秒都不"寻常"。我希望千万不要等到以后再感到"当时只道是寻常"，空吃后悔药，徒唤奈何。对待自己是这样。对待别人，也是这样。我希望尽上自己最大的努力，使我的老朋友，我的小朋友，我的年轻的学生，当然也有我的家人，都能得到愉快。我也决不会忘掉自己的祖国。只要我能为她做到的事情，不管多么微末，我一定竭尽全力去做。只有这样，我心里才能获得宁静，才能获得安慰。"这一出戏就要煞戏了"，它愿意什么时候煞，就什么时候煞吧。

现在正是严冬。室内春意融融，窗外万里冰封。正对着窗子的那一棵玉兰花，现在枝干光秃秃的一点生气都没有。但是枯枝上长出的骨朵却象征着生命，蕴含着希望。花朵正蜷缩在骨朵内心里，春天一到，东风一吹，会立即绽开白玉似的花。池塘里，眼前只有残留的枯叶在寒风中在层冰上摇曳。但是，我也知道，只等春天一到，坚冰立即化为粼粼的春水。现在蜷缩在黑泥中的叶子和花朵，在春天和夏天里都会窜出水面。在春天里，"莲叶何田田"。到了夏天，"接天莲叶无穷碧，映日荷花别样红"。那将是何等光华烂漫的景色啊。"既然冬天到了，春天还会远吗?"我现在一方面脑筋里仍然会不时闪过一个念头："这一出戏快煞戏了"，这丝毫也不含糊；但是，另一方面我又觉得这一出戏的高潮还没有到，恐怕在煞戏前的那一刹那才是真正的高潮，这一点也决不含糊。

1994 年 1 月 1 日

悼 组 缃

　　组缃毕竟还是离开我们走了，永远永远地走了。最近几年来，他曾几次进出医院。有时候十分危险。然而他都逢凶化吉，走出了医院。我又能在池塘边上看到一个戴儿童遮阳帽的老人，坐在木头椅子上，欣赏湖光树影。

　　他前不久又进了医院。我仍然做着同样的梦，希望他能再一次化险为夷，等到春暖花开时，再一次坐在木椅子上，为朗润园增添一景。然而，这一次我的希望落了空。组缃离开了我们走了，永远永远地走了。对我个人来说，我失掉了一个有六十多年友谊的老友。偌大一个风光旖旎的朗润园，杨柳如故，湖水如故，众多的贤俊依然灿如列星，为我国的文教事业增添光彩。然而却少了一个人，一个平凡又不平凡的老人。我感到空虚寂寞，名园有灵，也会感到空虚与寂寞的。

　　距今六十四年以前，在三十年代的第一年，我就认识了组缃，当时我们都在清华大学读书。岁数相差三岁，级别相差两级，又不是一个系。然而，不知怎么一来，我们竟认识了，而且成了好友。当时同我们在一起的还有林庚和李长之，可以说是清华园"四剑客"。大概我们都是所谓"文学青年"，都爱好舞笔弄墨，共同的爱好把我们聚拢在一起来了。我读的虽然是外国语文系，但曾旁听过朱自清先生和俞平伯先生的课。我们"四剑客"大概都偷听过当时名噪一时的女作家谢冰心先生的课和燕京大学教授郑振铎先生的课。结果被冰心先生板着面孔赶了出来。和郑振铎先生我们却交上了朋友。他同巴金和靳以共同创办了《文学季刊》，我们都成了编委或特约撰稿人，我们的名字堂而皇之地赫然印在杂志的封面上。郑先生这种没有一点教授架子，决不歧视小字辈的高风亮节，我曾在纪念他的文章中谈到。我们曾联袂到今天北京大学小东门里他的住处访问过他，对他那插架的宝书曾狠狠地羡慕过一阵。先生之风，山高水长，可惜长之和组缃已先后谢世，能够回忆的只剩下我同林庚两人了。

我们"四剑客"是常常会面的，有时候在荷花池旁，有时候在林荫道上，更多的时候是在某一个人的宿舍里。那时我们都很年轻，我的岁数最小，还不到二十岁，正是幻想特多，不知天高地厚，仿佛前面的路上全铺满了玫瑰花的年龄。我们放言高论，无话不谈，"语不惊人死不休"。个个都吹自己的文章写得好，不是梦笔生花，就是神来之笔。林庚早晨初醒，看到风吹帐动，立即写了两句话：

> 破晓时天旁的水声
> 深林中老虎的眼睛

当天就念给我们听，眉飞色舞，极为得意。他的一篇诗稿上有一个"袭"字，看上去像是"聋"字。长之立即把这个"聋"字据为己有。原诗是"袭来了什么什么"，现在成了"聋来了什么什么"。他认为，有此一个"聋"字而境界全出了。

我们会面的地方，留给我印象最深的还是工字厅。这是一座老式建筑，里面回廊曲径，花木葳郁，后临荷塘，那一个有名的写着"水木清华"四个大字的匾，就挂在工字厅后面。这里房间很多，数也数不清。中间有一座大厅，按现在的标准来说，也不算太大。厅里旧木家具，在薄暗中有时闪出一点光芒。这是一个非常清静的地方，平常很少有人到这里来。对我们"四剑客"来说，这里却是侃大山（当时还没有这个词儿）的理想的地方。我记得茅盾《子夜》出版的时候，我们四个人又凑到一起，来到这里，大侃《子夜》。意见大体上分为两派：否定与肯定。我属于前者，组缃属于后者。我觉得，茅盾的文章死板、机械，没有鲁迅那种灵气。组缃则说，《子夜》结构闳大，气象万千。这样的辩论向来不会有结果的。不过是每个人淋漓尽致地发表了意见以后，你好，我好，大家都好，又谈起别的问题来了。

组缃上中学时就结了婚。家境大概颇为富裕，上清华时，把家眷也带了来。现在听说中国留学生可以带夫人出国，名曰伴读。当时是没有这个说法的。然而组缃的所作所为不正是"伴读"吗？组缃真可谓"超前"了。有了家眷，就不能住在校内学生宿舍里。他在清华附近西柳村租了几间房子，全家住在那里。我曾同林庚和长之去看过他。除了夫人以外，还有一个三四岁的女孩，小名叫小鸠子，是非常聪慧可爱的孩子。去年下半年，我去看组缃，小鸠子正从四川赶回北京来陪伴父亲。她现在也已六十多岁，非复当日的小女孩了。我叫了一声"小鸠子！"组缃笑着说："现在已经是老鸠子了。"相对一笑，时间流逝得竟是如此迅速，我也不禁"惊呼热中肠"了。

清华毕业后，我们"四剑客"，天南海北，在茫茫的赤县神州，在更茫茫的番邦异域，各奔前程，为了糊口，为了养家，在花花世界中，摸爬滚打，历尽苦难，在心灵上留下了累累伤痕。我们各自怀着对对方的忆念，在寂寞中，在沉默中，等待着，等待着。一直等到五十年代初的院系调整，组缃和林庚又都来到了北大，我们这"三剑客"在暌离二十年后又在燕园聚首了。此时我们都已成了中年人，家事、校事、国事，事事萦心。当年的少年锐气已经磨掉了不少，非复昔日之狂纵。燕园虽秀美，但独缺少一个工字厅，缺少一个水木清华。我们平常难得见一次面，见面大都是在校内外召开的花样繁多的会议上。一见面，大家哈哈一笑，个中滋味，不足为外人道也。

时光是超乎物外的，它根本不管人世间的悲欢离合，从无始至无终，始终是狂奔不息。一转瞬间，已经过去了四十年。其间风风雨雨，坎坎坷坷，中国的老知识分子无不有切肤之痛，大家心照不宣，用不着再说了。我同组缃在牛棚中做过"棚友"，更别有一番滋味在心头。我们终于都离开了中年，转入老年，进而进入耄耋之年。不但青年的锐气消磨精光，中年的什么气也所余无几，只剩下了一团暮气了。幸好我们这清华园"三剑客"（长之早已离开了人间）并没有颓唐不振，仍然在各自的领域里辛勤耕耘，虽非"志在千里"，却也还能"日暮行雨，春深著花"，多少都有所建树，差堪自慰而已。

前几年，我同组缃的共同的清华老友胡乔木，曾几次对我说："老朋友见一面少一面了！"我颇讶其伤感。前年他来北大参加一个什么会。会结束后，我陪他去看了林庚。他执意要看一看组缃，说他俩在清华时曾共同搞过地下革命活动。我于是从林庚家打电话给组缃，打了好久，没有人接。并非离家外出，想是高卧未起。不管怎样，组缃和乔木至终也没能再见上一面。乔木先离开了人间，现在组缃也走了。回思乔木说的那一句话，字字是真理，哪里是什么感伤！我却是乐观得有点可笑了。

我默默地接受了这个教训，赶在组缃去世之前，想亡羊补牢一番。去年我邀集了几个最老的朋友：组缃、恭三（邓广铭）、林庚、周一良等小聚了一次。大家都一致认为，老友们的兴致极高，难得浮生一夕乐。但在觥筹交错中，我不禁想到了两个人：一是长之，一是乔木，清华"剑客"于今飘零成广陵散矣。我本来想今年再聚一次，被邀请者范围再扩大一点。哪里想到，如果再相聚的话，又少了一个人：组缃。暮年老友见一面真也不容易呀！

不管我还能活上多少年，我现在走的反正是人生最后一段路程。最近若干年来，我以忧患余生，渐渐地成了陶渊明的信徒。他那形神相赠的诗，我深深服膺。我想努力做到"纵浪大化中，不喜亦不惧"。我想努力做到宋人词中所说的"悲欢离合总无情"。我觉得，自己的努力并没有白费。我对这花花世界确已看透，名缰利索对我的控制已经微乎其微。然而一遇到伤心之事，我还不能"总无情"，而是深深动情，组缃之死就是一个例子。生而为人，孰能无情，一个"情"

字不就是人之所异于禽兽者的那一点"几稀"吗?

　　有一件事却让我触目惊心。我舞笔弄墨之十多年于兹矣。前期和中期写的东西,不管内容如何,不管技巧如何,悼念的文章是极为稀见的。然而最近几年来,这类文章却逐渐多了起来。最初我没有理会。一旦理会到了,不禁心惊胆战。一个人到了老年,如果能活得长一点,当然不能说是坏事。但是,身旁的老友一个接一个地离开了自己,宛如郑板桥诗所说的"删繁就简三秋树",如果"简"到只剩下自己这一个老枝,岂不大可哀哉!一个常常要写悼念文章的人,距离别人为自己写悼念文章,大概也为期不远了。一想到这一点,即使自己真能"不喜亦不惧",难道就能无动于衷吗?

　　但是,眼前我并不消极,也不颓唐,我决不会自寻"安乐死"的。看样子我还能活上若干年的,我耳不聋,眼稍昏,抬腿就是十里八里。王济夫同志说我是"奇迹",他的话有点道理。我计划要做的事,其数量和繁重程度,连一些青年或中年人都会望而却步,借用冯友兰先生的话,我是"欲罢不能"。天生是辛劳的命,奈之何哉!看来悼念文章我还是要写下去的。我并没有老友臧克家要活到一百二十岁那样的雄心壮志,退而求其次,活到九十多,大概不成问题。我还有多少悼念文章要写呀,恐怕没有人敢说了。

1994 年 2 月 2 日

喜 鹊 窝

我是乡下人。小时候在乡下住过几年。乡下，树多，鸟多，树上的鸟窝多。秋冬之际，树上的叶子落光，抬头就能看到高树顶上的许多鸟窝，宛如一个个的黑色蘑菇。

但是，我同许多乡下人一样，对鸟并不特别感兴趣。我感兴趣的是昆虫中的知了（我们那里读如 jie liu，也就是蝉），在水族中是虾。夏天晚上，在场院里乘凉，在大柳树下，用麦秸点上一把火。赤脚爬上树去，用力一摇晃，知了便像雨点似的纷纷落下。如果嫌热，就跳到苇坑里，在苇丛中伸手一摸，就能摸到一些个儿不小的虾，带着双夹，齐白石画的就是这一种虾。

鸟却不能带给我这样的快乐，我有时甚至还感到厌烦。麻雀整天喳喳乱叫，还偷吃庄稼。乌鸦穿一身黑色的晚礼服，名声一向不好，乡下人总把它同死亡联系起来，"哇！哇！"两声，叫得人身上起鸡皮疙瘩。只有喜鹊沾了"喜"字的光，至少不引起人们的反感。那时候，乡下人饿着肚皮，又不是诗人，哪里会有什么闲情雅兴来欣赏鸟的鸣声呢？连喜鹊"喳，喳"的叫声也不例外。我虽然只有几岁，乡下人的偏见我都具备。只有一件事现在回想起来还能聊以自慰：我从来没有爬上树去掏喜鹊的窝。

后来我到了城里，变成了城里人。初到的时候，我简直像是进入迷宫。这么多人，这么多车，这么多商店，这么多大街小巷。我吃惊得目瞪口呆。有一年，母亲在乡下去世了，我回家奔丧。小时候的大娘、大婶见了我就问：

"寻（读若 xín）了媳妇没有？"

这问题好回答。我敬谨答曰：

"寻了。"

"是一个庄上的吗？"

我一时语塞，知道乡下人没有进过城，他们不知道城里不是村庄。想解释一下，又怕三言两语说不清楚，最终还是弄一个"丈二和尚，摸不着头脑"。我一时灵机一动，采用了鲁迅先生的办法，含糊答曰：

"唔！唔！"

谁也不知道"唔，唔"是甚么意思。妙就妙在谁也不知道是甚么意思。乡下的大娘、大婶不是哲学家，不懂什么逻辑思维，她们不"打破砂锅问到底"。我的口试就算及了格。

这一件小事虽小，它却充分说明了乡下人和城里人的思维和情趣是多么不同。回头再谈鸟儿。城里不是鸟的天堂。除了麻雀以外，别的鸟很少见到。常言道：物以稀为贵。于是城里的鸟就"贵"起来了，城里一些人对鸟也就有了感情。如果碰巧能看到高树顶端上的鸟窝，那简直是一件稀罕事儿。小孩子会在树下面拍手欢跳。

中国古代的诗人，虽然有的出生在乡下，但是科举，当官一定是在城里。既然是诗人，感情定是十分细腻。这种细腻表现在方方面面，也表现在对鸟，特别是对鸟鸣的喜爱上。这样的诗句，用不着去查书，一回想就能够想到一大堆。"鸟鸣山更幽"，"月出惊山鸟，时鸣春涧中"，"两个黄鹂鸣翠柳，一行白鹭上青天"，"荡胸生层云，决眦入归鸟"，"人归山郭暗，雁下芦洲白"，"微雨霭芳原，春鸠鸣何处"，"空山百鸟散还合，万里浮云阴且晴。嘶酸雏雁失群夜，断绝胡儿恋母声"，"川为静其波，鸟亦罢其鸣"等等，用不着再多举了。中国古代诗人对鸟和鸟鸣感情之深概可想见了。

只有陶渊明的一句诗，我觉得有点怪。"犬吠深巷中，鸡鸣桑树巅"。鸡飞上树去高声鸣叫，我确实没有见过。"鸡鸣桑树巅"，这一句话颇为突兀。难道晋朝江西的鸡真有飞到桑树顶上去高叫的脾气吗？

不管怎样，中国古代诗人对鸟及其鸣声特别敏感，已是一个彰明昭著的事实。再看一看西方文学，不能不感到其间的差别。西方诗歌中，除了云雀和夜莺外，其他的鸟及其鸣声似乎很少受诗人的垂青。这里面是否也涵有很深的审美情趣的差别呢？是否也涵有东西方诗人，再扩而大之是一般人之间对大自然的关系的差别呢？姑妄言之。

我绕弯子说了半天，无非是想说中国的城里人对鸟比较有感情而已。我这个由乡下人变为城里人的人，也逐渐爱起鸟来。可惜我半辈子始终是在大城市里转，在中国是如此，在德国和瑞士仍然是如此。空有爱鸟之心，爱的对象却难找到，在心灵深处难免感到惆怅。

一直到四十多年前，我四十多岁了，才从沙滩——真像是一片沙漠——搬到风光旖旎林木蓊郁的燕园里来。这里虽处城市，却似乡村，真正是鸟的天堂。我又能看到鸟了；不是一只，而是成群；不是一种，而是多种；不但看到它们飞，而且听到它们叫；不但看到它们在草地上蹦跳，而且看到高树顶上搭窝。我真是顾而乐之，多年干涸的心灵似乎又注入了一股清泉。

在众多的鸟中，给我印象最深、我最喜爱的还是喜鹊。在我住的楼前，沿着湖畔，有一排高大的垂柳，在马路对面则是一排高耸入云的杨树。楼西和楼后，小山下面，有几棵高大的榆树，小山上有一棵至少有六七百年的古松。可以说我们的楼是处在绿色丛中。我原住在西门洞的二楼上，书房面西，正对着那几棵榆树。一到春天，喜鹊和其他鸟的叫声不停。喜鹊不知道是通过什么方式，大概是既无父母之命，也没有媒妁之言，自由恋爱，结成了情侣，情侣不停地在群树之间穿梭飞行，嘴里往往叼着小树枝，想到什么地方去搭窝。我天天早上最大的乐趣就是看喜鹊们箭似的飞翔，喳喳地欢叫，往往能看上、听上半天。

有一天，完全出我的意料，然而又合乎我的心愿，窗外大榆树上有一团黑色的东西，我豁然开朗：这是喜鹊在搭窝。我现在不用出门就能够看到喜鹊窝了，乐何如之。从此我的眼睛和耳朵完全集中到这一对喜鹊和它们的窝上，其他的鸟鸣声仿佛都不存在了。每次我看书写作疲倦了，就向窗外看一看。一看到喜鹊窝就像郑板桥看到白银那样，"心花怒放，书画皆佳"。我的灵感风起云涌，连记忆力都仿佛是变了样子，大有过目不忘之慨了。

光阴流转，转瞬已是春末夏初。窝里的喜鹊小宝宝看样子已经成长起来了。每当刮风下雨，我心里就揪成一团，我很怕它们的窝经受不住风吹雨打。当我看到，不管风多么狂，雨多么骤，那一个黑蘑菇似的窝仍然固若金汤，我的心就放下了。我幻想，此时喜鹊妈妈和喜鹊爸爸正在窝里伸开了翅膀，把小宝宝遮盖得严严实实，喜鹊一家正在做着甜美的梦，梦到燕园风和日丽；梦到燕园花团锦簇；梦到小虫子和小蚱蜢自己飞到窝里来，小宝宝食用不尽；梦到湖光塔影忽然移到了大榆树下面……

　　这一切原本都是幻影，然而我却泪眼模糊，再也无法幻想下去了。我从小失去了慈母，失去了母爱。一个失去了母爱的人，必然是一个心灵不完整或不正常的人。在七八十年的漫长时期中，不管是什么时候，也不管我是在什么地方，只要提到了失去母爱，失去母亲，我必然立即泪水盈眶。对人是如此，对鸟兽也是如此。中国古人常说"终天之恨"，我这真正是"终天之恨"了，这个恨只能等我离开人世才能消泯，这是无可怀疑的了。中国古诗说："劝君莫打三春鸟，子在巢中待母归"，真是蔼然仁者之言，我每次暗诵，都会感到心灵震撼的。

　　但是，天有不测风云，鸟有旦夕祸福。正当我为这一家幸福的喜鹊感到幸福而自我陶醉的时候，祸事发生了。一天早上，我坐在书桌前，真是无巧不成书，我一抬头正看到一个小男孩赤脚爬上了那一棵榆树，伸手从喜鹊窝里把喜鹊宝宝掏了出来。掏了几只，我没有看清，不敢瞎说。总之是掏走了。只看这一个小男孩像猿猴一般，转瞬跳下树来，前后也不过几分钟，手里抓着小喜鹊，消逝得无影无踪了。我很想下楼去干预一下；但是一想到在浩劫中我头上戴的那一撮可怕的沉重的帽子，都还在似摘未摘之间，我只能规规矩矩，不敢乱说乱动。如果那一个小男孩是工人的孩子，那岂不成了"阶级报复"了吗！我吃了老虎心、豹子胆，也不敢动一动呀。我只有伏在桌上，暗自啜泣。

完了，完了，一切全完了。喜鹊的美梦消失了，我的美梦也消失了。我从此抑郁不乐，甚至不敢再抬头看窗外的大榆树。喜鹊妈妈和喜鹊爸爸的心情我不得而知。他们痛失爱子，至少也不会比我更好过。一连好几天，我听到窗外这一对喜鹊喳喳哀鸣，绕树千匝，无枝可依。我不忍再抬头看它们。不知什么时候，这一对喜鹊不见了。它们大概是怀着一颗破碎的心，飞到什么地方另起炉灶去了。过了一两年，大榆树上的那一个喜鹊窝，也由于没加维修，鹊去窝空，被风吹得无影无踪了。

我却还并没有死心，那一棵大榆树不行了，我就寄希望于其他树木。喜鹊们选择搭窝的树，不知道是根据什么标准。根据我这个人的标准，我觉得，楼前，楼后，楼左，楼右，许多高大的树都合乎搭窝的标准。我于是就盼望起来，年年盼，月月盼，盼星星，盼月亮，盼得双眼发红光。一到春天，我出门，首先抬头往树上瞧，枝头光秃秃的，什么东西也没有。我有时候真有点发急，甚至有点发狂，我想用眼睛看出一个喜鹊窝来。然而这一切都白搭，都徒然。

今年春天，也就是现在，我走出楼门，偶尔一抬头，我在上面讲的那一棵大榆树上，在光秃秃的枝干中间，又看到一团黑糊糊的东西。连年来我老眼昏花，对眼睛已经失去了自信力，我在惊喜之余，连忙擦了擦眼，又使劲瞪大了眼睛，我明白无误地看到了：是一个新搭成的喜鹊窝。我的高兴是任何语言文字都无法形容的。然而福不单至。过了不久，临湖的一棵高大的垂柳顶上，一对喜鹊又在忙忙碌碌地飞上飞下，嘴里叼着小树枝，正在搭一个窝。这一次的惊喜又远远超过了上一回。难道我今生的华盖运真已经交过了吗？

当年爬树掏喜鹊窝的那一个小男孩，现在早已长成大人了吧。他或许已经留了洋，或者下了海，或者成了"大款"。此事他也许早已忘记了。我潜心默祷，希望不要再出这样一个孩子，希望这两个喜鹊窝能够存在下去，希望在燕园里千百棵大树上都能有这样黑蘑菇似的喜鹊窝，希望在这里，在全中国，在全世界，人与鸟都能和睦融洽像一家人一样生活下去，希望人与鸟共同造成一个和谐的宇宙。

1994 年 2 月 25 日

赋得永久的悔

　　题目是韩小蕙女士出的，所以名之曰"赋得"。但文章是我心甘情愿做的，所以不是八股。

　　我为什么心甘情愿做这样一篇文章呢？一言以蔽之，题目出得好，不但实获我心，而且先获我心：我早就想写这样一篇东西了。

　　我已经到了望九之年。在过去的七八十年中，从乡下到城里；从国内到国外；从小学、中学、大学到洋研究院；从"志于学"到超过"从心所欲不逾距"，曲曲折折，坎坎坷坷，既走过阳关大道，也走过独木小桥；既经过"山重水复疑无路"，又看到"柳暗花明又一村"，喜悦与忧伤并驾，失望与希望齐飞，我的经历可谓多矣。要讲后悔之事，那是俯拾即是。要选其中最深切、最真实、最难忘的悔，也就是永久的悔，那也是唾手可得，因为它片刻也没有离开过我的心。

　　我这永久的悔就是：不该离开故乡，离开母亲。

　　我出生在鲁西北一个极端贫困的村庄里。我们家是贫中之贫，真可以说是贫无立锥之地。"十年浩劫"中，我自己跳出来反对北大那一位倒行逆施但又炙手可热的"老佛爷"，被她视为眼中钉，必欲除之而后快。她手下的小喽啰们曾两次窜到我的故乡，处心积虑把我"打"成地主，他们那种狗仗人势穷凶极恶的教师爷架子，并没有能吓倒我的乡亲。我小时候的一位伙伴指着他们的鼻子，大声说："如果让整个官庄来诉苦的话，季羡林家里是第一家！"

这一句话并没有夸大，他说的是实情。我祖父母早亡，留下了我父亲等三个兄弟，孤苦伶仃，无依无靠。最小的一叔送了人。我父亲和九叔饿得没有办法，只好到别人家的枣林里去捡落到地上的干枣充饥。这当然不是长久之计。最后兄弟俩被逼背乡离井，盲流到济南去谋生。此时他俩也不过十几二十岁。在举目无亲的大城市里，必然是经过千辛万苦，九叔在济南落住了脚。于是我父亲就回到了故乡，说是农民，但又无田可耕。又必然是经过千辛万苦，九叔从济南有时寄点钱回家，父亲赖以生活。不知怎么一来，竟然寻（读若 xín）上了媳妇，她就是我的母亲。母亲的娘家姓赵，门当户对，她家穷得同我们家差不多，否则也决不会结亲。她家里饭都吃不上，哪里有钱、有闲上学。所以我母亲一个字也不识，活了一辈子，连个名字都没有。她家是在另一个庄上，离我们庄五里路。这个五里路就是我母亲毕生所走的最长的距离。

北京大学那一位"老佛爷"要"打"成"地主"的人，也就是我，就出生在这样一个家庭里，就有这样一位母亲。

后来我听说，我们家确实也"阔"过一阵。大概在清末民初，九叔在东三省用口袋里剩下的最后的五角钱，买了十分之一的湖北水灾奖券，中了奖。兄弟俩商量，要"富贵而归故乡"，回家扬一下眉，吐一下气。于是把钱运回家，九叔仍然留在城里，乡里的事由父亲一手张罗。他用荒唐离奇的价钱，买了砖瓦，盖了房子。又用荒唐离奇的价钱，置了一块带一口水井的田地。一时兴会淋漓，真正扬眉吐气了。可惜好景不长，我父亲又用荒唐离奇的方式，仿佛宋江一样，豁达大度，招待四方朋友。一转瞬间，盖成的瓦房又拆了卖砖，卖瓦。有水井的田地也改变了主人。全家又回归到原来的情况。我就是在这个时候，在这样的情况下降生到人间来的。

母亲当然亲身经历了这个巨大的变化。可惜，当我同母亲住在一起的时候，我只有几岁，告诉我，我也不懂。所以，我们家这一次陡然上升，又陡然下降，只像是昙花一现，我到现在也不完全明白。这个谜恐怕要成为永恒的谜了。

不管怎样，我们家又恢复到从前那种穷困的情况。后来听人说，我们家那时只有半亩多地。这半亩多地是怎么来的，我也不清楚。一家三口人就靠这半亩多地生活。城里的九叔当然还会给点接济，然而像中湖北水灾奖那样的事儿，一辈子有一次也不算少了，九叔没有多少钱接济他的哥哥了。

家里日子是怎样过的，我年龄太小，说不清楚。反正吃得极坏，这个我是懂得的。按照当时的标准，吃"白的"（指麦子面）最高，其次是吃小米面或棒子面饼子，最次是吃红高粱饼子，颜色是红的，像猪肝一样。"白的"与我们家无缘。"黄的"（小米面或棒子面饼子颜色都是黄的）与我们缘分也不大。终日为伍者只有"红的"。这"红的"又苦又涩，真是难以下咽。但不吃又害饿，我真有点谈"红"色变了。

但是，小孩子也有小孩子的办法。我祖父的堂兄是一个举人，他的夫人我喊她奶奶。他们这一支是有钱有地的。虽然举人死了，但家境依然很好。我这一位大奶奶仍然健在。她的亲孙子早亡，所以把全部的钟爱都倾注到我身上来。她是整个官庄能够吃"白的"的仅有的几个人中之一。她不但自己吃，而且每天都给我留出半个或者四分之一个白面馍馍来。我每天早晨一睁眼，立即跳下炕来向村里跑，我们家住在村外。我跑到大奶奶跟前，清脆甜美地喊上一声："奶奶！"她立即笑得合不上嘴，把手缩回到肥大的袖子，从口袋里掏出一小块馍馍，递给我，这是我一天最幸福的时刻。

此外，我也偶尔能够吃一点"白的"，这是我自己用劳动换来的。一到夏天麦收季节，我们家根本没有什么麦子可收。对门住的宁家大婶子和大姑——她们家也穷得够呛——就带我到本村或外村富人的地里去"拾麦子"。所谓"拾麦子"就是别家的长工割过麦子，总还会剩下那么一点点麦穗，这些都是不值得一捡的，我们这些穷人就来"拾"。因为剩下的决不会多，我们拾上半天，也不过拾半篮子；然而对我们来说，这已经是如获至宝了。一定是大婶和大姑对我特别照顾，以一个四五岁、五六岁的孩子，拾上一个夏天，也能拾上十斤八斤麦粒。这些都是母亲亲手搓出来的。为了对我加以奖励，麦季过后，母亲便把麦子磨成面，蒸成馍馍，或贴成白面饼子，让我解解馋。我于是就大快朵颐了。

记得有一年，我拾麦子的成绩也许是有点"超常"。到了中秋节——农民嘴里叫"八月十五"——母亲不知从哪里弄了点月饼，给我掰了一块，我就蹲在一块石头旁边，大吃起来。在当时，对我来说，月饼可真是神奇的好东西，龙肝凤髓也难以比得上的，我难得吃上一次。我当时并没有注意，母亲是否也在吃。现在回想起来，她根本一口也没有吃。不但是月饼，连其他"白的"，母亲从来都没有尝过，都留给我吃了。她大概是毕生就与红色的高粱饼子为伍。到了俭年，连这个也吃不上，那就只有吃野菜了。

至于肉类，吃的回忆似乎是一片空白。我姥娘家隔壁是一家卖煮牛肉的作坊。给农民劳苦耕耘了一辈子的老黄牛，到了老年，耕不动了，几个农民便以极其低的价钱买来，用极其野蛮的办法杀死，把肉煮烂，然后卖掉。老牛肉难煮，实在没有办法，农民就在肉锅里小便一通，这样肉就好烂了。农民心肠好，有了这种情况，就昭告四邻："今天的肉你们别买！"姥娘家穷，虽然极其疼爱我这个外孙，也只能用土罐子，花几个制钱，装一罐子牛肉汤，聊胜于无。记得有一次，罐子里多了一块牛肚子。这就成了我的专利。我舍不得一气吃掉，就用生了锈的小铁刀，一块一块地割着吃，慢慢地吃。这一块牛肚真可以同月饼媲美了。

"白的"、月饼和牛肚难得，"黄的"怎样呢？"黄的"也同样难得。但是，尽管我只有几岁，我却也想出了办法。到了春、夏、秋三个季节，庄外的草和庄稼都长起来了。我就到庄外去割草，或者到人家高粱地里去劈高粱叶。劈高粱叶，田主不但不禁止，而且还欢迎；因为叶子一劈，通风情况就能改进，高粱长得就能更好，粮食打得就能更多。草和高粱叶都是喂牛用的。我们家穷，从来没有养过牛。我二大爷家是有地的，经常养着两头大牛。我这草和高粱叶就是给它们准备的。每当我这个不到三块豆腐干高的孩子背着一大捆草或高粱叶走进二大爷的大门，我心里有所恃而不恐，把草放在牛圈里，赖着不走，总能蹭上一顿"黄的"吃，不会被二大娘"捲"（我们那里的土话，意思是"骂"）出来。到了过年的时候，自己心里觉得，在过去的一年里，自己喂牛立了功，又有了勇气到二大爷家里赖着吃黄面糕。黄面糕是用黄米面加上枣蒸成的。颜色虽黄，却位列"白的"之上，因为一年只在过年时吃一次，"物以稀为贵"，于是黄面糕就贵了起来。

　　我上面讲的全是吃的东西。为什么一讲到母亲就讲起吃的东西来了呢？原因并不复杂。第一，我作为一个孩子容易关心吃的东西。第二，所有我在上面提到的好吃的东西，几乎都与母亲无缘。除了"红的"以外，其余她都不沾边儿。我在她身边只呆到六岁，以后两次奔丧回家，呆的时间也很短。现在我回忆起来，连母亲的面影都是迷离模糊的，没有一个清晰的轮廓。特别有一点，让我难解而又易解：我无论如何也回忆不起母亲的笑容来，她好像是一辈子都没有笑过。家境贫困，儿子远离，她受尽了苦难，笑容从何而来呢？有一次我回家听对面的宁大婶子告诉我说："你娘经常说：'早知道送出去回不来，我无论如何也不会放他走的！'"简短的一句话里面含着多少辛酸、多少悲伤啊！母亲不知有多少日日夜夜，眼望远方，盼望自己的儿子回来啊！然而这个儿子却始终没有归去，一直到母亲离开这个世界。

对于这个情况，我最初懵懵懂懂，理解得并不深刻。到了上高中的时候，自己大了几岁，逐渐理解了。但是自己寄人篱下，经济不能独立，空有雄心壮志，怎奈无法实现，我暗暗地下定了决心，立下誓愿：一旦大学毕业，自己找到工作，立即迎养母亲。然而没有等到我大学毕业，母亲就离开我走了，永远永远地走了。古人说："树欲静而风不止，子欲养而亲不待"，这话正应到我身上，我不忍想象母亲临终时思念爱子的情况；一想到，我就会心肝俱裂，眼泪盈眶。当我从北平赶回济南，又从济南赶回清平奔丧的时候，看到了母亲的棺材，看到那简陋的屋子，我真想一头撞死在棺材上，随母亲于地下。我后悔，我真后悔，我千不该万不该离开了母亲。世界上无论什么名誉，什么地位，什么幸福，什么尊荣，都比不上呆在母亲身边，即使她一个字也不识，即使整天吃"红的"。

这就是我的"永久的悔"。

1994 年 3 月 5 日

曼 谷 行

1994 年 3 月 22 日至 31 日，我应泰国侨领郑午楼博士之邀，偕李铮、荣新江二先生，飞赴曼谷，停留十日。时间虽短，所见极多，谓之闻所未闻，见所未见，亦决非夸张。回国后，在众多会议夹缝中，草成短文十篇，姑称之为散文。非敢言文，聊存雪泥鸿爪之意云尔。

初抵曼谷

一登上泰航的飞机，就仿佛已经到了泰国。机舱内净无纤尘，没有像其他一些航空公司的飞机那样，一进机舱，扑鼻一股飞机味。空姐，还有空哥，个个彬彬有礼，面含微笑。这一切都给人以舒适愉快的感觉。我只觉得神清气爽，耳目为之一新。

泰国航空公司是颇有一些名气的，我真是久仰久仰了。俗话说：闻名不如见面。这有两层意思。一是失望，一是肯定。我是后者。我心里第一句话就是："果然名不虚传。"在整个航程的四小时十分钟内，只见那几个年轻的空姐和空哥忙忙碌碌，马不停蹄，送咖啡，送茶，送饮料，送酒，送了一趟又一趟，好像就没有断过。谈到送酒，其他国家的航空公司也是有的。但仿佛是有"阶级性"的。在头等舱里，正当中就摆上一个酒柜，中外名酒，应有尽有。乘客可以随时饮用。我常常心里想：倘若刘伶乘上今天的头等舱，他必将醉死无疑。"死便埋我"，这个遗嘱，在飞机上也无法执行，只有飞机到了目的地再做处理了。

在泰航的机舱内，这个"阶级性"不存在了。大家都一视同仁。送酒并不止送一次，而且送的也不仅仅是普通的酒。我非酒徒，无法亲口品尝。但是我隐约间看到一位空哥，手里举着酒瓶子，在舱内来回地走。有人一招呼，立即走上前去，斟满一杯。我对外国名酒是外行，但是人头马之类的瓶子，我是见过的。我偶一抬头，瞥见空哥手中举的酒瓶闪着黄色的金光，颇像什么马之类。我有点吃惊。但我终非酒徒，此事与我无干，不去管它了。不过我一时胡思乱想，又想到了刘伶。

空姐和空哥当然也送饭。饭嘛，大家都是彼此彼此，想也不会送出什么花样。然而他们竟也送出了花样：他们先送菜谱。这本是大城市里大饭店的做法。在其他国家的飞机上，我还没有遇到过。在那里，简略的就只给一盒面包点心之类。复杂的也不过是一盘热餐，讲究一点的中西均备；马虎一点就只有炒菜和米饭外加一个小面包和香肠而已。在这里，菜谱上有四种饭菜：牛肉、大虾、小鸡等等，由乘客点用。这些菜本来就具有吸引力的，再加上允许自己点，主观能动性这一调动，吸引力就与之俱增，饭菜之可口自不在话下了。

在这样温馨的气氛中，我本来应该全心全意地欣赏和享受眼前的这一切的：嘴里尝的、眼里见的、耳朵里听的。然而，不行。越快到目的地了，我心里越是惴惴不安，仿佛在一曲和谐怡悦的音乐中，无端搀上了一点杂音。

原因何在呢？原来我在北京在决定来曼谷之前曾打听过许多曾来过曼谷对泰国情况熟悉的朋友，想起到"入境问俗"的作用。灌满了我的耳朵的，并不是什么令我高兴的信息，正相反，是让我闻之而气短的东西。他们几乎是众口一声地用告诫的口气对我讲话：现在正是曼谷最热的时候，同北京比较起来，温差至少也有三十摄氏度。曼谷的污染是世界第一，堵车也决不是世界第二。还有，那里的人习惯于喝凉水，北京的人很容易泻肚。有的人干脆劝我：别去了！这么大年纪，惹这个麻烦干嘛呢？我听了，不是丧气，而是有些丧胆了。然而，自己是"马行在夹道内，难以回马"了，非来不行了，勇往直前，义无返顾了。我在登上飞机的一刹那，颇有荆轲之慨。

现在离曼谷越来越近了，我那不安的情绪也越来越浓。污染、堵车、喝凉水，离开自己还远，不妨先来一个驼鸟政策，暂且不去管它。然而温差的问题就在眼前，不久之后，立刻就要兑现。我张大了眼睛，伸长了耳朵，注意舱内乘客的行动。我在北京登机时穿了两件毛衣，一厚一薄，厚的登机后立即脱掉了，薄的还穿在身上，外面套的是夹制服，腿上还有一条绒裤。这样一套装束能应付得了下机后的三十七八摄氏度吗？我心里想：此时倘有解衣脱裤者，他就是揭竿而起的英雄，我一定会起而响应，亦步亦趋，紧随其后，行动起来。然而，幸乎？不幸乎？竟没有一个这样的英雄。我颇感有点失望，壮志未酬，焉得而不失望呢？

此时，舱内红灯已亮，飞机正在下降。几分钟后，我们已经到了曼谷机场。我提好小包，踉踉跄跄，挤在众旅客后面，走下了飞机。此时，不但没有了惴惴不安之感，连焦急之感也消逝得无影无踪。迎接我们是灯光明亮的曼谷机场的候机大厅。

我可是完全没有想到：在办完入境的手续步出大厅的时候，在入口处竟有黑鸦鸦的一群人在迎候我们，我在曼谷的一些今雨旧雨不少人都来了。经介绍才认识的有华侨崇圣大学的副校长，有侨领苏壈先生等等。早就认识的有原法政大学校长，现任东方文化书院院长陈贞煜博士，在北京见过面的陈华女士，著名的学者郑彝元先生等等。当然还有北大东语系老学生段立生教授，以及中山大学的中青年教授林悟殊先生等等。人很多，无法一一认清。照相机的闪光灯一阵阵闪出亮光，我们的脖子上都挂上了漂亮的花环。泰国是亚热带国家，终年鲜花不断。花环上有多种鲜花，浓郁的香气直透鼻官。这香气不是简单的香气，它蕴含着真诚，蕴含着友谊，蕴含着美的心灵，蕴含着良好的祝愿。这香气是能醉人的，我果真被陶醉了，十分清醒又有点兴奋有点迷糊地上了苏壈先生亲自驾驶的汽车，驶过了华灯照亮了的十里长街，到了下榻的饭店。腿上的绒裤并没有脱，完全没有感觉到它的存在。身上夹制服依然牢固地裹在身上，也并没有感觉到它的存在。原来气温并没有高到摄氏三十七八度，至于污染和堵车，好像也没有感到，小小的一堵，在世界上任何城市中都是难免的。总之，让我一路上心里惴惴不安的那几大"害"，都涣然冰释了。而花环的浓郁的香气似乎更加浓郁，它轻而易举地把我送入到曼谷第一夜的酣甜的睡乡。

1994 年 5 月 2 日

报德善堂与大峰祖师

到曼谷的第二天，主人就带领我们去访问报德善堂。

我们是昨晚很晚的时候才来到这里的。到现在，仅仅隔了一夜，也不过十个小时，曼谷这一座陌生的大城市，对我来说，仍然是迷离模糊，像是一座迷楼。而报德善堂，只是这个名称就蕴含着一层神秘的意味，更是迷离模糊，像是一座迷楼。但是，俗话说："客随主便。"我们只能遵守主人的安排了。

我在北京时，曾多方打听曼谷的情况。据知情者说，曼谷此时正是夏季的开始，气温能高达三十几到四十出头的摄氏度。换句话说，同北京的温差有三十多摄氏度。我行年望九，走南闯北，数十年于兹矣。对什么温差之类的东西，我自谓是"曾经沧海难为水"了。那一年，我从北非的阿尔及利亚的卡萨布兰卡飞越撒哈拉大沙漠，到中非的马里去。马里有世界火炉之称，我们到的时候，又正是盛暑。也许是由于心理关系，当飞机飞临马里上空将要下降时，我蓦地觉得自己变成了一只正待下锅的饺子，锅里翻腾着滚开的水。飞机越往下降，我心里的气温越高。着陆时，气温是四十六摄氏度。我这一只饺子真正掉在热锅里了。这一次到曼谷来，是否再一次变成下锅的饺子呢？我心里颇为惴惴不安。

然而，天公好像是有意作美。我们到的前一天，下了雨。夜里又下了一场大雨。据说，按时令现在还不是下雨的时候。结果天气不但不酷热，而且还颇有一点凉意。泰国的华侨朋友说：

"是你们把冷气从北京带来了。"

"是托你们的福，我们才带来的。"

大家哈哈一笑，出门上了车。

我脑筋里忽然又闪出了昆明的影子。那里的气候是："四时皆是夏，一雨便成秋。"曼谷是不是也属于这个范畴呢？不管怎样，我们坐在车内，是并不感到热的。车外，大马路上，千车竞驶，时有堵塞。大雨虽晴，积水甚多。曼谷的下水道，以不能及时排水，蜚声全球。有的地方积水深达半呎，长达几小时或几日。汽车走在水里，宛如中国江南水乡的小船。那些摩托车，由于体积小，能够在群车缝罅里穿来穿去，宛如水中的游鱼。一幅非常奇怪的街头景象。

我们终于来到了报德善堂。

到了以后，我才知道，这个报德善堂是同中国宋代的一位叫大峰祖师的高僧紧密地联系在一起的。中国距泰国数千里，宋代距现在将近一千年。这一位大峰祖师——他的画像就悬挂在这里的会客室中——怎么会浮海到泰国来了呢？我心里疑团郁结。

原来这里面有一个相当长又相当曲折的故事。大峰不见于中国的《高僧传》。明隆庆《潮阳县志》、清乾隆《潮州府志》等书都有关于他的记载，但都语焉不详。民间传说颇有一些谈到他的地方。总起来看，大峰祖师诞生于宋吴越国温州，俗姓林，名灵噩，字通叟。生于北宋宝元二年（1039年，一说生于1093年），卒年南宋建炎丁未（1127年）。中过进士，做过县令。年届花甲，才辞官出家。后来云游到了广东潮阳。他信仰的大概是当时颇为流行的禅宗。他行了不少善事，为乡民祈福禳灾，施医赠药，给灾民治病，同时收验路尸，施棺赠葬，这当然会受到当地贫困老百姓的敬仰。他还曾募化建桥。关于建桥的事，传说中讲到了，大峰祖师利用科学原理，把桥基稳置于江底硬地之上，使桥有了坚固的基础。总之，建桥一事，因为便利交通，为民造福，历来受到人民的称扬。一个名不见《高僧传》的和尚在当地却声誉极隆。祖师圆寂后，到了南宋绍兴年间，邑人建堂崇祀，名曰"报德堂"，八百余年来，香火历久不辍，这在中国佛教史上也是少见的。这个堂广行善事，诸如施茶、验尸、修桥、造路、赈灾、赠药等等，受到老百姓的赞誉，群众起而效之。岭表构建善堂崇祀祖师，几无处无之。二战前统计，粤东共建善堂五百余所。中国改革开放以来，潮汕各县陆续恢复了大量的善堂。旅泰华侨中潮汕人占绝大多数。因此，报德善堂传往泰国，应该说是很自然的事。泰国报德善堂创建于1897年，距今已有九十七年的历史。这个善堂继承大峰祖师的衣钵，仍然是广行善事，其中包括收验无主尸骸。后来又有人回到家乡中国潮阳和平乡，把那里供奉的大峰祖师的金身迎至泰国，几经转移，最后修建了大峰祖师庙，颜其额曰报德堂，就在我们今天到的报德善堂总部的对门。

我们今天的访问算是非正式的，但已给我留下了深刻的印象。堂里面当然会有点宗教气氛的，但并不浓。办公室布置得同现代化的大公司一般无二。我们听完了主人的介绍，走出门来，想到街对过大峰祖师庙去瞻谒。但是街上的积水，比我们来时不但未减，似乎还有点增涨。虽然近在咫尺，但步行无法过渡。我们只能临"河"伫观。但是，决不是像庄子说的那样："两涘渚崖之间，不辨牛马。"整个对岸和大街就在眼底下，看得清清楚楚。被堵塞的汽车泡在水里，宛如中国江南水乡的小船，摩托车在船的缝罅里穿来穿去，宛如水中的游鱼。

我们伫观了一会儿，主人建议过一天再来，我们就转回了旅馆。

过了几天，我们果然又正式访问了报德善堂。雨早已停了，天已经晴好了。堂前的马路已经由"沧海"变为"桑田"。我们只走了几十步，就过了街，来到了大峰祖师庙。我以为这样一位受到万人崇敬具有无量功德的祖师，他的庙一定会庄严雄伟，殿阁巍峨，金身十丈，弟子五百。然而我眼前的这一座庙却同我国乡下的土地庙或关帝庙差不多大小。一进山门，就是庭院，长宽不过二十来尺。走几步就进了正殿，偏殿、后殿似乎都没有。金身也只有几尺高，真可谓渺矣微矣，无足道者。然而在这个渺小的庭院和大殿中却挤满了善男信女，一派虔诚肃穆又热气腾腾的景象，能够感染任何走进来的人，我顾而乐之。

在庭院中，一群妇女围坐在那里，把金纸和银纸折叠成方形、菱形的东西，不知道叫什么。我小的时候曾见过这样的金纸和银纸，多半是在为亡人发丧的时候叠成金银元宝烧掉。祭祖的时候极为少见，祭神的时候则从未见过。我从来没有推究过其原因。今天在曼谷大峰祖师庙，又见到这东西，但已经不是金银元宝的形状，于是引起我一连串的回忆与思考。难道是因为亲人初亡，到了阴间，人（按应作"鬼"）生地疏，多给他们带点盘缠有利于他们的生活（按此有语病，一时想不起恰当的名词，姑仍用之）吗？不给祖先烧金银元宝，难道是因为他们移民阴间，为时已久，有的下了海，成了大款、大腕，根本用不着子孙的金银元宝了吗？至于不给神仙烧，原因似极简单。他们当了官，有权斯有钱，再给他们烧金银元宝，似乎如俗话所说的"六指划拳，多此一招"了。

我这样胡思乱想，有点失敬。但是我既然想到了，就写了出来，我只郑重声明一句：我说的祖先是指中国祖先，与泰国无涉。我从幻想中走了回来，看了看只有几丈长宽的正殿里的情景。大峰祖师的金身并不太高，端坐在神龛正中。像前地面上铺着几个蒲团，上面跪满了人，都是双手合十，口中喃喃，念的是什么经文，说的是什么话，谁也不清楚；但是虔诚之色，溢于颜面。神龛里烛光明亮，殿堂中香烟缭绕，大峰祖师好像是面含微笑，张口欲言，他在对信徒们降祉赐福。但是，我凝神观看，在氤氲的香气中，我又陷入迷离模糊，有点同刚到曼谷时的迷离模糊似乎相似，而实则极不相同。在缭绕的似云又似雾的烟气中，我恍惚看到了被大峰祖师赈济的灾民，看到了被他收殓的枯骨，甚至看到了他家乡的由他募化修建的那一座大桥，他今天已经成为把泰国的华侨和华裔紧密地同祖国联系在一起的金桥。我看到他微笑得更动人了，更让人感到福祉降临了。在这样的迷离模糊中，我走出了大峰祖师庙。

1994 年 5 月 17 日

郑午楼博士

一个出身商业世家，自强不息终于成大功的人；一个既有经济头脑，又有文化意识的人；一个自学成家，博闻强记的人；一个既通东方语言，又通西方语言的人；一个既工汉字书法，又能鉴赏中国古代绘画的人；一个既能弘扬泰华文化，又能弘扬炎黄文化的人；一个架设了中泰人民友谊金桥的人；一个把爱国主义与国际主义紧密结合起来的人；一个悲天悯人，广行善事，广结善缘的人；一个待人接物处处有古风的人；一个年届耄耋而又精力充沛超过年轻人的人。总之，一个看似平凡实则不平凡的人。

如此众多的不同的甚至有些矛盾的气质集中在一个人身上，世界上能有这样传奇性的人物吗？

答曰：有！他就是泰国华裔侨领大企业家和教育家郑午楼博士。

中国俗话说"闻名不如见面"，又说"百闻不如一见"。

在结识郑午楼博士的过程中，我又一次体会到这些俗语的正确性。最近若干年以来，我常常听到郑午楼博士的大名。我对泰国情况不甚了了。但因为同自己所从事的工作毕竟是有联系的，所以也想多了解一些。近四五十年以来，我曾结识过一些泰国朋友，比如著名作家奈古腊，北大教员西堤差先生和夫人，在华的专家素察先生，还有北大东语系一些泰籍华人：范荷芳女士、侯志勇先生、郑先明先生等等。从他们那里我对泰国的了解深入了一点。但是我一直没有机会，直接到泰国去了解泰国，直接通过个人接触去了解郑午楼博士。

今年三月，机会终于到了。我们应郑午楼先生个人的邀请，来到了曼谷，参加由他创办的华侨崇圣大学的开学典礼。我们头一天晚上飞抵曼谷，第二天晚上，午楼先生就在他那豪华的私邸中设盛宴，欢迎中国大陆、香港、台湾和美国参加庆典的客人：中山大学校长曾汉民教授和蔡鸿生教授，汕头大学校长林维明教授，香港中文大学校长高锟教授，香港大学前校长黄丽松教授，香港学界泰斗饶宗颐教授，台湾郎静山老先生，美国加州大学伯克立分校校长田长霖教授，一时众星灿烂，八方风雨会曼谷。我同李铮和荣新江算是北京大学的代表，躬与胜会。我可真是万万没有想到，郑午楼博士同我一见面，就握着我的手说：

"你的著作我读过的。"

"???"

我颇有点惊讶：我们相隔万水千山，而且又不是一个行当，他怎么会读我的所谓著作呢？是不是仅仅出于客气呢？在以后的交往中，我慢慢地体会到：他说的不是客气话，而是实话。几天以后，我在国际贸易中心发表所谓演讲时，午楼先生竟也在千头万绪十分忙碌的情况下拨冗亲自去听。这充分说明，他对我那一套对东西方文化的看法还是有兴趣的。

在这一天晚上，在入座就餐之前，郑午楼先生亲自陪我们，实际上是带领我们参观他的住宅和艺术收藏品。他女儿站在大厅的入口处，欢迎佳宾。这里的房间非常多，虽然不一定比得上秦始皇的阿房宫；然而厅室交错，大小相间，雍容华贵，巍然灿然，令人叹为观止。不知由于什么原因，我仿佛成了贵宾中的首席。他带领我们参观，总把我推到前面。我们跟着他看了大大小小的很多房间，把他收藏的艺术品一一介绍给我们。他似乎是着意介绍自己收藏的中国绘画和书法，这些珍品都装裱精致，整整齐齐地挂在墙上。我记得其中有明代大画家唐伯虎和仇十洲的画，都是精品。记得还有张大千的画和于右任的字。他介绍这些精品时，从面部表情和整个神情来看，他对这些东西怀有无限深邃恳挚的感情，也可以说是他对整个中国文化怀有深邃恳挚的感情，更可以说是他对他降生的那一块国土怀有深邃恳挚的感情。事情难道不就是这个样子吗？

谈到午楼先生收藏的书法精品，必须强调谈一点：他本人就是一个有精湛技艺造诣很高的书法家。这一点是我最初无论如何也没有想到的。汉字书法艺术是中华民族中汉族独有的艺术，世界民族之林中的任何民族都是无法攀比的。山有根，水有源，树有本，汉字本身就是汉字书法艺术之根，之源，之本。没有汉字，就不会有汉字书法艺术。但是，稍微懂行的人都能知道，这个艺术并不容易。它已经有了二千多年的历史。从李斯写小篆开始，一路发展下来，而隶书，而楷草，而行书，而草书。"江山代有才人出，各领风骚数百年"，代代都出了一些书法大家。表面上看起来，变化极大，然而夷窥其实，则能发现，在大变中实有不变者在。也可以说是"万变不离其宗"，这个不变者，这个宗就是必须有基本功。抛开篆书和隶书不谈，专就楷书、行书、草书而言，基本功就是楷书，必须先练好横平竖直、点画分明的基本功，才能在这个基础上发展。譬如盖楼，必须先盖第一层，然后再在这上面盖第二层、第三层，以至更多的层。佛经上有一个寓言故事，说盖楼从第二层向上盖起。寓意是说，这是根本不可能的。可我们当今一些书法家，在没有基本功的基础上大肆创作，结果——至少在我眼中，成了鬼画符。这些书法家正是佛经寓言中所讽刺的那些想从第二层起盖楼的人。午楼先生的书法不是这个样子。他写的是楷书，是无法以荒诞文浅陋的楷书，是一切掩饰和做作都毫无用武之地的楷书。而且据我个人的观察，从我的欣赏水平所能达到的境界来观察，午楼先生的楷书取径很高，他所取的不是元代赵孟頫和明代董其昌的规范，而是唐代上承王氏父子中经"九成宫"，再济之以柳公权的规范。敦煌藏经洞中贮藏的唐代写经中最高水平的写经，都具备这样的书风。我看，如果把午楼先生写的小楷置诸敦煌等经中，几可乱真。俊秀而不媚俗，挺拔而不粗犷，这就是午楼先生楷书的特点。他之所以能达到这个水平，想来并非一朝一夕之功。他在带领我们参观时，他从一个箱子里拿出了一些他练书法时的成品。足见他是"十年磨一剑"，决非是轻而易举地成功的。

他在天赋的基础上加以勤苦磨练，方能达到这个地步。

午楼先生的勤苦磨练，不但表现在书法上，其他方面也能表现出来。他又从箱子里翻出来了几本练习簿，很像今天中国小学生使用的那一种。里面每一页上都有印好的横格，上面整整齐齐地写着泰文字母和单词儿、短句。在另外一些本子里整整齐齐地写着英文字母和单词儿、短句。可见他今天能够掌握本来不是他的母语的泰文，能够掌握世界通行语言的英文，也并非是轻而易举的，也是经过了艰苦的磨练才达到目的的。

在那一天晚上，在宴会前，郑午楼博士，满怀对远方友人的欢迎的热情，兴致勃勃，带领着我们参观了他的收藏品。我对这一位传奇式的人物开始有了点感性认识。我深深地感觉到，他的成功，正如别人的成功那样，决不是偶然的。现在人们常常讲，一个人的成功取决于三个条件：禀赋或天资、努力和机遇。三者缺一不可。很多人认为，我也同样认为，三者中最重要的是努力。只要勤奋努力，锲而不舍，则一方面能弥补禀赋之不足，另一方面又能招来机遇。午楼先生就是一个具体的例子。从他的学习书法、学习外语来看（泰语对他来说已经不能算是外语），他的勤奋努力是非常能感动人的。中国古话说："书山有路勤为径，学海无涯苦作舟。"这两句话在午楼先生身上得到了充分的证明。

过了几天，午楼先生又邀请我们这一群外宾也是内宾到他城外的高尔夫别墅里去游览参观。我还没有从对曼谷的迷茫中解脱出来，我仍然是不辨东西南北，也无法体会这一座别墅究竟在曼谷的什么地方。但是印象却是非常清楚的。这里同前几天晚上见到的摩天高楼迥乎不同。虽然没有什么平畴烟树，却也颇多野趣。房子以平房为主，庭院极为宽敞。有的房子好像是还没有装修完毕。我们走到了一处用画廊同主房联接起来的亭子似的房间，脱鞋进屋，地板光洁如镜，里面还没有摆上多少桌椅之类的东西。午楼先生对我说："下次再来曼谷时，就请你住在这里。"我连声道谢，但心里却琢磨：这不过是一时心血来潮，即兴而说的客气话。可是过了几天之后，在他为我们钱别的晚宴上，他又说了同样的话。可见他是胸有成竹的，决不是一时随便说说的。我在真正感激之余，觉得此事实在是渺如云烟，"更隔蓬山千万重"了。

在所有的这些活动中，午楼先生总是腰板挺直，神采奕奕，行动敏捷，健步如飞。不但不像一个年届耄耋的老人，而且连那几位同他在一起工作的中年人都自愧弗如。他们告诉我说，每次跟董事长检查工作，总是被他拖得满身大汗。我想到中国诗文中讲一个人的行动敏捷时说："瞻之在前，忽焉在后。"我再加上两句：来似雨飘，去似风骤。移赠午楼先生，我觉得是颇为适合的。

几个从大陆去的中年朋友，对我谈到午楼先生时，总称他为"董事长"或者"午楼博士"。亲切之情溢于言表。可以想见，他们对午楼先生是尊敬的，是爱戴的。也可以想见，午楼先生对他们没有架子，严格要求，亲切爱护，不以自己是领导凌人，不以自己是老人凌人，不以自己是名人凌人，不以自己是亿万富翁凌人。否则，这种尊敬爱戴之感从何而来呢？我们从大陆去的人也有亲身的体验。有一天在崇圣大学里一个什么典礼之后，很多客人和成群的中小学生聚集在餐厅里吃饭。因为人太多，实际上已无法摆开桌椅正襟危坐。大家都随随便便在人声噪杂中找到一把椅子坐下，把每人分得一盒饭打开来吃。不知什么时候，午楼先生也手拿一盒饭，边吃边走了过来，同我们坐在一起，大嚼起来，一不矜持，二不做作，纯任自然，兴致颇高。我们中间的一位低声说："真没有想到，他也会同我们一起这样随随便便地吃饭！"这是小事一桩，难道不能小中见大吗？

在以后几天的参观中，我们到过很多地方：华侨报德善堂、世界贸易中心、潮州会馆、郑氏大宗祠、华侨医院、京华银行等等。这些机构都与午楼先生有联系，有的就是他鼎力创建的。在曼谷以外，听说还有不少的工厂、公司和其他机构，也都是午楼先生创办的。由此可见他的经营能力之强，组织领导艺术之高，精力之富，对事业进取之锐。现在他又倡导创办了华侨崇圣大学，他的事业可以说是达到了一个新的高峰。在以上这些机构中，有一些是广行善事，赈灾济贫；有一些则是弘扬泰华文化。在这些方面，他都取得了辉煌的成绩。他真正做到了精神与物质并重，经营与倡导比翼。这些都对我们有启发意义。1991 年，午楼先生亲率赈灾团，不远千里，来到中国，救济中国受了水灾的灾民。可见他没有忘记中国这一个根。从他眼前的健康情况来看，他仿佛仍在如日中天，看来无论是在事业方面，还是在寿命方面，距离划句号还有很长一段路。这一点恐怕大家都能同意而又高兴的。

我在曼谷只呆了十天，同午楼先生见面虽不算少，但毕竟时间还是太短太短了，我对他的认识不可能不是肤浅的。不过有一点我是坚决有自信的：在午楼先生身上许多貌似矛盾的气质或特点得到了和谐的统一，他身上有许多闪光的东西，很值得我们学习。我离开泰国已经一个多月了，泰国许多朋友的音容，午楼先生的音容，仍然历历如在目前，如在耳边。遥望南天，云海渺漠，我祝他事业兴旺，福寿康宁。

1994 年 5 月 13 日

郎静山先生

实在是万万没有想到的事情——

在郑午楼博士盛大的宴会上。

有人给我介绍一位老先生：

"这是台湾来的郎静山先生。"

"是谁？"

"郎静山。"

"郎静山！？"

我瞪大了眼睛，舌挢不能下，我一时说不出话来。

"郎静山"，这个名字我是熟悉的，甚至是崇敬的。但这已经是六十多年前的事情了。我在清华大学念书的时候，有时候到图书馆去翻看新出版的杂志，特别是画报，常常在里面看到一些摄影的杰作，署名就是郎静山。久而久之，渐渐知道了他是赫赫有名的摄影大师，是上海滩上的红得发紫的活跃人物。崇拜名人，人之常情，渺予小子，焉敢例外。郎静山于是就成了我的崇拜对象之一。

从那时到现在，在六十多年的漫长的时期内，时移世迁，沧海桑田，各方面都有了天翻地覆的巨变。我在国外呆了将近十一年，回国后，在北京呆了也有五十多年了。中国已非复昔日之中国，上海亦非复昔日之上海。当年的画报早已销声匿迹，郎静山这个名字也消逝得无影无踪了。我原以为他早已成为古人——不，我连"以为"也没有"以为"，我压根儿就没有想到郎静山。对我来说，他早已成为博物馆中的人物，早已不存在了。

然而，正像《天方夜谭》中那个渔父从海中捞出来了一个瓶子那样，瓶口一打开，里面蓦地钻出来了一个神怪。我现在见到的不是一个神怪，而是一个活人：郎静山蓦地就站在我的面前。我用惊奇的眼光打量了一下这一位一百零四岁的老人：他慈眉善目，面色红润；头发花白，没有掉多少；腰板挺直，步履稳健；没有助听器，说明他耳聪；双目炯炯有神，说明他目明。有一个女士陪着他——是他的曾孙女吧——，他起坐走路，极其麻利，她好像成了沈有鼎教授的双拐，总是被提着走，不是教授拄它，而是它拄教授。最引起我的兴趣的是他的衣着。他仍然穿着长衫。那天晚上穿的是黑色的，不知道是什么料子的，黑色上面闪着小小的金星。在解放前，长衫是流行的，它几乎成了知识分子的象征，孔乙己先生身上穿的就是代表他的身份的长衫。我看了长衫，心中大感欣慰。我身上这一套中山装，久为风华正茂的青年男女们所讽刺。我表面上置若罔闻，由于某种心理作用，我死不改悔，但心中未免也有点嘀咕。中山装同长衫比起来，还是超前一代的，如果真进博物馆的话，它还要排在长衫的后面。然而久已绝迹于大陆的长衫，不意竟在曼谷见到。我身上这一套老古董似乎也并不那么陈腐落后了。这一种意外的简直像天外飞来的支援，使我衷心狂喜。

第二次同郎静山先生见面是在第二天华侨崇圣大学的开学典礼上。因为国王御驾莅临，所以仪式特别庄严隆重。从下午两点钟起，校园里就挤满了市民和军警。成千的小学生坐在绿草地上。能容千人的大礼堂也坐满了泰、外绅士和淑女。驻泰外交使节全部被邀观礼。当然是由于年纪大，我同郎静山先生被安排在第一排就座，他坐的位子是第一号，我是第二号。我们俩紧挨着，坐在那里，从两点一直坐到四点半。要想谈话，是有充分的时间的。然而却无从谈起。我们来自两个世界，出自两个世纪。在一般情况下，我本来已经有资格来倚老卖老了。然而在郎老面前，他大我二十一岁，是我的父辈，我怎么还敢倚敢卖呢？他坐在那里，精神矍铄，却是一言不发。我感到尴尬，想搭讪着说两句话，然而又没有词儿。"今天天气哈哈哈"，这里完全用不上。没有法子，只好呆坐在那里。幸亏陈贞煜博士给我介绍了德国驻泰国大使，用茄门话寒暄了一番。他又介绍了印度驻泰国大使，用英文聊了一阵。两位大使归座以后，我仍然枯坐在那里。郎老今天换了一身灰色的衣服，仍然是长衫。他神清气爽，陪我——或者我陪他呆坐那里。最后，我们俩被请到了一座大厅门口，排队站在那里，等候郑午楼博士把我们俩介绍给国王陛下。此时，陪他的那一位女士早已不见。郎老一个人，没有手杖，没有人搀扶，直挺挺地站在那里，恭候圣驾。站的时间并不太短。只见他安然，怡然，泰然，坦然，没有一点疲倦的神色。

我最后一次见到郎静山先生，是在郑午楼博士创办的国际贸易中心中。这里同时举办了四五个展览会。我到每一个展览厅都浏览了一遍，给我留下了十分深刻的印象。文物展览厅中的中国古代绘画和瓷器中，都有精品，在中国国内也是拔尖的。我最后到了摄影展览厅，规模不大，但极精彩。有几幅作品十分突出，看了让人惊心动魄。我对这些摄影艺术家着实羡慕了一番。旁边站着一位香港的摄影家，我对他表白了我的赞叹的心情。我在这里又遇到了郎老。他来这里是必然的。一个老一代蜚声海内外的摄影大家，焉能不到摄影展览厅里来呢？郎老年轻的时候，还没有彩色摄影。郎老的杰作都是黑白的。这次他带来了自己当年的杰作"百鹤图"的翻印本，令我回忆起当年欣赏这一幅杰作的情景。应该感谢老人的细心安排。

他一个人孑然站在那里，没有手杖，没有人陪伴，脸上的神情仍然是安然，怡然，泰然，坦然，仿佛是遗世而独立。这一次，我们除了打个招呼以外，更没有什么话可说了。我默默地站了一会，就同他告别。从此再没有在曼谷见到他。

杜甫的诗说："明日隔山岳，世事两茫茫。"我们现在是："今日隔山岳，世事两茫茫。"像在曼谷这一次会面这样的奇迹，一个人一生中只能遇到一次。这样的奇迹再也不会出现了。云天渺茫，人事无常，一面之缘，实已难忘。我祝他健康长寿，再活上十年，二十年，或者更多的年。

1994 年 5 月 3 日

华侨崇圣大学开学典礼

我仿佛是走进了"天方夜谭",仿佛走进了一个童话或神话的世界。

在辨认方向方面我的能力本来就不强,何况现在来到的是一个异国的陌生的大城市,而且只呆了一天,曼谷对我还是一团谜。现在一下子来到了华侨崇圣大学新建的校舍中,参加十分隆重的开学大典。我懵懵懂懂,不辨东西南北,被人扶下了汽车,也不知道是什么时候进的校门,等到我抬眼观望时,已经快走到了大礼堂了。

我现在眼花缭乱,只见马路上站满了男女警察,一律黑色制服,个个威武雄壮。大概是因为国王要御驾亲临,为了安全,为了维持秩序,不得不尔。马路两旁的空地上和草地上,则挤满了男女老幼。穿着整齐的制服的中小学生则坐在草地上。搭了不少的布棚,棚下坐着许多成年人。虽然没有像一些国家那样到处挂满了五颜六色的彩旗,但是在一派喧腾热烈的气氛中,我眼前也闪耀着一些红红绿绿的影子,大概也是彩旗一类的东西吧。国王陛下预定下午四时半驾到,此时才不过二时多,辽阔的校园里已经是万众欢腾,一片祥和、喜庆,而又肃穆矜持的气象,上凌斗牛。这让我立刻想到印度古代佛典中描绘的如来佛到什么地方去受到热烈欢迎的场面,一切天、龙、紧那罗、阿修罗等等,无不在天空中凝神下视,对如来佛合十致敬,连印度教的天老爷天帝释或因陀罗，也伫立于随侍的群神中。真正做到了"天上天下，唯我独尊"。

我们被请进了新落成的富丽堂皇的大礼堂。屋内是另外一番景象。首先让我再明确不过地感觉到的是，室外骄阳如火，室内则因为有空调设备，冷冽如春。几百个座位上坐满了衣着整洁的绅士淑女，有泰国人，也有外国人，人人威仪俨然，说话低声细气，与室外形成了鲜明的对比。我们因为是中国来的贵宾，被引到最高排紧靠主席台就座。我又因为在中国学者中年龄最大，就被安排坐在右边是人行道的第二个座位上。第一个座位看来是贵宾席的首席座位。被邀请坐在那里的是从中国台湾来的年已届一百零四岁的蜚声宇内的摄影大师郎静山先生。看来序齿在这里起了很大的作用。不管怎样，经过了一阵紧张迷乱，现在总算安定下来了，可以休息沉思一会儿了。宇宙宁静，天下太平。

我们在肃穆中恭候国王陛下的御驾。但是距国王驾到的时间还有两个小时，时间是太多太多了。西谚说："你如果不能杀掉时间，时间就会杀掉你。"我现在怎样杀掉时间呢？最轻而易举的办法是同临座的人侃大山。我的邻座是郎静山老先生。他慈眉善目，蔼然可亲，本来是可以侃一气的。但是，他不大说话，我也无话可说。我明显地感觉到，在我们之间横着一条深深的"代沟"。我行年已经八十有三。如果说什么"代沟"的话，那一定会是我同比我年轻一些人之间的"代沟"。然而今天的"代沟"却是我同我年长二十一岁的老人之间的"代沟"。看来这个"代沟"更厉害，我实在无法逾越。我只好沉默不语，任凭时间在杀掉自己。幸亏陈贞煜博士是识时务的俊杰，他介绍给我了德国驻泰国大使和印度驻泰国大使，说了一阵洋话，减少时间宰杀的威力。此后，我们仍然是静静地坐着，恭候着。

有人来请我们中间比较年轻的几位学者到大礼堂外面什么地方去恭迎泰国僧王和国王的圣驾。我同郎老由于年老体弱，被豁免了这一项光荣的任务。我们只是静静地坐着，恭候着。到了下午四点三刻，台上有点骚动。我从台下看上去，那一群身着黑色礼服的绅士都站了起来。因为人太多，包围圈挡住了我的目光，我并没有看清国王。他的宝座大概就设在主席台的正中。只见这些绅士们——后来听说，都是华人企业家——一个一个地从座位上站起来，走到国王宝座前，双膝下跪，双手举着什么，呈递给国王，国王接了以后，他就站起来走回自己的座位，下一位照此行动，一直到大约有四五十位绅士们都完成了自己的任务。

呈递的是什么东西呢？我打听了泰国的华人朋友，他们答复说是：呈递捐款。原来华侨崇圣大学，虽然是郑午楼博士带头创办的，他自己已经捐了一亿铢，以为首倡，但他也罗致华人中有识有力之士，共襄盛举。大家举起响应，捐款者前赴后继。所谓"崇圣"，"圣"指的就是国王，他们要"崇圣报德"，报答国王陛下使他们安居乐业之恩，所以就把捐款呈献给国王本人。那一天呈递的就是这样的捐款。据说捐一千万铢以上者才有资格坐在台上，亲自跪献。其余捐款少于一千万者，就用另外的方式了。

泰国朋友说，捐款完全是自觉自愿的。为了其他的用途，泰国国王也接受捐献。所有这些捐献，国王及其他王室成员都用之于民。国王和王后陛下和其他一些王族，常常深入民众，访贫问苦，救济灾民，布施食品、衣服、医药等等，用中国的话说就是"广行善事"。因此，国王王后以及王室成员，在人民群众中有极高的威信，真正受到了人民的爱戴。在这一点上，泰国王室同当今世界上还保留下来的一些大大小小国家的王室，确实有所不同。对于这样的国王，华裔人士要"崇圣报德"，完全是应该的，是值得赞扬的。

这话说远了，现在再回到我们的礼堂里来。在主席台上，捐献的仪式结束了，只见国王走下了宝座，轻步走到主席台左侧一个用黄布幔子遮住的佛龛似的地方，屈膝一跪。我大吃一惊：万民给他下跪的人现在居然给别的什么神或人下跪了。一打听才知道，幔子里坐的人正是泰国僧王。泰国是佛教国家，同缅甸和斯里兰卡一样，崇奉佛教小乘，中国所谓"南传佛教"。佛教的信条本来就是"沙门不拜王者"，王者反而要拜沙门。作为虔诚佛徒的国王，当然甘愿信守这个律条，所以就有这一跪了。

肃穆隆重的开学大典到这里就算结束了。郑午楼博士恭陪国王到主席台后面的一个大厅里去接见参加大会的显要人物。我们中国的学者们被告知，到大厅的入口处排队迎驾；当国王走到这里时，午楼博士将把我们中最年长的两位介绍给国王陛下：一位当然就是郎静山先生，一位就是我。我们谨遵指教，站在那里。只见大厅里挤满了人，黑鸦鸦一片深色的服装。因为人太多，我并看不清国王是怎样活动的。我们的任务是站在那里等。我虽然已经年届耄耋，但毕竟比郎老还年轻二十多岁。可是站久了，也觉得有点疲倦。身旁的郎老却仍然神采奕奕，毫无倦容。我心里暗暗地佩服。然而，国王已经走到我们眼前。郑午楼博士看样子是做了较详细的介绍，因为说的是泰语，我听不懂。国王点头微笑，然后走出大厅。觐见的一幕也就结束了。

我们跟着国王和一群绅士们后面，走到了一个距大厅不远的新建成的博物馆中，门楣上悬挂着泰国诗琳通公主亲笔书写的"崇圣报德"四个大汉字，这四个字可以说是华侨崇圣大学办学的最高方针，言简意赅，涵义无穷。博物馆里收藏品极多，琳琅满目，美不胜收。国王的兴致看来是非常高的。他仔细看了每一个展览厅里几乎是每一件展品。在里面呆了很长的时间。然后走出博物馆，启驾回宫。他在崇圣大学里呆了已经三个多小时了。

此时暮霭四合，黄昏已经降临到崇圣大学校园中，连在那巍峨的建筑的最高顶上，太阳的余晖也已消逝不见。韩愈的诗说："黄昏到寺蝙蝠飞"。在这距离家乡万里之外的异域，我确实没有期望能看到蝙蝠。我看到的仅仅是仍然静静地坐在道路两旁的地上的男女中小学生，他们在这里坐了已经有五六个小时了。此时他们大概是盼着老师们下命令，集合整队回家了。

我们这一群从中国来的客人，随着人流，向外慢慢地走。在我眼前，在我心中，开学大典的盛况，仍然像过电影似的闪动着。这种"天方夜谭"似的印象，将会永远永远地留在我的心中。

1994 年 5 月 10 日

鳄鱼湖

人是不应该没有一点幻想的，即使是胡思乱想，甚至想入非非，也无大碍，总比没有要强。

要举例子嘛，那真是俯拾即是。古代的英雄们看到了皇帝老子的荣华富贵，口出大言："彼可取而代也。"或者："大丈夫当如是也。"我认为，这就是幻想。牛顿看到苹果落地而悟出了地心吸力，最初难道也不就是幻想吗？有幻想的英雄们，有的成功，有的失败，这叫做天命，新名词叫机遇。有幻想的科学家们则在人类科学史上占了光辉的位置。科学不能靠天命，靠的是人工。

我说这些空话，是想引出一个真人来，引出一件实事来。这个人就是泰国北榄鳄鱼湖动物园的园主杨海泉先生。

鳄鱼这玩意儿，凶狠丑陋，残忍狞恶，从内容到形式，从内心到外表，简直找不出一点美好的东西。除了皮可以为贵夫人、贵小姐制造小手提包，增加她们的娇媚和骄纵外，浑身上下简直一无可取。当年韩文公驱逐鳄鱼的时候，就称它们为"丑类"，说它们"睅然不安溪潭，据处食民畜、熊、豕、鹿、獐，以肥其身，以种其子孙"。到了今天，鳄鱼本性难移，毫无改悔之意，谁见了谁怕，谁见了谁厌；然而又无可奈何，只有怕而远之了。

然而唯独一个人不怕不厌，这个人就是杨海泉先生。他有幻想，有远见。幻想与远见相隔一毫米，有时候简直就是一码事。他独具慧眼，竟然在这个"丑类"身上看出了门道。他开始饲养起鳄鱼来。他的事业发展的过程，我并不清楚。大概也必然是经过了千辛万苦，三灾八难，他终于成功了。他成了蜚声寰宇的也许是唯一的一个鳄鱼大王，被授予了名誉科学博士学位。关于他的故事在世界上纷纷扬扬，流传不已。鳄鱼，还有人妖，成了泰国旅游的热点，大有"不看鳄鱼非好汉"之慨了。

今天我来到了鳄鱼湖。天气晴朗，热浪不兴，是十分理想的旅游天气。我可决没有想到，杨先生竟在百忙中亲自出来接待我们。我同他一见面，心里就吃了一惊：站在我面前的难道就是杨海泉先生本人吗？这样一个传奇式的人物，即使不是三头六臂，硃齿獠牙，至少也应该有些特点。干脆说白了吧。我心中想象的杨先生应该粗一点，壮一点，甚至野一点。一个不是大学出身，不是科举出身，而又天天同吃人不眨眼的"丑类"打交道的人，没有上面说的三个"一点"，怎么能行呢？然而站在我面前的人，温文尔雅，谦虚热情，话说不多，诚恳却溢于言表，同我的想象大相径庭。然而，事实就是这个样子，我只有心悦诚服地接受了。

杨先生不但会见了我们，而且还亲自陪我们参观，这样一个世界知名的鳄鱼湖，又有这样理想的天气。园子里挤满了游人。黑眼黑发，碧眼黄发，耄耋老人，童稚少年，摩登女郎，淳朴村妇，交相辉映，满园喧腾，好一派热闹景象。我看，我们中国大陆来的人，心情都很好，在热带阳光的照晒下，满面春风。

我们先在一座大会议厅里看了本园概况和发展历史的影

片，然后走出来参观。但是，偌大一个园子，简直如一部二十四史，不知从何处看起，幸亏园主就在我们眼前，还是听他调度吧。

他先带我们到一个完全出乎我意料的地方去：一个地上趴着一只猛虎的亭子里，我原以为是一个老虎标本，摆在那儿，供人照相用做背景的。因为这里并没有像其他动物园里那样有庞大的铁笼子，没有铁笼子怎么敢养老虎呢？然而，我仔细一看，地上趴的确确实实是一只活老虎，脖子上拴着铁链子。一个小男孩蹲在虎的背后，面对老虎的是几个拍照的小姑娘。我一看，倒抽了一口冷气；说老实话，双腿都有些发颤了。我看了看那几个泰国的男女小孩，又看了看园主，只见他们面色怡然，神情坦然，我也只好强压下紧张的情绪，走了进去。跨过一个铁栏杆，主人领我转到老虎背后，要与虎合影，我战战兢兢地跟在主人身后，同园主一起，摆好了照相的架势。园主示意我用手抚摩老虎的脖子。俗话说："老虎屁股摸不得。"老虎的屁股都摸不得，哪里还敢抚摩老虎的脖子呢？我曾在印度海德拉巴的动物园中摸过老虎的屁股；但那是老虎被锁在仅容一身的铁笼子里，人站在笼子外面，哆里哆嗦地摸上一把，自己就仿佛成了一个准英雄了。今天是同老虎在一起，中间没有铁栏杆。我的手实在不敢往下放。正在这关键时刻，也许是由于园主的示意，饲虎的小男孩用一根木棒捣了老虎一下，老虎大怒，猛张血盆大口，吼声震耳欲聋，好像是晴天的霹雳，吓得我浑身汗毛都竖了起来，此情此景，大概我一生只仅有这一次——然而这一次已经足够足够了。

此时，我真是五体投地地佩服园主，我佩服他的幻想，一个没有幻想的人，能想得出这样前无古人的绝招吗？

紧接着是参观真正的鳄鱼湖。鳄鱼被养在池塘中。池塘有大有小，有方有圆，没有一定的规格，看样子是利用迁就原来的地形，只稍稍加以整修。我们走过跨在湖上的骑湖楼，楼全是木结构，中间铺木板，两旁有栏杆。前后左右全是池塘，池塘养着多寡不等的鳄鱼。据主人告诉我们说，这样的池塘群还有十五个，水面面积之大可想而知。鳄鱼是按照种类，按照年龄分池饲养的。这样多的鳄鱼，水里的鱼早被吃光了，只能每天按时用鱼来饲养。我看鳄鱼条条肥壮，足征它们的饭食是不错的。池中的鳄鱼千姿百态，有的趴在岸边，有的游在水里。我们走过一个池塘，里面的鳄鱼，条条都长过一丈。行动迟缓，有的一动也不动，有的趴在太阳里，好像是在那里负暄，修真养性。主人说，这个池塘是专门饲养五六十岁以上的老年鳄鱼。在人类社会中，近些年来，中外都有一些人高喊什么老龄社会，大有惶惶不可终日之慨。鳄鱼大概还没有进化到这个程度，不会关心什么老龄不老龄。然而这个鳄鱼湖的主人却为它们操心，给它们创建了这个舒适的干休所，它们可以在这里颐养天年了。至于变成了女士们的手提包，鳄鱼们是不会想到的。有一个问题我们参观的人都很关心，我想别的人也一样，这就是：这个鳄鱼湖究竟饲养了多少条鳄鱼。主人说是四万条。这真是一个惊人的数字。我想，在茫茫大地上，在任何地方，即使是鳄鱼最集中的地方，也决不会四万条聚集在一起的。

此时，我更是五体投地地佩服我们的园主，佩服他的幻想。一个没有幻想的人能够把四万条鳄鱼集中在一起成为人类的奇迹吗？

　　紧接着我们走上了林荫大道，浓荫匝地，暑意全消。蒙杨海泉先生照顾，因为我年纪最大，他特别调来了一辆只能坐两人的敞篷车，看样子是他专用的。我们俩坐上，开到了一个像体育馆似的地方。周围是看台，有木凳可坐。园主请中国客人坐在最前排。下面是鳄鱼的运动场。周围环水，中间有块陆地，有几条鳄鱼在上面睡觉，还有几条在水里露出脑袋来。走进来了两个男孩子，穿着颇为鲜艳的衣服。他们俩向周围看台上的泰、外观众合十致敬，然后走到水中拉出几条大鳄鱼，是拽着尾巴拉的，都拉到环水的陆地上。一个男孩掀开一条鳄鱼的大嘴，不知道是念了一个什么咒，鳄鱼的嘴就大张着，上下颚并不并拢起来。没看清男孩是用什么东西，戳鳄鱼的什么地方，只听得乓的一声巨响，又乓的一声，不知道是从哪里发出来的声音。小男孩又把自己的脑袋伸入鳄鱼嘴中，在上下两排剑一般的巨齿中间，莞尔而笑。然后抽出脑袋，把鳄鱼举在手中，放在脖子上。又让鳄鱼趴在地上，他踏上它的背部。两个孩子把几条吃人不眨眼的鳄鱼耍弄得服服帖帖。有时候我们真替他们捏一把汗；然后两个孩子却怡然自得，光着脚丫，在水中和陆上来回奔波。

　　走出了鳄鱼馆，又来到了另一个也像体育场似的场所。周围也是看台，同样是坐满了全世界许多国家的旅游者。但这里是大象和杂技表演的场所，台下没有水，而是一片运动场似的地。场中有几个同样穿着彩衣的男女青年。他们先把一大堆玻璃瓶之类的东西砸碎，然后有一个男孩光着膀子，躺在碎玻璃碴子上，打滚，翻筋斗，耍出种种的花样。最后又有一个男孩踩在他身上。在他身子下面，碎玻璃仿佛变成了棉花或者羊毛或者鸭绒什么的。简直是柔软可爱。看了这些表演，对中国人来说，这简直是司空见惯；然而对碧眼黄发的人来说，却是颇为值得惊奇的。于是一阵阵的掌声就从周围的看台上响起了。接着进场的是几头大象，脖子上戴着花环，背上，毋宁说是鼻子上骑着一个男孩子。先绕场一周，向观众致敬，大象无法用泰国常见的方式，合十致敬，只能把鼻子高高举，表达一番敬意了。大象在小孩子的指挥下，表演了许多精彩的节目。然后又绕场走起来。我原以为这只是节目结束后例行的仪式，然而，我立刻就看到，看台上懂行的观众，掏出了硬币，投向场中，不管硬币多么小，大象都能用鼻子一一捡起，递到骑在鼻子上的小孩的手中。坐在前排的观众，掏出了纸币，塞到大象的嘴里——请注意，是嘴，不是鼻子——，大象叼起来，仍然递到小孩子手中。我同园主坐在前排正中。大概男孩知道，园主正陪贵宾坐在那里，于是就用不知什么方法示意大象，大象摇晃着鼻子来到我们眼前。我一下子窘了起来，我口袋中既无硬币，也无纸币。聪明的主人立刻递给我几个硬币和几张纸币，这就给我解了围。我把纸币放在大象嘴中，又把硬币放到伸到我眼前的鼻子中，我的手碰到了大象柔软的鼻尖上的小口，一阵又软又滑又湿的感觉，从我的手指头尖上直透我的全身，有一种无法用言语形容舒适清凉的 ecstasy，我的全身仿佛在颤抖。

此时，我更真正是五体投地地佩服我们的园主，佩服他的幻想。一个没有幻想的人能够想出这样训练鳄鱼，这样训练大象吗？

我们的参观结束了，但是我的感触却没有结束，而且永远也不会结束。杨海泉先生养的虽然是极为丑陋凶狠的鳄鱼，然而他的目标却是：

绍述文化今鉴古——
卿云霭霭，邹鲁遗风。
作圣齐贤吾辈事，
民胞物与，人和政通。
世变沧桑俱往矣！
忠荩毋我，天下为公。
静、安、虑、得、勤观照，
辉煌禹甸，乐见群龙。
忠孝礼义仁为本，
发聋启瞆新民丰。

杨先生的广阔的胸襟可见一斑了。他这一番奇迹般的伟大事业，已经给寰宇的炎黄子孙增添了光彩，已经给世界文化增添了光彩，已经给炎黄文化增添了光彩，已经给泰华文化增添了光彩。对于这一点我焉能漠然淡然没有感触呢？海泉先生虽然已经做出了这样的事业，但看上去他仍然是充满了青春活力的。他那令人吃惊的幻想能力已经呈现出极大的辉煌；但是看来还大有用武之地，还是前途无量的。我相信，等我下一次再来曼谷时，还会有更伟大更辉煌的奇迹在等候着我。这是我坚定不移的信念。

1994 年 5 月 7 日

帕 塔 亚[①]

帕塔亚是一个奇怪的地方。置身其中，你就仿佛到了纽约，到了巴黎，到了东京，到了香港。然而，在二十年前，此地却只不过是一片荒凉的海滩，细浪拍岸，涛声盈耳，平沙十里，海鸥数点而已。

我们从曼谷出发，长驱数百公里，到了的时候，已经是向晚时分。到旅馆中订好房间，立即出来。此时暮霭四合，华灯初上。大街上车如流水，行人如过江之鲫。黑头发，黑眼睛，黄头发，蓝眼睛，浓装艳抹，短裤或牛仔裤，挤满了大街。泰国为世界旅游胜地，此处又为泰国胜地，其吸引力之强，可以想见。

主人先领我们到海鲜餐厅。愧我孤陋寡闻，原来我连帕塔亚都不知道，更不用说什么海鲜餐厅了。看样子，这个餐厅恐怕是此地的一个非常著名的地方，来到帕塔亚，就非来不行，否则就会是终生憾事。此处并非高楼大厦，只是一座简单的平房。这座简单的平房却有惊人的吸引力。刚才在大街上看到的黑头发，黑眼睛，黄头发，蓝眼睛，浓装艳抹，短裤或牛仔裤，仿佛一下子都挤到这里来了。在不太大的空间内，这些东西交光互影，互相辉映，在我眼前形成了奇妙的景象。我一时间眼花缭乱，目迷神眩。一进门，就看到许

---

① 帕塔亚：通称为芭堤雅。

多玻璃缸，不，毋宁说是玻璃橱，因为是方形的，里面养着鲜鱼活虾，在水中游动。有输入氧气的管子，管口翻腾着许多珍珠似的水泡，"大珠小珠落玉盘"，只是听不到声音。意思当然是想昭告天下：这里是名副其实海鲜餐厅。在吃到嘴里以前，我们的眼睛先饱餐了一顿。

我们从五颜六色的人群的缝隙里慢慢地挤了进去。一排排的长桌子整整齐齐地排在那里，比较简陋，并不豪华。然而却坐满了人。看样子我们的主人已经事先订好了座，我们的座位就在一排长桌的最里面，紧靠一面短栏杆，外面黑咕隆咚，什么也看不见。隔了一会，我才知道，外面就是大海。我恍然茫然：二十年前，这里不正是荒凉的海滩，细浪拍岸，涛声盈耳，平沙十里，海鸥数点的地方吗？我就这样在这个本来应该是充满了诗情画意，实际上却噪杂喧闹的气氛中吃了我生平难以忘怀的一顿晚餐。

离开海鲜餐厅时，已经接近晚上九点。主人又匆匆忙忙带我们到人妖歌舞剧场。这大概是本地的第二个闻名全球的景点。"人妖"这个名词本身就让人看了可怕，听了可厌。然而在泰国确实用的就是这两个字，并不是以意为之的翻译。人妖，实际就是男娼。在中国旧社会，男娼也是有的，所谓"相公"者就是。但是，中国的男娼是顺其自然的，而泰国的"人妖"则是经过雕琢，把男人凿成女人。我常有怪想：在所有的动物中，号称"万物之灵"的人类是最能作孽的，其作恶多端的能耐，其他动物确实望尘莫及。谓予不信，请看"人妖"。

但是，不管我多么厌恶"人妖"，到了泰国，还是想看一看的。在曼谷，主人没有安排。事实上也不能安排。堂堂的一个代表国家代表大学的代表团，在日程上竟列上一项：访问"人妖"，岂不大煞风景吗？今天到了帕塔亚，是用欣赏歌舞的名义来行事的，面子上，内心里，好像都过得去了。于是我们就来到了人妖歌舞剧场。

我们来到的时间毕竟是晚了。宽敞明亮非常现代化的大厅里，已经几乎是座无虚席，我们找了又找，最后在接近最高层的地方找到了几个座位。我们坐下以后，感觉到自己好像是雄踞奥林匹克之巅的大神宙斯。低头下视，只能看到黑头发与黄头发，黑眼睛与蓝眼睛渺不可见。至于短裤或牛仔裤则只能想象了。因为跳舞台毕竟太远，台上的人妖，台上的舞蹈，只能看个大概。闪烁不定五彩缤纷的灯光，当然能够看到，歌声也能清晰听到。对我来说，这样已经够了。至于看"人妖"的明目皓齿，我则根本没有这个愿望。有时候，观众听众席的最前一排那里，似乎出了什么事，有的听众哗然大笑。我们一点也看不清楚，只能看到某一个正在表演着的"人妖"，忽然走下了舞台，走到前排观众跟前，做出了什么举动，于是群众轰然。有一回，竟有一个观众被"人妖"拉上了舞台，张口举手，似乎极窘，狼狈下台，后遂无问津者。

歌舞终于快结束了。在正式散场之前，我们为了避免拥挤，提前一二分钟走出了剧场。外面夜气已深，但灯光照样通明，霓虹灯照样闪烁，这里是一座不夜城。回到旅馆，安然睡下，第二天一大早起来，吃过早饭，就离开了帕塔亚。这本来是一个海滨旅游胜地，但是，临海而未见海。这里的海滩到底是一个什么样子呢？一团模糊。是细浪拍岸，涛声盈耳，平沙十里，海鸥数点呢？还是只有海鲜餐厅和人妖歌舞剧场？一团模糊。

这就是我的帕塔亚。

别了，一团模糊的帕塔亚！

1994 年 5 月 25 日

一只小猴

只有几秒钟，也许连几秒钟都不到，我抬眼瞥见了一只小猴，在泰国的旅游胜地帕塔亚，在华灯初上的黄昏时分，在车水马龙的大马路旁，在五光十色的霓虹灯照耀下，在黑发和黄发、黑眼睛和蓝眼睛交互混杂的人流中……

小猴真正是小，看模样，也不过几个月大。它睁大一双圆溜溜的眼睛，惊奇地瞅着这非我族类的人类的闹嚷喧腾的花花世界，心里不知作何感想。它被搂在一个十几岁的小男孩子怀中，脖子上拴着链子，链子的另一端就攥在小男孩手中。它左顾右盼，上窜下跳，焦躁不安，瞬息不停。但小男孩却像如来佛的巨掌，猴子无论如何也逃脱不出去。

小男孩也焦躁不安，神情凄凉，他在费尽心血，向路人兜售这一只小猴。不管他怎样哀告，路人却像顽石一般，决不点头。黑头发不点头，黄头发也不点头。黑眼睛不眨眼，蓝眼睛也不眨眼。小男孩的神情更加凄凉了。

只有几秒钟，也许连几秒钟都不到，我把这一切都看在眼里，我的心蓦地猛烈地震动了一下：小猴的天真无邪的模样，小孩的焦急凄凉的神态，撞击着我的心。我回头注视着猴子和孩子，在霓虹灯照亮了的黑头发和黄头发的人流中，注视，再注视，一直到什么都看不见为止。

　　小猴和小孩的影子在我眼前消逝了，却沉重地落在我的心头。随之而来的是无穷无尽的问号：小猴是从哪里捉来的呢？是从深山老林里吗？它有没有妈妈呢？如果有，猴妈妈不想自己的孩子吗？小猴不想自己的妈妈吗？茂密不透阳光的森林同眼前的五光十色的人类的花花世界给小猴什么样的印象呢？小猴喜欢不喜欢这个拴住自己的小男孩呢？小男孩家里什么样呢？是否他父母在倚闾望子等小男孩卖掉了小猴买米下锅呢？小男孩卖不掉小猴心里想些什么呢？

　　我的思绪一转，立刻又引来了另外一系列的问号：小猴卖出去了没有呢？如果已经卖了出去，是黑头发黑眼睛的人买了去的呢？还是碧眼黄发的人买了去的？如果是后者的话，说不定明天一早，小猴就上了豪华的客机穿云越海而去。小猴有什么感觉呢？这样一来，小猴不用悬梁刺股拼命考"托福"就不费吹灰之力到了某些中国人眼中心中的天堂乐园。小猴翘不翘尾巴呢？它感不感到光荣呢？……

　　无穷无尽的问号萦绕在我的心头，我跟随着大伙儿来到了帕塔亚有名的海鲜餐厅，嘴里品尝着大个儿的新鲜的十分珍贵的龙虾，味道确实鲜美。但是我脑袋里想的是小猴，它那两只漆黑锃亮的圆圆的眼睛，在我眼前飘动。我们走进了世界著名的人妖歌舞厅，台上五彩缤纷，歌声嘹亮入云，舞姿轻盈曼妙，台下欢声雷动。但是我脑袋里想的是小猴。一直到深夜转回雍容华贵的大旅馆，我脑袋里想的仍然是小猴，那一只在不到几秒钟内瞥见的小猴。

小猴在我脑海里变成了一个永恒的问号。

1994 年 5 月 4 日

东方文化书院和陈贞煜博士

在入口处，在一座很高的山墙上，几个镶嵌在上面的大字，发出了闪闪的金光："东方文化书院"六个极大的汉字。上面是一行印度天城体字母写成的梵文：Prācyasaṇskritipratisthāna（拉丁字母转写）。这几个金光闪闪的大字，似乎就闪耀出无限深邃的无限神秘的东方智慧。院长陈贞煜博士把这几个字指给我看，并问我最后几个字怎样读。

这就是泰国曼谷的东方文化书院。

顾名思义，书院的目的就是弘扬东方文化，弘扬泰华文化。书院建院伊始，大规模的工作还没有展开。但是，中国古语说："千里之行，始于跬步。"书院已经有了一个很好的开始，预示着它前程似锦，无限辉煌。

我应邀在这里做了一个学术讲演，讲的仍然是我那一套天人合一。听众人数不多，但多是侨界精英。我讲完了以后，有几位学者发言支持，像著名学者郑彝元先生，还有国内去的中山大学教授著名的中西交通史专家蔡鸿生先生等等。记得鲁迅先生曾说过，一个人发出了声音，如果没有应答，那就是最让人感到寂寞的事情，即使是反对的应答，也比没有强。我现在得到的应答是完全肯定的，乐何如之！庄子在《徐无鬼》中说道："夫逃虚空者，藜藿柱乎鼪鼬之径，踉位其空，闻人足音跫然而喜矣。"我现在不是处在藜藿之中，而是坐在富丽堂皇的大讲堂里，然而跫然的足音更能给我带来了无量的喜悦。

　　然而更使我喜悦的是陈贞煜博士作为主席介绍我时那种溢于言表的情谊。陈先生同我一样是德国留学生。我们初见面时，无意之中彼此讲了几句德国话。这样一来，记忆的丝缕把现在同过去的比较天真无邪的青春时期牵在一起了，不由自主地油然而生了一点似浓似淡的甜蜜感。难道这就是我们一见如故"心有灵犀一点通"的原因吗？不管怎样，我们俩在中国只见过一面，我来到泰国再见面就仿佛已是老友了。陈先生是学法律的，做过二十年法官，当选过国会议员，担任过泰国最高学府之一的法政大学校长，现在仍然是那里的教授。但是，他为人淳朴，一无官气，二无"法"气。在当今不算太清明的世界上是一个难得的好人。

　　在离开曼谷的前一天，我们此行的任务可以说是已经完成了，夸大一点，也可以说是胜利完成了，但是好像仍有所不足，似乎还有一点什么东西耿耿于怀。仔细一想：有名的大皇宫还没有逛。"不到皇宫非好汉"，到曼谷来旅游的人，没有不到大皇宫的。然而，我们就要走了，这一次是逛不成了。人世间尽如人意的事情是十分难得的，索性给曼谷留下一点我们的心，留下一份怅怅，一份快快。

然而，完全出乎我的意料，我们的救星来到了，这个救星就是陈贞煜博士，他忽然偕郑彝元先生和林悟殊先生来到了旅馆，邀我们去游大皇宫。这真是喜从天降，我们立即上车。

　　谈到皇宫，我是颇有一些经验的。我到过世界上三十多个国家，那里的皇宫我看过不少，举其荦荦大者，中国北京的故宫固无论矣。在印度，莫卧儿王朝的皇宫，我就看过两个：阿格拉的红堡和德里的红堡。两处皇宫的特点几乎完全是一样的：都是用红色岩石筑成，所以名为"红堡"；建筑风格都是伊斯兰式的，简单明了，线条清晰，令人一目了然，毫无拖沓繁复浓得化不开之感。所有的拱门，不论大小，所有的窗子，也不论大小，上端都是桃形，这是典型的伊斯兰建筑风格，全世界概莫能外。在俄国，我见过克里姆林宫。在德国，我见过弗雷得里希大帝的"无忧宫"。这些皇宫都各有其特点。从审美的角度来看，它们泾渭分明，决不容混淆。中国的皇宫以气象胜，巍峨雄伟，大气磅礴，庄严威武，惊心动魄。可远观而不可亵玩，属于阳刚之美。无忧宫和红堡，气势不能说没有，但是格局狭隘，可以近视而不宜远望。雕梁画柱，墙上，柱上，镂金错彩，镶宝嵌玉，盈尺之中，无限风光。虽然不能即归诸阴柔之美一类，但与中国故宫比，其差别可以立见。

　　现在到了泰国的大皇宫。在进门之前，我自然而然地就会回忆起以前看过的所有的皇宫，在潜意识中加以对比，而产生了一种德国接受美学学派所说的"期望视野"。我究竟期望在这座大皇宫里看到什么样的东西呢？我自己也并不十分清楚，隐隐约约地好像要看到一点类似中国故宫似的东西。泰国毕竟是在东方而且是我们的近邻嘛。

我脑海里似乎就晃动着北京故宫的影像，上面还罩上了一层极薄极薄的无忧宫和红堡的影子，踏进了大皇宫的大门。然而，第一个印象就带给我了一点淡淡的失望：宫门一不巍峨，二不精致，只是比普通邸宅的大门大了一些，不能给人留下深刻的印象。走了进去，庭院也并不宽敞。这同我的期望，即使是朦朦的期望吧，是有极大的距离的。我真感到失望，感到落漠。然而，当我走近一些宫殿时，我看到一些柱子上镶嵌着宝石之类的东西，闪出了炫目的光辉。墙壁上则彩绘着壁画，烟云缭绕，宫阙巍峨，内容多半是《罗摩衍那》中的故事。原来泰国王室与罗摩有什么渊源，所以印度古代英雄罗摩十分受到崇敬。皇宫里壁画上画着罗摩的故事，也就丝毫不足怪了。我的眼前豁然开朗，目为之明，耳为之聪，深悔刚才的失望与落寞了。

但这还不是参观的高潮，高潮还在后面。陈博士带我们走进了崇高宏伟的玉佛宫，金碧辉煌，香烟缭绕。殿非常高，仰头一望，宛如走进了欧洲哥特式的大教堂，藻井高悬在云端。一尊庞大的玉佛，高踞在神龛里，慈眉善目，溢满慈悲。陈博士跪在大理石的地上礼佛。我虽然不信佛教，但是我对真诚信仰任何宗教的人都怀有敬意，除了个别的阴森古怪的邪教外，任何宗教都是教人做好事的。我因此也顺便坐在地上，腿下大理石的清凉立即流遍了我整个身子，同外面三十多摄氏度的炎热相比，真无异进入了清凉世界，甚至是清凉的佛土，我立即神清气爽，好像也颇能分享大殿中跪在地上的善男信女的天福了。

我们离开了玉佛殿，在黑头发、白头发、黄头发、灰头发，黑眼睛、蓝眼睛，高鼻梁、低鼻梁，形形色色的人流中，挤出了大皇宫，走到了大马路上，上了等在那里的汽车。在我的心中，我默默地说了声："再见，大皇宫！我有朝一日，还会回来的。"

现在，时间已靠近中午，天气更热了。这是我到曼谷来后第一次感到热。天公好像又有点作美，想弥补我对曼谷这个大火炉的"失望"。"索性热一下，让你尝一尝热的滋味！"我好像听到天老爷这样说。热滋味我尝到了，身上出了汗，但是肚子里也感到空了。陈博士建议去参观法政大学，并在那里进午餐。前一句受到我的欢迎，后一句受到我的赞赏。于是我们就到了法政大学。

提起法政大学来，真是大大地有名。它同朱拉隆功大学并称泰国最高学府。据陈博士介绍，这所大学有点像北京大学。历次学生运动都在这里涌起，然后波及全曼谷，以至全泰国。校外一片广场似的地方，学潮一起，就旌旗匝地，呼声震天。但是，眼前学校是十分平静的。学生有的上课，有的吃饭，怡怡如也。陈博士请出了校长同我们见面。又领我们到院长办公室，同院长和教授们见面。院长和几位教授都是德国留学生，都讲德国话，一位年轻的教授就用德文给我介绍了情况。我心里暗暗地发笑：原来这一位陈博士悄没声地在这里形成了一个小小的德国派，这在泰国，甚至东南亚国家，都是绝无仅有的，这里流行的是英语。我们离开了院长办公室，又去看了陈博士的办公室，然后走向餐厅。路上碰到很多年轻人，不知道是学生，还是教员。他们都对陈博士合十致敬。看起来这一所擅长闹学潮的学校，并不那么可怕。杏坛春暖，程门立雪，老师循循善诱，学生彬彬有礼，师生之间，其乐融融。另一方面也能看出，陈博士在学生和教员中是很有威望的，离开了法政大学，又到朱拉隆功大学乘车看了看校园。泰国的最高学府我算是都看过了。

就这样，我们在曼谷的最后一天，是很充实很有意义很愉快的一天。这当然都要感谢陈贞煜博士。这一位今雨而又似旧雨的朋友，我永远也不会忘记。临别时，我心里像对大皇宫说的话那样，对陈贞煜博士说："亲爱的朋友！再见了，有朝一日，我们还会见面的，或在曼谷，或在北京！"

1994 年 5 月 21 日

奇 石 馆

石头有什么奇怪的呢？只要是山区，遍地是石头，磕磕绊绊，走路很不方便，让人厌恶之不及，哪里还有什么美感呢？

但是，欣赏奇石，好像是中国特有的传统的审美情趣。南南北北，且不说那些名园，即使是在最普通的花园中，都能够找到几块大小不等的太湖石，甚至假山。这些石头都能够给花园增添情趣，增添美感，再衬托上古木、修竹、花栏、草坪、曲水，清池、台榭、画廊等等，使整个花园成为一个审美的整体，错综与和谐统一，幽深与明朗并存，充分发挥出东方花园的魅力。

我现在所住的燕园，原是明清名园，多处有怪石古石。据说都是明末米万钟花费了惊人的巨资，从南方运来的。连颐和园中乐寿堂前那一块巨大的石头，也是米万钟运来的，因为花费太大，他这个富翁因此而破了产。

这些石头之所以受人青睐，并不是因为它大，而是因为它奇，它美，美在何处呢？据行家说，太湖石必须具备四个条件，才能算是美而奇：透、漏、秀、皱。用不着一个字一个字地来分析解释。归纳起来，可以这样理解：太湖石最忌平板。如果不忌的话，则从山上削下任何一块石头来，都可以充数。那还有什么奇特，有什么诡异呢？它必须是玲珑剔透，才能显现其美，而能达到这个标准，必须是在水中已经被波浪冲刷了亿万年。夫美岂易言哉！岂易言哉！

以上说的是大石头。小石头也有同样的情况。中国人爱小石头的激情，决不下于大石头。最著名的例子就是南京的雨花石。雨花大名垂宇宙，由来久矣。其主要特异之处在于小石头中能够辨认出来的形象。我曾在某一个报刊上读到一则关于雨花石的报导，说某一块石头中有一幅观音菩萨的像，宛然如书上画的或庙中塑的，形态毕具，丝毫不爽。又有一块石头，花纹是齐天大圣孙悟空，也是形象生动，不容同任何人、神、鬼、怪混淆。这些都是鬼斧神工，本色天成，人力在这里实在无能为力。另外一种小石头就是有小山小石的盆景。一座只有几寸至多一尺来高的石头山，再陪衬上几棵极为矮小却具有参天之势的树，望之有如泰岳，巍峨崇峻，咫尺千里，真地是"一览众山小"了。

总之，中国人对奇特的石头，不管大块与小块，都情有独钟，形成了中国特有的审美情趣，为其他国家所无。美籍华人建筑大师贝聿铭先生设计香山饭店时，利用几面大玻璃窗当作前景，窗外小院中耸立着一块太湖石，窗子就成了画面。这种设计思想，极为中国审美学家所称赞。虽然贝聿铭这个设计获得了西方的国际大奖，我看这也是为了适应中国人的审美情趣，碧眼黄发人未必理解与欣赏。现在文化一词极为流行，什么东西都是文化，什么茶文化、酒文化，甚至连盐和煤都成了文化。我们现在来一个石文化，恐怕也未可厚非吧。

我可是万万没有想到，竟在离开北京数千里的曼谷——在旧时代应该说是万里吧——找到了千真万确的地地道道的石文化，我在这里参观了周镇荣先生创建的奇石馆。周先生在解放前曾在国立东方语专念过书，也可以算是北大的校友吧。去年10月，我到昆明去参加纪念郑和的大会，在那里见到了周先生。蒙他赠送奇石一块，让我分享了奇石之美。他定居泰国，家在曼谷。这次相遇，颇有一点旧雨重逢之感。

他的奇石馆可真让我大吃一惊，大开眼界。什么叫奇石馆呢？因为我从来没有见过这样的馆，难免有一些想象。现在一见到真馆，我的想象被砸得粉碎。五光十色，五颜六色，五彩缤纷，五花八门，大大小小，方方圆圆，长长短短，粗粗细细，我搜索枯肠，把我所知道的一切带数目字的俗语都搜集到一起；又到我能记忆的旧诗词中去搜寻描写石头花纹的清词丽句。把这一切都堆集在一起，也无法描绘我的印象于万一。在这里，语言文字都没用了，剩下的只有心灵和眼睛。我只好学一学古代的禅师，不立文字，明心见性。想立也立不起来了。到了主人让我写字留念的时候，我提笔写了"琳琅满目，巧夺天工"，是用极其拙劣的书法，写出了极其拙劣的思想。晋人比我聪明，到了此时，他们只连声高呼："奈何！奈何！"我却无法学习，我要是这样高呼，大家一定会认为我神经出了毛病。

听周先生自己讲搜寻石头的故事，也是非常有趣的。他不论走到什么地方，一听到有奇石，便把一切都放下，不吃，不喝，不停，不睡，不管黑天白日，不管刮风下雨，不避危险，不顾困难，非把石头弄到手不行。馆内的藏石，有很多块都隐含着一个动人的故事。中国古书上说："精诚所至，金石为开。"这话在周镇荣先生身上得到了证明。宋代大书法家米芾酷爱石头，有"米颠拜石"的传说。我看，周先生之颠决不在米芾之下。这也算是石坛佳话吧。

无独有偶，回到北京以后，到了4月26日，我在《中国医药报》上读到了一篇文章：《石头情结》，讲的是著名美学家王朝闻先生酷爱石头的故事。王先生我是认识的，好多年以前我们曾同在桂林开过会。漓江泛舟，同乘一船。在山清水秀弥漫乾坤的绿色中，我们曾谈过许多事情，对其为人和为学，我是衷心敬佩的。当时他大概对石头还没有产生兴趣，所以没有谈到石头。文章说："十多年前在朝闻老家里几乎见不到几块石头，近几年他家似乎成了石头的世界。"我立即就想到："这不是另外一个奇石馆吗？"朝闻老大器晚成，直到快到耄耋之年，才形成了石头情结。一旦形成，遂一发而不能遏止。他爱石头也到了颠的程度，他是以一个雕塑家美学家的目光与感情来欣赏石头的，凡人们在石头上看不到的美，他能看到。他惊呼："大自然太神奇了。"这比我在上面讲到的晋人高呼"奈何！奈何！"的情景，进了一大步。

石头到处都有，但不是人人都爱。这里面有点天分，有点缘分。这两件东西并不是人人都能有的。认识这样的人，是不是也要有点缘分呢？我相信，我是有这个缘分的。在不到两个月的短短的时间内。我竟能在极南极南的曼谷认识了有石头情结的周镇荣先生，又在极北极北的北京知道了老友朝闻老也有石头情结。没有缘分，能够做得到吗？请原谅我用中国流行的办法称朝闻老为北颠，称镇荣先生为南颠。南北二颠，顽石之友。在茫茫人海芸芸众生中，这样的颠是极为难见的。知道和了解南北二颠的人，到目前为止，恐怕也只尚有我一个人。我相信，通过我这一篇短文，通过我的缘分，南北二颠会互相知名的，他们之间的缘分也会启发出来的。有朝一日，南周北王会各捧奇石相会于北京或曼谷，他们会掀髯（可惜二人都没有髯，行文至此，不得不尔）一笑的，他们都会感激我的。这样一来，岂不猗欤盛哉！我馨香祷祝之矣。

   1994 年 5 月 24 日凌晨，细雨声中写完，心旷神怡。

悼许国璋先生

　　小保姆告诉我，北京外国语大学来了电话，说许国璋教授去世了。我不禁"哎哟"了一声。我这种不寻常的惊呼声，在过去相同的场合下是从来没有过的。它一方面表现了这件事对我打击之剧烈，另一方面其背后还蕴含着一种极其深沉的悲哀，有如被雷击一般，是事前绝对没有想到的，我只有惊呼"哎哟"了。

　　我同国璋，不能算是最老的朋友。但是，屈指算来，我们相识也已有将近半个世纪了。在解放初期那种狂热的开会的热潮中，我们常常在各种各样的会上相遇。会虽然是各种各样，但大体上离不开外国语言和文学。我们亦不是一个行当，他是搞英语的，我搞的则是印度和中亚古代语言。但因为同属于外字号，所以就有了相会的机会。我从小学就开始学英语，以后在清华，虽云专修德语，实际上所有的课程都用英语来进行，因此我对英语也不敢说是外行，又因此对国璋的英语造诣也具有能了解的资格。英语界的同行们对他的英语造诣之高，无不钦佩。但是，他在这一方面绝无骄矜之气。他待人接物，一片淳真，朴实，诚恳，谦逊，但也并不故作谦逊状，说话实事求是，决不忸怩作态。因此，他给我留下了非常美好的、毕生难忘的印象。

到了那一个史无前例的"十年浩劫"，他理所当然地在劫难逃。风闻他被打成了外院"洋三家村"的大老板。中国人作诗词，讲究对偶，"四人帮"一伙虽然胸无点墨，我们老祖宗这个遗产，他们却忠诚地继承下来了，既有"土三家村"，必有"洋三家村"。国璋等三个外院著名的英美语言文学的教授，适逢其会，切蒙垂青，于是一个虚无缥缈的"洋三家村"就出现在大字报上了。大家都知道，"土三家村"是"十年浩劫"的直接导火线。本来不存在的事实却被具有天眼通、天耳通的"四人帮"及其徒子徒孙们"炒"成了"事实"，搞得乌烟瘴气，寰宇闻名。中一变而为外，土一变而为洋，当时崇洋媚外，罪大恶极——其实"四人帮"一伙是在灵魂深处最崇洋媚外的——"土三家村"十恶不赦，而"洋三家村"则必然是万恶不赦了。在这样的情况下，国璋所受的皮肉之苦，以及精神上的折磨，概可想见了。

拨乱反正，天日重明。我同国璋先生的来往也多了起来。据我个人的估计，我们在浩劫前后的来往，性质和内容，颇有所不同。劫前集会，多是务虚；劫后集会，则重在务实。从前，我们这一群知识分子，特别是老知识分子，又特别是在外国呆过的老知识分子，最初还是有理智、有自知之明的。我们都知道自己是热爱祖国的，热爱新社会的，对所谓"解放"是感到骄傲的。然而，天天开会，天天"查经"，天天"学习"，天天歌功。人是万物之灵，但又是很软弱的动物，久而久之，就被这种环境制造成了后现代主义的最新的

"基督教徒"，一脑袋"原罪"思想，简直觉得自己一无是处，罪恶滔天，除非认真脱胎换骨，就无地自容，就无颜见天下父老。我的老师中国当代大哲学家金岳霖先生，学贯中西，名震中外，早已过了还历之年，头发已经黑白参半。就是这样一个老人，竟在一次会上，声音低沉，眼睛里几乎要流出眼泪，沉痛检讨自己。什么原因呢？他千方百计托人买一幅明朝大画家文征明的画。我当时灵魂的最深处一阵颤栗，觉得自己"原罪"的思想太差劲了，应该狠狠地向老师学习了。

我同国璋也参加了不少这样的会，他是怎样思考的，我不知道。反正他是一个老党员，"原罪"的意识应该超过我们的。我丝毫也没有认为，中国的老知识分子都是完美无缺的。我们有自己的缺点，我们也应该改造思想。但是，事实最是无情的，当年一些挥舞着"资产阶级法权"大棒专门整人的人，曾几何时，原形毕露：他们有的不只是资产阶级思想，而且还有封建思想。这难道不是最大的讽刺吗？

这话扯远了，还是收回来讲劫后的集会吧，此时"四人帮"已经垮了台，双百方针真正得到了实现。改革开放给人们带来了思想的活跃，带来了重新恢复起来的干劲。外国语言文学界也不例外。我同国璋先生，还有"洋三家村"的全体成员，以及南南北北的同行们，在暌离了十多年以后，又经常聚在一起开会。但是，现在不再是写不完的检讨，认不完的罪，而是认真、细致地讨论一些为适应我国社会主义建设的有关外国语言文学的问题。最突出的例子是编写《中国大百科全书》"外国文学卷"和"语言卷"的工作。此时，我们真正是心情愉快，仿佛拨云雾而见青天。那一顶顶"资产阶级法权"、"资产阶级反动学术权威"的虚无缥缈的、至今谁也说不清楚的、然而却如泰山压顶似的大帽子，"三山半落青天外"了。我们无帽一身轻，真有用不完的劲。我同国璋每次见面，会心一笑，真如"如来拈花，迦叶微笑"，"心有灵犀一点通"了。

最难忘的是当我受命担任"语言卷"主编时的情景。这样一部能而且必须代表有几千年研究语言学传统的世界大国语言学研究水平的巨著，编纂责任竟落到了我的肩上，我真是诚惶诚恐，如履薄冰。我考虑再三，外国语言部分必须请国璋先生出马负责。中国研究外国语言的学者不是太多，而造诣精深，中西兼通又能随时吸收当代语言新理论的学者就更少。在这样考虑之下，我就约了李鸿简同志，在一个风大天寒的日子里，从北大乘公共汽车，到魏公村下车，穿过北京外院的东校园，越过马路，走到西校园的国璋先生的家中，恳切陈词，请他负起这个重任。他二话没说，立即答应了下来。我刚才受的寒风冷气之苦和心里面忐忑不安的心情，为之一扫。我无意中瞥见了他室中摆的那一盆高大的刺儿梅，灵犀一点，觉得它也为我高兴，似向我招手祝贺。

从那以后，我们的来往就多了起来，有时与《大百科》有关，有时也无关。他在自己的小花园里种了荷兰豆，几次采摘一些最肥嫩的，亲自送到我家里来。大家可以想象，这些当时还算是珍奇的荷兰豆，嚼在我嘴里是什么滋味，这里面蕴涵着醇厚的友情，用平常的词汇来形容，什么"鲜美"，什么"脆嫩"，都是很不够的。只有用神话传说中的"醍翽", 只有用梵文 amṛa(不死之药)一类的词儿,才能表达于万一。

他曾几次约我充当他的硕士生和博士生答辩委员会主席,请我在他住宅附近的一个餐厅里吃饭,有一次居然吃的是涮锅子。他也到我家来过几次,我们推心置腹,无话不谈。我们谈论彼此学校的情况,谈论当前中国文坛、特别是外国语言文学界的新情况和新动向,谈论当前的社会风气。谈论最多的是青年的出国热。我们俩都在外国呆过多年,决不是什么土包子,但是我们都不赞成久出不归,甚至置国格与人格于不顾,厚颜无耻地赖在那个蔑视自己甚至污辱自己的国家里不走。我们当年在外国留学时,从来也没有久居不归的念头。国璋特别讲到,一个黄脸皮的中国人,那几个诺贝尔奖金的获得者除外,在民族歧视风气浓烈的美国,除了在唐人街鬼混或者同中国人来往外,美国社会是很难打进去的。有一些中国人可以毕生不说英文,依然能过日子。神话传说中说一人成道,鸡犬升天,那一些中国人把一块中国原封不动地搬过了汪洋浩瀚的太平洋,带着鸡犬,过同在中国完全一样的日子,笑骂由他笑骂,好饭我自吃之,这究竟有什么意义呢?我同国璋禁不住唏嘘不已。"回思寒夜话明昌,相对南冠泣数行。"我们不是楚囚,也无明昌可话,但是我们的心情是沉重的,我们是欲哭无泪了。岂不大可哀哉!

最让我忆念难忘的是在我八十岁诞辰庆祝会上,我同国璋兄的会面。人生八十,寿登耄耋,庆祝一下,未可厚非。但自谓并没有做出什么了不起的成绩,而校系两级竟举办了这样大规模的庆祝活动。大会在电教大厅举行。本来只能容四百多人的地方，竟到了五六百人。多年不见的毕业老同学都从四面八方来到燕园，向我表示祝贺。我的家乡的书记也不远千里来了。澳门的一些朋友也来了。我心里实在感到不安。最让我感动的是接近米寿的冯至先生来了，我的老友，身体虚弱、疾病缠身的吴组缃兄也坐着轮椅来了。我既高兴，又忐忑不安，感动得我手忙脚乱，一时竟说不出话来。

又实在出我意料，国璋兄也带着一个大花篮来了。我们一见面，仿佛有什么暗中的力量在支配着我们，不禁同时伸出了双臂，拥抱在一起。大家都知道，这种方式在当前的中国还是比较陌生的。可我们为什么竟同时伸出了双臂呢？中国古人说："诚于中，形于外。"在我们两人的心中，不知道从什么时候早已埋下了超乎寻常的感情，一种"贵相知心"的感情。在当时那一种场合下，自然而然地爆发了出来，我们只能互相拥抱了。

在我漫长的一生中，那一次祝寿会是空前的，是我完全没有意料到的。我周旋在男女老少五六百人的人流中，我眼前仿佛是一个春天的乐园，每一个人的笑容都幻化成一朵盛开的鲜花，姹紫嫣红，一片锦绣。当我站在台上讲话的时候，心中一时激动，眼泪真欲夺眶而出，片刻沉默，简直说不出话来。此情此景，至今记忆犹新。

我已年届耄耋，一生活得时间既长，到的地方又多。我曾到过三十来个国家，有的国家我曾到过五六次之多，本来应该广交天下朋友，但是情况并非如此。我确实交了一些朋友，一些素心人，但是数目并不太多。我自己检查，我天生是一个内向的人，我自谓是性情中人。在当今世界上，像我这样的人是不合时宜的。但是，造化小儿仿佛想跟我开玩笑，他让时势硬把我"炒"成了一个社会活动家，甚至国际活动家。每当盛大场合，绅士淑女，峨冠博带，珠光宝气，照射牛斗。我看有一些天才的活动家，周旋其中，左一握手，右一点头，如鱼得水，畅游无碍。我内心真有些羡煞愧煞。我局促在一隅，手足无所措，总默祷苍天，希望盛会早散，还我自由。这样的人而欲广交朋友，岂不等于骆驼想钻针眼吗？

我因此悟到：交友之道，盖亦难矣。其中有机遇，有偶合，有一见如故，有相对茫然。友谊的深厚并不与会面的时间长短成正比。往往有人相交数十年，甚至天天对坐办公，但是感情总是如油投水，决不会融洽。天天"今天天气，哈，哈，哈！"，天天像英国人所说的那样像一对豪猪，必须保持一定的距离，天天在演"三岔口"，到了成不了真正的朋友。

反观我同国璋兄的关系，情况却完全不同。我们并不在一个学校工作，见面的次数相对说来并不是太多。我们好像真是一见如故，一见倾心，没有费多少周折。我们也都并没有清晰地意识到，我们终于成了朋友，成了知己的朋友。难道真如佛家所说的那样人与人之间有缘分吗？

了解了我在上面说的这个过程，就能够知道，国璋的逝世对我的心灵是多么大的打击。我们俩都是唯物主义者，不信有什么来生，有什么天堂。能够有来生和天堂的信仰，也不是坏事，至少心灵可以得到点安慰。但是，我办不到。我相信我们都只有一次生命，一别便永远不能再会。可是，如果退一步想，在仅有的一次生命中，我们居然能够相逢，而且成了朋友，这难道不能算是最高的幸福吗？遗体告别的那一天，有人劝我不要去。我心里想的却是，即使我不能走，我爬也要爬到八宝山。这最后的一面我无论如何也要见的。当我看到国璋安详地躺在那里时，我泪如泉涌，真想放声痛哭一场。从此人天睽隔，再无相见之日了。呜呼，奈之何哉！奈之何哉！

1994 年 9 月 24 日

我的朋友臧克家

　　我只是克家同志的最老的老朋友之一，我们的友谊已经有六十多年了。我们中国评论一个人总是说道德文章，把道德摆在前边，这是我们中华民族优秀文化的表现之一，跟西方不一样。那么我就根据这个标准，把过去六十多年中间克家给我的印象讲一讲。

　　第一个讲道德。克家曾在一首诗里说过，一个叫责任感，一个叫是非感，我觉得道德应该从这地方来谈谈。是非、责任，不是小是小非，而是大是大非。什么叫大是大非呢？大是大非就是关系到我们祖国，关系到我们人民，关系到世界，也就是要拥护社会主义、拥护共产主义，这是大是大非。我觉得责任也在这个地方，克家在过去七十多年中间，尽管我们国内的局势变化万千，可是克家始终没有落伍，能够跟得上我们时代的步伐，我觉得这是非常难得的。这就是大是大非，就是重大的责任。我觉得从这地方来看，克家是一个真正的人。至于个人，他给我的印象是一个像火一样热情的诗人，对朋友忠诚可靠，终生不渝，这也是非常难得的。关于道德，我就讲这么几句。

关于文章呢，这就讲外行话了。当年我在清华大学念书，就读到克家的《烙印》、《罪恶的黑手》。我不是搞中国文学的，但我有个感觉就是克家做诗受了闻一多先生的影响。我一直到今天，作为一个诗的外行来讲，我觉得做诗、写诗，既然叫诗，就应该有形式。那种没形式的诗，愧我不才，不敢苟同。克家一直重视诗，我觉得这里边有我们中国文化的传统。我们中国的语言有一个特点，就是讲炼字、炼句，这个问题，在欧洲也不能说没有，不过不能像中国这么普遍这样深刻。过去文学史上传来许多佳话，像"云破月来花弄影"那个"弄"字，"红杏枝头春意闹"那个"闹"字，"春风又绿江南岸"那个"绿"字。可惜的是炼字这种功夫现在好像一些年轻人不大注意了。文字是我们写作的工具。我们写诗、写文章必须知道我们使用的工具的特点。莎士比亚用英文写作，英文就是他的工具。歌德用德文写作，德文就是他的工具。我们使用汉字，汉字就是我们的工具。可现在有些作家，特别是诗人，忘记了他的工具是汉字。是汉字，就有炼字、炼句的问题，这一点不能不注意。克家呢，我觉得他一生在这方面倾注了很多的心血，而且获得了很大的成功。克家的诗我都看过，可是我不敢赞一词，我只想从艺术性来讲。我觉得克家对这方面非常重视。这个问题非常重要。我因此就想到一个问题，可这个问题太大了，但我还想讲一讲。我觉得我们过去多少年来研究中国文学史，特别是古典文学，好像我们对政治性重视，这个应该。可是对艺术性呢，我觉得重视得很不够。大家打开今天的文学史看看，讲政治性，讲得好像最初也不是那么深刻，一看见"人民"这样的词，类似"人民"这样的词，就如获至宝；对艺术性，则三言两语带过，我觉得这是很不妥当的。一篇作品，不管是诗歌还是小说，艺术性跟思想性总是辩证统一的，强调一方面，丢掉另外一方面是不全面的。因此我想到，是不是我们今天研究文学的，特别是研究古典文学的，应该在艺术性方面更重视一点。我甚至想建议：重写我们的文学史。现在流行的许多文学史都存在着我说的这个毛病。我觉得，真正的文学史不应该是这个样子。

　　我祝我的老朋友克家九十、一百、一百多、一百二十，他的目的是一百二十，所以我想祝他长寿！健康！

1994 年 10 月 18 日

1993 年 5 月 31 日目送
德国友人赵林克悌
乘救护车赴医院

救护车亮着红灯开走了
带走了一连串的梦
住了五十年的地方
只留下一片迷离的竹影

老伴去年先她离开了人世
儿女都在万里外飘零
日夜伴随着她的寂寥的
只有房前月季和屋后青松

如今月季和青松也失去了主人
小房子是人去房空
我再在夜里走过时

不会再看到那一盏昏黄的孤灯

湖水依旧粼粼
垂柳依旧青青
人生就是如此
如此就是人生

附记：

顿有所感，诗兴大作，十分钟内写成此诗。这大概是我一生第二次写诗。工拙非所计也。